데미안

데미안

초판   1쇄 발행 2019년 12월 31일
초판 17쇄 발행 2025년 1월 7일

지은이 헤르만 헤세
옮긴이 김민준
펴낸이 남기성

펴낸곳 주식회사 자화상
인쇄,제작 데이타링크
출판사등록 신고번호 제 2016-000312호
주소 경기도 고양시 덕양구 꽃마을로 34, 1006호,1007호(향동동, DMC스타팰리스)
대표전화 (070) 7555-9653
이메일 sung0278@naver.com

ISBN 979-11-90298-34-6 00800

데미안

헤르만 헤세

자화
상

차례

―――

태어나는 것은 언제나 어려운 일이지요.
새도 알을 깨고 나오려면
온 힘을 다해 애써야 한다는 걸
당신도 잘 알잖아요.

돌이켜 생각해보고 자신에게 한번 물어보세요.
대체 그 길이 그렇게도 어려웠던가.
그저 어렵기만 했던가.

그러나 역시 아름답지 않았는가.

머리말

나의 이야기를 시작하자면, 아주 먼 옛날로 거슬러 올라가야만 한다. 가능하다면 유년 시절은 물론 그보다 훨씬 오래전 더 아득한 나의 근원까지 거슬러 올라가야 할 것이다.

작가들은 흔히 소설을 쓸 때 마치 자신이 신이라도 된 듯 누군가의 인생을 훤히 꿰뚫어보는 것처럼 아는 체를 한다. 그러고는 하느님이 자신에게 이야기하듯 어느 대목에서나 거리낌없이 핵심을 집어내어 보여줄 수 있는 것처럼 써 내려가곤 한다. 나는 그럴 수 없다. 작가들 역시 그래서는 안 된다. 비록 나에게 있어서 자신의 이야기가 다른 어떤 작가의 이야기보다 중요하겠지만, 어떤 작가에게는 그의 이야기가 나의 무엇보다 더 중요할 것이다. 내 자신의 이야기이자 한 인간의 본질에 대한 이야기이기 때문이다.

즉, 소설가가 가공해낸 있을 법한 인물, 이상적인 인물, 어떻든지 간에 존재하지 않는 그런 인간의 이야기가 아니라, 단 한 번뿐인 인생을 살고 있는, 현실적인 인간의 이야기이기 때문이다.

현실적으로 살아 있는 인간이란 무엇인가. 아무튼 요즘은 그 어느 때보다도 더 혼란스러워져 버렸다. 단 한 번의 삶에 대하여 너무나도 많은 사람이 총에 맞은 듯 죽어가고 있다. 만일 우리가 독특한 인간 이상의 귀중한 존재가 아니라면, 우리들의 존재를 총알 하나로 세상에서 완전히 지워질 수 있다면, 이런저런 인생 이야기를 써 내려가는 것 또한 무의미한 일이 되어 버릴지도 모른다.

그러나 인간이란 누구나 그저 자기 자신일 뿐만 아니라, 단 한 명뿐인 아주 특별하고 주목할 만한 존재다. 세상의 많은 현상이 오직 단 한 번, 그곳에서 서로 교차되고, 다시는 반복되지 않는 점을 지나는 유일하고도 경이로운 사건인 것이다. 그러므로 저마다 살면서 어떻게든 세상에서 뜻을 펼치고 있다는 점에서 각자의 이야기는 중요하고 영원하고 숭고한 것이다. 모든 인간의 마음속에서 정신은 형체가 되고, 모든 인간의 마음속에서 신의 구세주는 십자가에 못박혀지는 것이다.

오늘날, 인간이 무엇인가를 아는 사람은 별로 없다. 그것을 많은 사람이 느끼고 있다면 느낀 만큼 보다 안락하게 죽을 수 있을 것이다. 나 역시 이 이야기를 다 끝내고 나면 보다 안락하게 죽을 수 있을 것이다.

나를 지식인이라 할 수는 없다. 나는 끊임없이 무언가를 찾고자 하는 사람이고 지금도 그렇다. 하지만 이제는 별들에게서 또는 책 속에서 무엇을 찾고 있는 것이 아니라 내 몸 안의 피가 주는 가르침에 귀를 기울이려 한다.

내 이야기는 즐거움을 주고 있지 않으며, 만들어진 이야기처럼 달콤하거나 조화롭지 않다. 자신을 더 이상 기만하지 않으려는 모든 사람의 삶과 같이 불합리하고 혼란스러우며, 일종의 광기와 꿈의 맛이 있다.

삶은 저마다 자아를 향해 가는 길이며, 그 길을 추구해 가는 과정이다. 삶은 자기 자신에게 도달하고자 끊임없이 추구하는 좁은 길에 대한 암시다. 일찍이 어느 누구도 완전히 자기 자신이 되어본 적이 없었음에도 누구나 자기 자신이 되려고 애쓴다. 어떤 이는 다소 서투르게, 어떤 이는 좀 더 투명하게, 자기의 힘이 닿는 만큼 최선의 노력을 한다. 누구나 출생의 잔재, 태고의 점액과 알 껍데기를 마지막까지 갖고 간다. 더러는 전혀 사람이 되지 못한 채 개구리나 도마뱀, 개미에 그쳐 버린다. 또 더러는 머리는 사람이고 아래는 물고기인 사람도 있다. 하지만 이 모두가 인간이 되기를 바라는 자연의 주사위인 것이다. 모든 사람은 같은 협곡에서 나오고, 같은 어머니와 같은 유래를 지니고 있다.

우리는 같은 심연에서 유래하는 것이다. 하지만 저마다의 시도를 통해 인간은 각자 자신의 운명을 향하여 노력한다. 우리는 서로를 이해할 수 있다. 허나 자신이 지닌 의미에 대한 해명은 오직, 자기 자신에게 달려 있을 뿐이다.

두 개의 세계

내가 열 살이 되던 해, 우리가 살고 있던 작은 마을에 있는 라틴어 학교 시절의 체험으로부터 이야기를 시작하려 한다.

그때의 추억들은 진하게 밀려와 가슴을 파고들며 슬픔과 즐거운 전율로 마음을 뒤흔든다. 어두컴컴한 골목들과 환한 건물, 교회 탑들과 시계 소리, 사람들의 얼굴과 아늑하고 따뜻한 방들, 비밀에 둘러싸여 유령이 나올 것 같은 공포로 가득한 방들. 따뜻하고 비좁은 방의 냄새, 토끼와 하녀들의 냄새, 집에서 약 달이는 냄새와 말린 과일 향이 풍겨왔다. 밤과 낮, 두 세계의 양쪽 끝으로부터 흘러나오는 그곳엔 두 세계가 얽혀 있었다.

한 세계는 아버지의 집이었다. 그러나 이 세계는 비좁아서 안에는 부모님밖에 살지 않았다. 이 영역의 대부분은 내가 너무나 잘 알고 있는 것이었다. 그것은 아버지와 어머니의 사랑과 엄격함, 모범, 교육이라고 할 수 있는 세계였다. 이 세계 속에는 부드러운 빛, 명확함과 깨끗함, 그리고 따뜻하고 다정한 예절들이 깃들어 있었다. 아침에는 찬송가가 불려졌고, 크리스마스를 축하했다. 이 세계에는 곧바로 미래로 통하는 곧은길이 있었고, 의무와 책임, 양심의 가책과 고해, 용서와 선한 목적들, 사랑 그리고 존경, 성경 말씀과 지혜가 있었다. 인생이 맑고 명확하고 아름답게 정돈되어 있으려면 사람들은 이 세계의 편이 되어야만 했다.

그러나 또 하나의 다른 세계가 이미 우리 집 한가운데에서 시작되고 있었는데 그것은 완전히 다른 세계였다. 냄새도 달랐고, 말투도 달랐으며, 기대와 요구 또한 달랐다. 이 두 번째 세계에는 하녀라든가 직공들이 속해 있었으며 유령 이야기와 추한 소문이 있었다. 그곳에는 섬뜩하고 요사스럽고 끔찍한 수수께끼 같은 일들이 넘쳤고, 도살장과 감옥, 주정뱅이들과 고함치는 여자들, 새끼 낳는 암소와 쓰러진 말들, 강도와 살인, 자살 같은 일들이 일어났다. 이런 흥미롭고도 무서운, 거칠고 잔인한 모든 일이 바로 내 주위에서, 옆 골목에서, 이웃집에서 일어나고 있었다. 경찰과 불량배들이 쫓고 쫓기며 거리를 휩쓸고, 주정뱅이들은 아내를 두들겨 팼고, 저녁이면 젊은 여자들이 공장에서 쏟아져 나왔다. 늙은 여인들은 주술을 걸어 누군가를 병들게 할 수 있었고, 숲에는 도둑들이 살았고, 방화범이 경찰에게 잡히기도 했다. 이처럼 또 하나의 격렬한 세계가 넘쳐나고 악취를 풍겼다. 그러나 아버지와 어머니가 계시는 우리 집만은 제외되었다. 그것은 참으로 다행이고 황홀한 일이었다. 우리 집에 평화와 질서, 안정, 그리고 의무와 책임, 용서와 사랑이 함께 있다는 것은 놀라운 일이었다. 그런가 하면 또 다른 한편이 있다는 것도 패나 멋진 일이었다. 여러 가지의 일들, 소란스럽고 요란한 것, 어둡고 폭력적인 것이 가득한 곳에서 한걸음에 어머니의 품으로 도망칠 수 있으니까 말이다.

그러나 무엇보다 놀라운 것은 이 두 세계의 경계가 가깝게 닿아 공존하고 있다는 사실이었다. 예를 들면 우리 집

가정부 리나는 저녁 기도를 드릴 때면 거실 문가에 앉아 깨끗하게 씻은 두 손을 빳빳하게 다림질된 앞치마 위에 올려놓고 맑은 목소리로 함께 찬송가를 불렀는데, 그럴 때 리나는 아버지와 어머니와 우리들의 밝고 올바른 세계에 속했다. 하지만 부엌이나 장작을 쌓아둔 광에서 머리 없는 난쟁이 이야기를 내게 들려주거나 작은 푸줏간에서 이웃집 여인들과 말다툼을 하고 있을 땐 전혀 다른 세계의 사람이 되어 버리고 다른 세계에 속했고, 비밀에 둘러싸여 있곤 했다. 모든 일이 바로 그러했으며 내 자신조차도 마찬가지였다. 확실히 나는 밝고 올바른 세계에 속했고 내 부모님의 자식이었다. 그러나 내 눈과 귀를 돌리면 어디에나 다른 세계가 있었다.

나는 다른 세계 속에서도 살고 있었다. 비록 그런 것들이 내게 낯설고 무서운 일이라 해도, 때로는 그곳에서 양심의 가책과 불안함이 있었다 하더라도, 내가 한동안 가장 살고 싶어 한 곳은 금지된 세계였다. 그리고 밝은 세계로 돌아오는 것을—그것이 지극히 당연하고 옳은 일임에도 불구하고—더 아름답지도 않고, 지루하고, 무미건조한 세계로 돌아가는 일처럼 여긴 적도 있었다. 물론 내 인생의 목표가 우리 부모님처럼 되는 것이며, 더할 나위 없이 밝고 맑고 훌륭한 절도를 가져야 한다는 것임을 잘 의식하고 있었지만, 거기까지 이르는 길은 너무 멀었다. 거기까지 이르자면 학교를 졸업한 뒤에도 학업을 계속하고 온갖 시험을 치러야 했다. 하지만 그 길은 또 다른 캄캄한 세계의 옆이나 한가운데를 통해 가야 하므로 그 세계에 아주 머무르거나 어쩌면 그 안으로 빠져 버릴 가능성도 충분히 있는 일이었다. 그러한 운명에 놓이게 되는 타락한 자식에 대한 이야기를 나는 무척 열심히 읽었다. 거기에서는 어둠의 세계로 빠져버린 방탕아들이 아버지와 선한 것의 품으로 돌아간다는 것은 언제나 구원이며 현명한 일이라는 것을 강조하고 있었다. 나는 그렇게 하는 것만이 옳고 바람직하다고 느꼈다. 그렇지만 한편으로는 악당들과 방탕아들에 관한 대목이 나를 더 사로잡았다. 솔직히 말하면 어떤 때는 방탕아가 참회를 하고 다시 밝은 생활로 받아들여지는 결과가 불만스럽게 여겨질 지경이었다. 물론 그런 생각을 입 밖에 낸 적은 없었고, 될 수 있으면 생각하지 않으려고 노력했다. 어쨌든 그러한 생각은 단지 마음이 맨 밑바닥에 막연한 공상으로 자리하고 있을 뿐이었다. 악마에 대해 상상할 때도, 그것이 변장을 하고 있든지 본래의 모습을 드러내고 있든지 간에 언제나 저 아래 길거리나 시장 혹은 술집에 있으리라고 생각했을 뿐이지 결코 우리들의 세계 속에 있을 거라고는 상상도 할 수 없었다.

나의 누나들 역시 밝은 세계에 속해 있었다. 내 눈에 누나들은 나보다 훨씬 더 본질적으로 아버지 어머니와 가까운 듯 보였다. 나보다 더 착하고 도덕적이었으며 나쁜 점이 없었다.

물론 누나들에게도 약간의 부족한 부분과 나쁜 버릇이 있었지만 그렇게 심각한 것은 아니었으며 무엇보다도 나의 경우와는 달랐다. 나의 경우 악마와의 접촉은 몹시 괴롭고 곤혹스러운 것이었으며, 어두운 세계가 훨씬 더 밀접하게 느껴졌다. 누나들은 부모님처럼 칭찬받고 존중받을 자격이 있었다. 누나들과 다퉜을 때에도 시간이 흐른 뒤에 양심적으로 되돌아보면 내가 늘 나빴고 싸움을 건 쪽이었기 때문에 용서를 빌어야 하는 것도 언제나 나였다. 누나들을 모욕하는 것은 부모님과 선과 도덕을 모욕하는 일이었다. 그러나 나는 누나들과는 함께 나눌 수 없는, 더할 나위 없이 불량한 거리의 부랑아들과 나누는 비밀을 지니고 있었다. 양심에 비추어 아무런 거리낌이 없는 밝은 날에 누나들과 함께 어울려 훌륭하고 품위 있는 빛 속에 있는 자신을 본다든가 할 때는 흐뭇한 마음이 되기도 했다. 천사라면 당연히 그래야 할 것이다!

그것은 우리가 알던 것 중에 최고이고, 달콤하고 경이로운 일이라고 생각되었다. 그러나 그러한 순간, 그러한 날은 내게 아주 드문 일이었다.

때때로 나는 가끔 우리들에게 허락된 어린 아이다운 좋은 놀이를 하다가도 못된 성질을 참지 못해 누나들에게 싸움을 걸었다. 그러다 화가 치밀면 스스로 화를 못 참아 닥치는 대로 말과 행동을 하고, 내가 생각하기에도 후회스러운 욕설을 내뱉기도 했다. 그런 후에는 으레 초라하고 어두운 후회로 가득 차서 보내는 몇 시간이 계속되고 용서를 빌어야만 하는 고통스러운 순간이 찾아왔다. 그 후에야 다시 밝은 빛줄기가 내리고 갈등 없는 조용하고 고마운 행복이 몇 시간 나를 찾아오곤 했다.

나는 라틴어 학교에 다녔다. 우리 반에는 시장의 아들과 산림관의 아들이 있었는데, 가끔 우리 집에 놀러 오곤 했다. 둘 다 다소 거친 아이들이긴 했지만 선량하고 안정된 세계에 속해 있었다. 그럼에도 불구하고 나는 우리들이 늘 경멸하던 공립학교에 다니는 이웃 아이들과도 가까운 관계를 맺고 있었다. 이제 그들 중 한 명에 관한 이야기를 시작하고자 한다.

어느 날 수업이 없던 오후—아마도 열 번째 생일이 막 지났을 때였던 것 같다—나는 이웃의 두 친구와 집 근처를 배회하고 있었다. 그때 덩치 큰 아이 한 명이 다가왔다. 열세 살쯤 된 힘세고 난폭한 남자아이로, 초등학교 학생이었다. 그 애의 아버지는 양복점을 운영하는 술주정뱅이였으며, 가족들 모두 평판이 좋지 않았다. 나는 이 프란츠 크로머를 잘 알고 있었다. 그 애는 무서운 아이였다. 그 애가 우리들 사이로 불쑥 끼어들자 꺼림칙한 기분이 들었다. 그의 몸가짐은 벌써 어른스러웠고, 젊은 직공들의 걸음걸이와 말투를 흉내 내고 있었다. 우리는 그 애가 시키는 대로 다리 옆에서 강가로 내려갔고, 바로 앞에 있는 사람들의 눈에 잘 띄지 않는 다리 기둥 뒤로 돌아갔다. 아치형의 다리 기둥과 천천히 흐르는 강물 사이의 강가는 온통 쓰레기, 유리 조각, 고철덩어리와 그 밖의 다른 잡동사니들로 지저분했다. 물론 그중에는 가끔씩 쓸 만한 물건들을 발견할 수도 있었다. 우리들은 프란츠 크로머가 시키는 대로 그 주변을 샅샅이 뒤져 찾아낸 것을 그에게 보여야 했다.

그러면 그 애는 그중 괜찮은 물건을 골라 자기 호주머니에 집어넣거나 그렇지 않은 것은 강물에 던져 버렸다. 크로머는 우리들에게 납, 구리, 주석으로 된 물건이 없는지 잘 살피도록 했고 그런 것은 모두 자기 호주머니에 집어넣었는데, 뿔로 된 낡은 빗도 챙겨 넣었다. 나는 그 애와 함께 있는 내내 마음이 몹시 조마조마했다. 아버지가 아신다면 분명 그 애와의 만남을 말리실 거라는 생각이 들기도 했고 프란츠 크로머가 무섭게 느껴졌기 때문이었다. 그러나 그 애가 나를 한패로 생각해 다른 아이들과 똑같이 대해주는 것은 오히려 기뻤다. 그 애가 명령하면 우리는 복종했는데, 그것은 마치 오래전부터 해오던 일처럼 느껴졌다. 내가 그 애와 함께 어울리는 일이 처음인데도 불구하고 마치 오래전부터 해오던 습관처럼 자연스러웠다.

마침내 우리는 땅바닥에 주저앉아 휴식을 취했다. 프란츠는 물에 침을 뱉었는데 그 모습이 꼭 어른처럼 보였다. 그는 이빨 사이로 침을 뱉어서 아무것이나 맞출 수도 있었다.

그가 이야기를 시작하면 친구들은 우리 또래의 학생이 저지를 수 있는 온갖 허풍과 나쁜 짓들을 자랑삼아 떠들어 댔다. 나는 잠자코 있었지만 내 침묵이 크로머의 신경을 거슬리게 하지는 않을까 몹시 두려웠다. 함께 있던 두 친구는 처음부터 내게 떨어져 아예 크로머에게 붙었고, 나는 그들 사이에서 이방인이었으며, 내가 입고 있는 옷이나 나의 태도가 그 아이들 눈에는 거슬린다고 느껴지기도 했다. 라틴어 학교 학생인 데다 좋은 집안의 아들인 나를 프란츠 크로머가 좋아할 리 없었다. 두 친구들도 여차하면 나를 모른 체할 거라는 사실을 나는 잘 알고 있었다.

그것이 두려운 나머지 나는 얼토당토 않은 이야기를 꾸며대기 시작했다. 대담한 도둑 이야기를 꾸며냈는데, 그 영웅적인 도둑이 바로 나 자신이었다. 시내에서 멀리 떨어진 변두리 물방앗간 옆 과수원에서 어느 날 밤 한 친구와 사과를 한 자루나 훔쳤는데, 그것도 흔한 사과가 아닌 라이네테 종과 금빛 파르메네 종 같은 최고급 사과였다고 말했다. 꾸며내기 시작한 이야기는 거침없이 흘러나왔다. 나는 거짓말을 그럴듯하게 들리게 했다. 말을 금방 끝내면 더 난처한 일이 생기지 않을까 하는 조바심으로 온갖 기교를 부렸다. 한 명이 나무 위로 올라가 사과를 던지는 동안 다른 한 사람은 밑에서 망을 보아야 했는데, 한 번에 들지 못할 정도로 자루가 너무 무거워진 사과 자루를 둘로 나누어 반만 가져왔기 때문에 삼십 분쯤 뒤에 다시 가서 나머지를 가져와야 했다고 이야기했다.

이야기를 다 끝냈을 때 나는 박수를 기대했다. 그만큼 내가 꾸며낸 이야기에 스스로 도취되어 있었던 것이다. 두 친구는 상관없다는 듯 무표정이었지만 크로머는 눈을 반쯤 내리깐 채 날카롭게 나를 쏘아보더니 위협하는 투로 물었다.

"그 이야기 정말이야?"

"정말이야."

내가 대답했다.

"정말로 그런 짓을 했단 말이야?"

"그럼, 틀림없이 했어."

나는 분명한 어조로 대답했지만 속으로는 불안해서 숨이 막힐 지경이었다.

"맹세할 수 있어? 그럼 '하느님의 이름으로!'라고 맹세해."

나는 더럭 겁이 났지만 계속 그렇다고 말할 수밖에 없었다. 결국 나는 외쳤다.

"하느님의 이름으로!"

"그렇단 말이지."

크로머는 그제야 몸을 돌렸다.

이젠 살았구나 하고 생각했던 나는 크로머가 조금 후에 돌아가자고 말하자 무척 기뻤다. 다리 위에 이르렀을 때 나는 머뭇거리며 이제 집에 가야 한다고 말했다.

"그렇게 서두를 필요는 없어. 어차피 같은 길로 가야 하니까."

크로머가 웃으며 말했다.

"우리 가는 길이 같잖아."

그 애가 천천히 걷고 있었는데도 나는 도망칠 수가 없었다. 그리고 그 애는 정말 우리 집 쪽으로 가고 있었다. 이윽고 우리 집의 대문과 묵직한 구리 손잡이, 햇빛이 반사된 창문, 어머니 방의 커튼이 보이는 곳에 이르자 나는 저절로 깊은 안도의 숨을 내쉬었다. 아, 드디어 집으로 돌아왔구나! 밝고 평화가 있는 집으로 돌아갈 수 있다는 것은 얼마나 좋은 일인가!

내가 재빨리 문을 열고 살짝 들어가 문을 닫으려고 했을 때, 프란츠 크로머가 뒤따라 문을 밀치고 들어왔다. 마당 쪽으로만 햇빛이 들어오는 서늘하고 침침한 타일 복도에서 크로머는 내 곁으로 바싹 다가서서 팔을 붙잡고 낮은 목소리로 말했다.

"너, 그렇게 서두르지 마!"

나는 깜짝 놀라 그의 얼굴을 바라보았다. 내 팔을 잡은 그 애의 손은 마치 무쇠처럼 단단했다. 도대체 무슨 생각으로 이러는 것일까, 혹시 나를 괴롭히려는 것이 아닐까? 하는 생각에 금세 불안해졌다. 지금 내가 소리를 지르면 누군가 달려 나와 나를 구해줄 수 있을까? 그러나 나는 체념했다.

"왜 이래? 뭘 어쩌겠다는 거야?"

내가 물었다.

"별거 아냐. 잠깐 너한테 뭘 물어보려는 것뿐이야. 다른 아이들은 들을 필요가 없는 일이니까."

"그래? 도대체 나한테 무슨 이야기를 더 하라는 거야? 난 올라가봐야 해. 알겠어?"

"너도 알고 있겠지. 물방앗간 옆 과수원이 누구네 것인지?"

크로머가 나직한 목소리로 말했다.

"아니, 난 몰라. 난 그저 물방앗간 집 주인 것이라고 생각했어."

크로머가 한쪽 팔을 내 어깨에 두르더니 자신에게로 바싹 끌어당겼기 때문에 바로 코앞까지 그 애의 얼굴이 다가와 있었다. 심술궂은 두 눈과 사악한 웃음을 띠고 있는 얼굴에는 잔인한 기운이 넘쳐흐르고 있었다.

"그래? 그럼, 그 과수원이 누구네 것인지 내가 가르쳐 주지. 난 그 집이 사과를 도둑맞고 있다는 걸 오래전부터 알고 있었어. 그리고 주인이 사과를 훔쳐간 놈이 누구인지 알려주면 2마르크를 주겠다고 했던 것도 알고 있지."

"뭐라고? 오, 맙소사!"

나는 신음을 내뱉었다.

"그렇지만 설마 네가 주인에게 일러바치지는 않겠지?"

나는 그 애의 양심에 호소하는 건 아무 소용없는 일이라는 걸 확실히 느꼈다. 그 애는 다른 세계의 인간이었으며, 그에게 있어 배신 따위는 죄책감을 느낄 만한 일이 아니었다. 이런 일에 다른 세계의 사람들은 우리들과 본질 적으로 달랐으니까.

"일러바치지 말라고?"

크로머가 가소롭다는 듯이 픽 웃었다.

"이봐, 넌 내가 돈 찍는 공장이라도 가진 줄 알아? 난 가난뱅이야. 너처럼 부자 아버지도 없는데 왜 2마르크를 벌수 있는 이런 기회를 놓치겠니. 어쩌면 그 주인이 조금 더줄지도 모르는데."

그러더니 갑자기 나를 놓아주었다. 우리 집 현관은 더 이상 평화와 안전의 향기가 나지 않았고, 나를 감싸던 세계는 허물어지고 말았다. 그 주인은 내가 도둑놈이라고 고발하겠지. 아버지께도 말할 테고, 어쩌면 경찰이 날 잡으러 올지도 모르는 일이었다. 모든 혼돈과 공포가 나를 위협해왔다. 세상에 존재하는 여러 가지 위험이 나에게 맞서고 있었다. 내가 도둑질을 하지 않았다는 건 전혀 문제가 되지 않는 일이었다. 나는 맹세까지 하지 않았던가! 아, 이럴 수가, 이럴 수가.

순간 눈물이 솟아 나왔다. 그 애에게 대가를 지불하지 않는 한 위기를 벗어날 방도가 없다는 데 생각이 미치자 나는 호주머니란 호주머니를 샅샅이 뒤져보았다. 그러나 사과 하나, 칼 한 자루도 없었다. 그때 문득 시계 생각이 났다. 낡은 은시계였다. 움직이지 않았기 때문에 그냥 차고 다니기만 했던 할머니가 물려주신 시계였다. 나는 재빨리 시계를 꺼냈다.

"크로머, 제발 나를 이르지 말아줘. 그래서 네게 좋을 게 뭐가 있겠니? 내가 이 시계를 줄게. 자, 받아. 난 정말 가진 게 없어서 그래. 이 시계를 가져, 은으로 만들어진 거야. 내부 장치도 고급이야. 물론 좀 고쳐야 되긴 하지만."

나는 말했다.

그 애는 웃으며 큰 손으로 시계를 받아 쥐었다. 그 손을

보며 나는 그 애의 손이 나에게 얼마나 폭력적이며, 얼마나
깊은 적개심을 갖고 있는지, 내 삶과 평화를 파괴하려 하는
지를 절실히 느낄 수 있었다.

"그건 은으로 만든 거야."

나는 무력하게 떨면서 말했다.

"이 따위 낡아빠진 시계가 은이면 무슨 소용이야. 그렇게
좋은 거라면 너나 고쳐서 써."

경멸로 가득 찬 말투였다.

"하지만 크로머."

나는 그 애가 그대로 가 버리지 않을까 하고 두려움에
떨면서 소리쳤다.

"잠깐만 기다려 봐. 우선 이 시계를 받아! 정말 은으로 만
든 거야, 은이라고. 진짜야. 난 가진 게 이것 말고는 아무것
도 없단 말이야."

그 애는 냉정한 시선으로 나를 바라보았다.

"그래, 내가 누구에게 가려는지 알긴 아는구나. 경찰서에
가서 말할 수도 있어. 난 순경들을 잘 알고 있으니까."

그 애는 가려고 돌아섰다. 나는 그 애의 소매를 붙잡고

가지 못하게 했다. 일이 그렇게 되어선 안 되었다. 그 애가 이대로 가 버린 후에 일어날 온갖 일들을 겪느니 차라리 죽어 버리는 편이 훨씬 나을 것만 같았다.

"크로머, 그런 어리석은 짓을 하지 않겠지? 너 농담이지?"

나는 초조한 나머지 잔뜩 쉰 목소리로 애걸했다.

"물론 농담이야, 하지만 이 농담으로 넌 비싼 대가를 치러야 할 거야."

"크로머, 내가 어떻게 하면 되겠니? 말을 좀 해봐. 뭐든지 하겠어."

그 애는 눈을 내리깐 채 나를 아래위로 바라보더니 다시 웃었다.

"바보 같은 소리 작작해!"

그 애는 선심이라도 쓴다는 태도로 말했다.

"너도 나처럼 잘 알고 있잖아. 나는 2마르크를 벌 수 있는 입장이야. 그리고 그걸 쉽게 포기할 만큼 부자도 아니고 말이야. 그쯤은 너도 알겠지. 하지만 넌 부자인 데다 은시계도 갖고 있잖아. 넌 내게 2마르크만 주면 돼. 그러면 끝이지."

난 무슨 말을 하는 것인지 이해했다. 그러나 2마르크라니! 그건 나에게 있어서 10마르크나 100마르크, 1,000마르크와 같은 엄청난 돈이었고 마련할 수 없는 돈이었다. 손에 닿을 수 없는 큰돈이었다. 나는 한 푼도 가진 것이 없었다. 어머니에게 맡겨놓은 조그만 저금통이 있지만, 그 속에는 아저씨가 오셨을 때나 비슷한 다른 기회에 생긴 10페니짜리와 5페니짜리 동전 몇 개가 들어 있을 뿐이었다. 그것 말고는 한 푼도 가진 것이 없었다. 그때 나는 아직 용돈을 받을 수 있는 나이가 아니었다.

"돈이라고는 정말 한 푼도 없어. 하지만 다른 물건이라면 얼마든지 줄게. 난 인디언 책과 병정들과 나침반도 있어. 그걸 가져다 너에게 줄게."

내가 울상이 되다시피 하며 부탁했다.

크로머는 대담해 보이는 입술을 심술궂게 씰룩거리다 바닥에 침을 퉤퉤 뱉었다.

"웃기지 마! 그따위 쓰레기는 너나 가져. 나침반이라고? 날 더 이상 화나게 만들지 말고 돈을 가져와! 돈을."

그 애는 명령하듯 말했다.

"하지만 정말 돈이 없는걸. 돈을 구할 수가 없어. 정말 어쩔 수 없단 말이야."

"정 그렇다면 내일까지 여유를 줄 테니, 2마르크를 가져와. 학교가 끝난 뒤에 저 아래 시장에서 기다리고 있겠어. 그러면 되는 거야. 돈을 안 가지고 오면, 그땐 정말 큰일 날 줄 알아!"

"그렇지만 어디서 그런 돈을 가져 오란 말이야? 정말 어떻게도 안 되면 어쩌지? 아……."

"돈은 너희 집에 충분히 있잖아. 그다음은 네가 알아서 할 일이야. 그럼 내일 학교 끝나고 보자. 알았지? 다시 한번 말하지만 돈을 가지고 오지 않는다면 어떻게 될지……."

그는 무서운 눈빛으로 나를 쏘아보았다. 그리고 침을 한번 더 뱉고는 눈 깜짝할 사이에 사라졌다.

나는 집 안으로 들어갈 수가 없었다. 나의 생활은 산산조각이 나 버렸다. 이대로 어디론가 도망쳐 영영 돌아오지 않거나 물에 빠져 죽어 버릴까도 생각했다. 하지만 그런 결심이 확실한 형체를 가지고 떠오른 것은 아니었다. 어두운 현관 맨 위층 계단에 웅크리고 앉아 불행에 내 몸을 맡기고 있었다. 리나가 장작을 가지러 광주리를 들고 내려오다가 그렇게 앉아 훌쩍거리고 있는 나를 보았다.

나는 그녀에게 식구들에게는 아무 말도 하지 말아달라고 부탁하고 이층 방으로 올라갔다. 유리문 옆의 옷걸이에는 아버지의 모자와 어머니의 양산이 걸려 있었다. 이런 물건들을 보니 우리 집의 분위기와 애정이 나에게 밀려 들었고, 내 마음은 세상 모든 것에서 버림받은 방탕아가 그리워하던 고향 집의 방을 보고 그 향기를 다시 맡았을 때 그러하듯, 애틋함과 감사함으로 가득 찼다. 그러나 이러한 것들은 이제 내 것이 아니었다. 그 모든 것은 아버지와 어머니의 밝은 세계였으며, 나는 죄를 한껏 짊어진 채 낯선 홍수 속에 깊숙이 잠겨 있었다. 모험과 죄악에 얽혀서 적에게 협박을 받은 나를 기다리는 것은 위협과 불안과 치욕뿐이었다. 모자와 양산, 오래된 자갈이 깔린 고급 현관 바닥, 가구 위에 걸린 커다란 그림, 거실에서 들려오는 누나의 목소리, 이 모든 것이 그 어느 때보다도 훨씬 더 그립고 부드럽고 소중하게 여겨졌다. 하지만 그런 것들은 이미 더 이상 내게 위로가 될 수 없었으며, 확실히 내 것도 아니었다. 오로지 질책일 뿐이었다. 나는 그 밝고 고요한 세계에 끼어들 수가 없었다.

나는 내 깔개 위에 지워지지 않는 더러운 발을 하고 있었고, 우리 집의 세계에 전혀 알 수 없는 그림자를 몰고 왔다. 지금까지 수많은 비밀과 불안을 가졌었다 해도 오늘 내가 가져온 것에 비하면 모두 어린애 장난이며 웃음 거리에 지나지 않았다. 운명이 뒤쫓아 와 내게 손을 뻗쳤다. 이 손에서 어머니조차도 나를 구해낼 수 없고, 더욱이 어머니가 알아서도 안 되는 일이었다. 지금 나의 죄가 도둑질이든 거짓말이건 간에─나는 하느님의 이름을 걸어 거짓 맹세를 하지 않았던가?─그건 모두 마찬가지였다. 나의 죄는 이것도 저것도 아닌 악마에게 손을 내밀었다는 그 사실 자체였다. 왜 나는 그 애를 따라갔던가? 왜 나는 아버지 말에 순종하는 것 이상으로 그에게 복종했던 것일까? 무엇 때문에 그따위 도둑질 이야기를 꾸며댔던가. 그런 짓이 진정으로 영웅적일 수 있다고 믿었던 것일까? 그때부터 악마가 내 손을 잡고 있었고 적이 내 뒤를 따라다니게 된 것이었다.

한순간 나는 앞으로 닥쳐올 공포보다는 내 앞길이 이제 점점 내리막길이 되어 마침내는 암흑에 이를 것이라는 섬뜩한 두려움에 몸을 떨었다. 지금의 이 잘못으로 인해 또다시 새로운 잘못들을 저지르게 될 것이고, 누나들과 다정히 지내는 것과 부모님께 인사하고 입맞춤하는 것도 모두 거짓이라는 것, 나만이 알고 있는 숨길 수밖에 없는 운명과 비밀을 갖게 되리라는 것을 나는 똑똑히 느꼈다.

아버지의 모자를 보았을 때 순간적으로 어떤 믿음과 희망이 내 마음을 스쳤다. 아버지께 모든 이야기를 하고 아버지의 처분에 따라 벌을 받게 되면, 그렇게 해서 아버지를 내 편이 되게 할 수만 있다면 구원받을 수 있지 않을까. 그러나 그것은 지금까지 그래왔던 것처럼 잘못을 비는 시간, 힘들고 가슴 아픈 시간, 후회로 가득 차서 용서를 비는 시간이 되고 말 것이었다.

이런 생각은 얼마나 달콤한 위로처럼 느껴졌던가! 얼마나 아름다운 유혹이었던가! 그러나 모두 부질없는 생각이었다. 나는 내가 그렇게 하지 않으리라는 것을 잘 알고 있었다. 분명한 것은 내가 지금 비밀로 간직해야 하는, 오직

나 혼자 감당해야 하는 죄를 가지고 있다는 사실이었다. 어쩌면 나는 지금 갈림길에 서 있는 것인지도 모른다. 그리고 이 순간부터 앞으로 영원히 나쁜 길로 빠져들어 악한 사람들과 비밀을 나누고 그들이 시키는 대로 복종하고, 분명 그들과 비슷한 사람이 되어야 하는지도 모른다. 나는 어리석게도 어른인 척, 영웅인 척한 대가로 생겨난 일들을 견뎌야만 하는 것이다.

내가 방으로 들어섰을 때 아버지께서 내 신발이 젖은 것을 보고 꾸중하신 것은 차라리 다행스러운 일이었다. 아버지는 그것만 꾸중하시느라 더 나쁜 상황을 알아차리지 못하셨다. 나는 그 비난을 묵묵히 견뎌내면서 남몰래 다른 일과 연관시켜 버렸다. 그러다 보니 새롭고 묘한 감정이 마음속에 불꽃처럼 튀었는데, 그것은 날카롭게 날이 선 듯한 반항심이었다.

순간, 젖은 신발만 꾸짖는 아무것도 모르는 아버지가 경멸스럽게 느껴졌다. 아버지가 이 사실을 아신다면, 하고 나는 생각했다. 그것은 흡사 살인죄를 지어 심문받아야 할 판에, 조그만 빵 한 조각을 훔친 것을 심문받는 사람이 된 심정이었다. 그것은 추악하고도 적대적인 느낌이었지만 강하고 깊은 매력이 있었고, 이 느낌은 다른 어떤 생각보다도 더 단단하게 나를 내 비밀과 죄에 결박시켰다. 어쩌면 지금 이 순간 크로머가 경찰에 나를 신고했을지도 모르고—비록 우리 집 사람들은 나를 철부지 어린아이로 다루고 있지만—내 머리 위로 폭풍이 휘몰아쳐올지도 모른다고 생각했다.

지금까지 이야기한 경험 중에서 지금 이 순간이 가장 중요하고 깊이 기억되는 순간이었다. 그것은 아버지의 권위에 대한 최초의 균열이었고, 내 유년 시절의 근간을 이루는 기둥에 가해진 최초의 톱질이었다. 그것은 모든 이가 각자 자기 자신이 되기 위해 스스로 무너뜨려야 하는 것이었다. 누구도 감지하지 못한 이런 경험으로 우리들의 운명에 내면적이고 본질적인 선이 그어지는 것이다. 그런 톱질이나 균열의 흔적은 다시 아물고 치유되기도 하지만, 우리 마음속 가장 비밀스러운 암실에서는 여전히 살아남아 계속 피를 흘리고 있는 것이다.

나 자신은 이러한 전율적인 감정에 두려움을 느껴 곧바

로 엎드려 아버지의 발에 키스라도 해 용서를 빌고 싶었다. 그러나 용서를 빈다고 해서 근본적인 문제가 해결되는 것은 아니었고, 그것은 어린아이일지라도 어떤 현자 못지않게 잘 이해할 수 있는 일이었다.

나는 내 문제를 잘 생각해보고 난관을 극복해나갈 좋은 방법을 강구할 필요를 느끼고 있었지만, 사정이 여의치 않았다. 나는 저녁나절 내내 달라져 버린 집안의 분위기에 익숙해지기 위해 애를 써야만 했다. 벽시계와 책장, 성경책과 거울, 책꽂이와 벽에 붙은 그림들이 나에게 작별을 고했고, 나는 내 삶의 온갖 행복이 모두 과거가 되어 버린 채 나에게서 멀어져가는 것을 괴로운 마음으로 바라보고 있을 수밖에 없었다. 이젠 나 자신이 스스로 어둡고 낯선 세계, 내가 이전에 겪어보지 못한 미지의 세계 한가운데에, 새로운 흡입력 있는 뿌리를 내리고 서 있다는 것을 느꼈다. 나는 처음으로 죽음이라는 것을 맛보았고, 그 맛이 쓰디쓴 것임을 알았다. 죽음은 새로운 생명의 탄생이자 놀라운 변화에 대한 불안과 공포였기 때문이다.

겨우 침대에 눕게 되었을 때 나는 기뻤다! 잠자리에 들기 전의, 저녁 기도는 최후의 죄를 사하는 불처럼 내 위에 쏟아졌고, 가족들은 내가 제일 좋아하는 찬송가 하나를 불렀다. 그러나 난 차마 그 노래를 함께 부를 수가 없었다. 멜로디 하나하나가 나에게는 담즙이자 독이었다. 아버지가 축복 기도를 하실 때도 함께 기도를 올릴 수 없었고, 아버지가 마침내 "우리와 함께하소서!" 하고 기도를 끝냈을 때는 심한 마음의 경련이 나를 단란한 가족의 테두리에서 갈라놓았다. 몹시 지친 나는 차갑게 떨며 내 방으로 갔다. 자리에 누워 있는 동안 따뜻함과 안정감이 부드럽게 나를 감쌌지만 내 마음은 다시 불안해졌고 지나가 버린 일에 대한 두려움으로 온몸이 떨렸다. 어머니는 평소 때와 다름없이 내게 잘 자라는 인사를 해주었다. 어머니가 든 촛불의 가느다란 빛이 아직도 문틈을 비집고 들어오고 있었다. 어머니가 다시 한 번 내게 와주신다면 어머니는 느끼실 것이다. 나에게 다정하게 입 맞추고 물어보겠지. 너그러이 희망을 안기며 묻겠지. 그러면 나는 울 것이고. 목구멍에 걸려 있는 돌덩이가 녹아 흘러내릴 것이다. 나는 어머니의 품에 안겨 용서를 빌리라. 그러면 모든 것은 다 해결되고 내게 구원이 올 것이다! 문 틈새로 비치던 촛불의 빛이 다 사라져 버린 후에도 나는 여전히 귀를 기울이고 있었고 그렇게 되어야만 한다고 간절히 원하고 있었다.

다음 순간 다시 낮의 사건이 떠올랐고 적의 눈을 정면으로 응시했다. 크로머의 얼굴이 뚜렷이 보였다. 그는 한쪽 눈을 가늘게 뜬 채 입술에는 야비한 웃음을 띠고 있었다. 그를 바라보면 바라볼수록 도저히 피할 길이 없다는 절망감이 커졌으며, 그의 얼굴은 점점 더 크고 추악하게 변해 내가 잠들 때까지 내 곁을 떠나지 않았다. 그런데 그날 밤 내가 꾼 꿈은 크로머나 오늘 일이 아니라 온통 휴일의 평화와 환희에 둘러싸인 것이었다. 부모님과 누나와 내가 함께 배를 타고 있는 장면이 나왔다. 밤중에 잠에서 깼을 때까지 그 행복의 뒷맛이 느껴졌으며, 누나들의 유난히도 흰 여름옷이 햇빛에 반짝이던 모습이 눈에 선했다. 그러다 어느 한 순간 나는 천상의 낙원에서 현실로 굴러 떨어져 다시 사악한 적의 눈과 마주쳤다.

다음 날 아침, 어머니가 왜 이렇게 늦도록 일어나지 않느냐고 물으셨을 때 나는 창백한 얼굴로 침대에 누워 있었다.

그리고 어디가 아프냐고 묻자 마자 토를 하고 말았다. 덕분에 나는 얼마간은 좀 괜찮을 수 있었다. 나는 원래 조금 아픈 상태로 아침 내내 카밀레 차를 마시며 침대에 누워서 어머니가 옆방에서 청소하는 소리와 리나가 바깥에서 고기 장수와 흥정하는 소리를 듣는 것을 좋아했었다. 학교에 가지 않는 오전은 어떤 환상과 동화의 세계 같았고, 눈부신 햇빛이 방 안을 가득 비추었지만 학교의 초록색 커튼에 가려진 그런 햇살은 아니었다. 하지만 오늘은 그런 것도 흥미롭지 않았으며 뭔가 박자가 뒤틀린 멜로디 같았다. 그래 차라리 내가 지금 이대로 죽어 버린다면……. 그러나 난 가끔 그랬던 것처럼 단지 조금 몸이 아플 뿐이었고 이 정도로는 아무 일도 해결할 수가 없었다. 학교를 가지 않을 수 있는 핑계는 되었지만 열한 시에 시장에서 나를 기다리고 있을 크로머로부터 나를 보호해주지는 못한다. 어머니의 친절한 간호 역시 아무런 도움이 될 수 없었고 오히려 귀찮고 고통스럽기만 했다. 나는 곧 잠든 척하고 누워서 여러 가지 생각을 해보았지만 모두 소용이 없는 일이었다. 나는 열한 시에 시장에 가야만 했다. 그래서 열 시쯤 일어나 이젠 몸이 다시 좋아졌다고 했다. 이럴 경우 대개 다시 자리에 눕거나 학교에 가라는 명령을 받았다. 때문에 나는 학교에 가겠다고 했다. 계획 하나를 세워 두었던 것이다.

돈 없이 크로머에게 갈 수는 없었기에, 내 작은 저금통에 손을 댈 수밖에 없었다. 물론 그 안에 든 돈으로 충분하지 않다는 것은 잘 알고 있었다. 그 돈으로 크로머를 만족시키기는 어렵지만 돈 한 푼 없이 가는 것보다는 나을 거라고 본능적으로 느꼈던 것이다.

양말 바람으로 살그머니 어머니의 방에 들어가 책상에서 내 저금통을 꺼내왔을 때는 기분이 아주 나빴다. 비록 어제만큼 나쁘지는 않지만 가슴이 너무 뛰어 숨이 막힐 지경이었다. 계단 아래로 내려와서 처음으로 저금통을 살펴보고 나서야 그것이 잠겨 있다는 사실을 깨달았을 때도 여전히 가슴이 뛰고 있었다. 저금통을 뜯는 일은 아주 쉬웠다. 얇은 양철 막대 하나를 두 동강으로 부수기만 하면 되었다. 그러나 막상 저금통이 부서진 자리를 보니 무척 슬펐다. 이것으로 나는 최초의 도둑질을 한 셈이었다. 나는 그때까지 나쁜 짓이라곤 사탕이나 과일 같은 간식을 몰래 꺼내

먹은 정도의 일밖엔 하지 않았다. 이것이 비록 내 저금통이다 하더라도 나는 지금 도둑질을 한 셈이었다. 크로머와 그가 속한 세계에 내가 한 걸음 더 가까워졌고 거기에 저항했지만 계속해서 타락의 길로 빠져들고 있다는 것을 느꼈다. 하지만 이제 와서는 악마가 나를 잡아간다고 해도 되돌아갈 길이 없었다. 나는 불안한 마음으로 돈을 세어보았다. 저금통 안에 가득 찼던 돈이 막상 손 안에 쥐고 보니 형편없이 적었다. 65페니였다. 나는 아래층 마루 밑에 저금통을 감추어놓고 돈만 꼭 쥔 채 집을 나섰다. 지금까지 현관을 지나던 때와는 다른 기분이었다. 누군가 2층에서 나를 부르는 것만 같아서 재빨리 도망쳐 나왔다.

아직 10분 정도의 시간적 여유가 있어서 나는 일부러 지름길을 피해 골목길로 빙 돌아갔다. 처음 보는 것 같은 구름 아래로 나를 보고 있는 집들을 지나쳐서, 나를 의심스럽게 바라보는 것 같은 사람들의 시선을 느끼며 걸어갔다. 언제인가 학교 친구 하나가 가축 시장에서 1탈러(독일의 옛 화폐 단위)를 주웠던 일이 문득 떠올랐다. 하느님이 내게도 그런 행운을 주시기를 기도하고 싶었지만 나는 더

041

이상 기도할 권리가 없는 놈이었다. 또 이제 와서 기도를 할 수 있다 하더라도 저금통이 이전 상태로 되돌아오지는 않을 것이다.

멀리서 프란츠 크로머가 나를 알아보고는 나의 존재 따위는 신경도 쓰지 않는다는 듯 천천히 걸어왔다. 내 곁에 가까이 오더니 명령하는 듯 따라오라는 눈짓을 하고는 한 번도 뒤돌아보지 않고 쉬트로 거리를 따라 계속 내려가 좁은 다리 하나를 건너 작은 골목 끝에 있는 공사 중인 집 앞에서 걸음을 멈추었다. 그곳에는 아무도 없었고 문도 창문도 없이 담벼락들만 덩그러니 서 있었다. 크로머는 주위를 살핀 후 안으로 들어갔고 나도 그 뒤를 따라갔다. 그는 벽 뒤로 돌아가더니 나에게 오라고 신호하고는 손을 내밀었다.

"갖고 왔어?"

그는 차갑게 물었다.

나는 주머니에서 움켜쥐고 있던 돈을 꺼내어 그의 손바닥에 떨어뜨렸다. 마지막 5페니짜리 동전의 찰랑 하는 소리가 그치기도 전에 그는 그 돈이 얼마인지 알았다.

"65페니뿐이야?"

그렇게 말하면서 그는 나를 쳐다보았다.

"그래."

나는 겁먹은 태도로 대답했다.

"이게 내가 가진 전부야. 너무 부족하다는 건 나도 잘 알지만 어쩔 수가 없었어. 더는 가진 게 없는 걸."

"난 네가 꽤 똑똑한 녀석이라고 생각했는데."

그는 비교적 온화한 말투로 나를 비난했다.

"명예를 중요시하는 남자들 사이에는 질서가 있어야 하는 법이야. 난 결코 너한테 부당한 걸 요구하려는 게 아니야. 이런 계산에 맞지 않는 돈 따위는 도로 넣어둬. 너도 잘 알겠지만 내가 곧장 일러바치러 가면 과수원 주인은 값을 깎거나 하지 않아. 값을 정확하게 전부 받을 수 있어."

"하지만 나한테는 이것밖에 없어. 더는 없다고! 이건 내가 저금했던 돈이야."

"그건 내가 알 바 아니야. 하여튼 널 괴롭히려는 건 아냐. 넌 나한테 아직 1마르크 35페니를 빚진 셈인데 언제 갚을 거지?"

"그래, 꼭 줄게. 내일이나 모레, 어쩌면 곧 더 많이 생기게 될지도 몰라. 아버지한테 말씀드릴 수 없다는 건 너도 잘 알잖아."

"그건 나와 상관없는 일이야. 널 괴롭힐 생각이 없다고 했잖아. 다만 오늘 오전 중에 그 돈을 받았으면 해. 너도 알다시피 난 가난해. 아마도 넌 나보다 좋은 옷을 입고, 훨씬 맛있는 점심을 먹었을 거야. 그렇지만 아무 말 않겠어. 좋아, 조금 더 기다리기로 하지. 모레 오후에 휘파람을 불 테니까 그땐 정확히 가지고 와야 해! 내 휘파람 소리 알지?"

"응, 알고 있어."

나는 대답했다. 그는 나와 자기는 아무 상관도 없다는 듯 나를 두고 가 버렸다. 더 이상 아무 일도 일어나지 않았다.

지금이라도 만약 크로머의 휘파람 소리를 듣는다면 나는 깜짝 놀랄 것이다. 그때부터 나는 가끔 그 휘파람 소리를 들었다. 어디에 있든, 무슨 일이나 놀이를 하든, 무슨 생각을 하든 그 휘파람 소리는 나를 따라다니며 내게 명령했으며, 마침내 그것은 나의 운명이 되어 버렸다. 온화하고 풍요로운 어느 가을 오후에 나는 아끼는 정원에 나와 서 있을 때 나는 지금보다 어리고 착하고 자유분방하고 잘 보호받고 있었던 어린 시절로 돌아가 그때 즐겨 하던 놀이를 해보고 싶은 충동을 느꼈다. 그때 어디선가 항상 두려운 마음으로 예상했던 크로머의 휘파람 소리가 들려와 내 마음을 무섭게 뒤흔들었다. 그 휘파람 소리로 내 어린 시절의 추억은 여지없이 파괴되어 산산이 깨져 버렸다. 나는 또다시 밖으로 나가 협박하는 이의 뒤를 따라가야 했다. 추하고 증오심을 일으키는 곳에서 그 애에게 계속 변명을 하고 돈에 대한 그의 재촉을 당해야 했다. 그런 일이 비록 몇 주일쯤 계속되었지만, 나에게는 그것이 수년처럼, 아니 영원히 계속되는 것 같았다. 가끔 5페니나 1크로센을 가지고 가기도 했는데, 그것은 리나가 부엌 식탁 위에 그냥 놓아둔 시장바구니 속에서 훔친 것이었다. 그때마다 나는 크로머에게 욕을 먹고 멸시를 당했다. 나야말로 그를 속이고 그를 기만하고 정당한 그의 권리를 침해하고 있으며 그에게서 돈을 도둑질해가서 자기를 불행하게 만들고 있다는 것이었다. 내 일생에 이때처럼 수난을 받은 적도, 이보다 더 큰 절망감과 이이상의 굴욕감을 느낀 적도 없었다.

저금통은 장난감 돈으로 채워서 다시 제자리에 가져다

두었다. 아무도 그 저금통에 대해 관심을 갖지 않았지만 언제 들킬지 몰라 마음이 조마조마했다. 어머니께서 조용히 내게 다가오실 때는 혹시 저금통의 행방을 물어볼까 싶어 크로머의 휘파람 소리보다 더욱 두려움을 느꼈다.

내가 돈을 하나도 구하지 못한 채 그 악마에게 나타나는 때가 많아지자, 그는 다른 방법으로 나를 괴롭히고 이용하기 시작했다. 나는 그를 위해 일해야만 했다. 그를 대신해서 그의 아버지 심부름을 하기도 하고, 10분 동안 한쪽 다리로만 뛰라고 한다든가, 지나가는 사람의 윗옷에 종이조각을 붙이고 오라고 명령하기도 했다. 이러한 일들에 대한 가책으로 나는 수많은 밤을 악몽에 시달리며 악마에게 쫓겨 가위에 눌린 채 식은땀을 흘려야만 했다. 결국 나는 병이 났다. 자주 토하고 곧잘 오한이 났으며, 밤에는 식은땀이 흐르고 열이 올랐다. 어머니는 뭔가 잘못되었음을 알아차리고 내게 더욱 관심을 보였는데, 그것이 나를 더 고통스럽게 했다.

어느 날 저녁, 내가 일찌감치 잠자리에 들었을 때, 어머니가 초콜릿 하나를 가져오셨다. 어렸을 적부터 어머니는 내가 착하고 얌전하게 하루를 잘 보내면 잠이 잘 들도록 이런 것을 상으로 주시곤 했다. 그때도 어머니가 여기에 서서 내게 초콜릿 한 조각을 내밀고 있었다. 나는 어찌나 가슴 아프던지 말없이 고작 머리를 흔드는 것이 전부였다. 어머니는 어디가 아프냐고 물으며 내 머리를 쓰다듬어주셨다.

"아니, 아니야! 아무것도 먹고 싶지 않아요."

나는 이렇게 고함칠 수밖에 없었다. 어머니께서는 초콜릿을 내 머리맡에 놓고 나가셨다. 이튿날 어머니가 그 일에 대해 캐물으려 하자 나는 아무것도 모르는 것처럼 행동했다. 한번은 어머니가 의사를 데려오셨는데, 의사는 나를 진찰하고는 아침에 냉수욕을 하라는 처방을 내렸다.

그 시절의 내 상태는 일종의 정신착란 상태였다. 우리 집의 정돈된 평화 속에서 나는 유령처럼 겁먹고 괴로워하며 지내고 있었다. 다른 사람과 함께 생활할 수도 없었으며, 한순간이라도 내 자신을 잊은 일이 거의 없었다. 아버지는 종종 화를 내며 이유를 물었지만, 나는 그저 묵묵히 마음을 닫아 버리고 있었다.

카인

구원은 전혀 예기치 못한 방향에서 나를 찾아왔다. 동시에 그 영향은 내 안으로 스며들어 전혀 새로운 느낌으로 오늘날까지도 계속하여 작용하고 있다.

그 당시 우리 학교에 전학 온 학생이 한 명 있었다. 그는 부유한 미망인의 아들로 이 도시로 이사온 지 얼마 되지 않았다. 소매 둘레에 검은 상장을 두른 그는 나보다 나이도 많고 한 학년 높았다. 모든 학생이 그랬던 것처럼 나 역시 그에게 관심이 갔다. 이 이상한 학생은 보기보다는 나이가 들어 보여 누구도 그를 어린 소년으로 느끼지 않았다. 마치 어른처럼 뭔가 낯설고 점잖게 행동했던 그는 우리 어린 소년들 사이에서 호감이 가는 존재는 아니었다.

그는 우리들과 함께 어울려 놀지 않았고 더욱이 싸움 같은 것은 하지 않았다. 다만 선생님을 대할 때의 어른스럽고 단호한 그의 음성만큼은 다른 학생들의 주의를 끌었다. 그의 이름은 막스 데미안이었다.

우리 학교에서는 가끔 큰 교실에서 다른 한 반과 함께 수업하는 일이 있었는데, 공교롭게도 그날 우리 반과 합반 수업을 한 반은 데미안의 반이었다. 우리 하급생들은 성경 이야기를 공부했고 상급생들은 작문을 지었다. 우리가 카인과 아벨의 이야기를 억지로 듣고 있는 동안, 나는 자주 데미안의 얼굴을 쳐다보았다. 그의 얼굴은 묘하게 나를 매혹시켰다. 그 총명하고 밝고 심지어는 비범해 보이기까지 한 얼굴을, 주의를 기울여 자신의 공부에 몰두하고 있는 그의 모습을 바라보았다. 그는 주어진 과제를 하는 학생처럼 보이지 않았고, 자신만의 문제를 연구하는 학자처럼 보였다. 엄밀히 말하자면 나는 그에게 호감을 갖고 있다기보다는 일종의 저항감 같은 것을 가지고 있었다. 그의 태도는 도전적이라고 느껴질 만큼 자신만만했고 눈은 마치 어른의 시선을 담아놓은 것 같은 표정을 띠고 있었으며—그런 것을 아이들은 결코 좋아하지 않는다—다소 서글픈 듯한 냉소를 머금고 있었다. 그럼에도 불구하고 나는 그를 쳐다보지 않을 수 없었다. 그는 내게 어떤 사랑스러움 혹은 연민의 정을 느끼게 했다. 그러나 간혹 그와 시선이 마주치면 나는 깜짝 놀라 시선을 돌려 버리곤 했다.

그 당시 그가 어떤 모습의 학생이었는지 회상해보면 나는 이렇게 말할 수 있다. 그는 모든 면에서 평범한 학생들과 달리 독특한 개성을 가지고 있었으며 그 점이 다른 이들의 관심을 집중시키게 했다. 하지만 이런 점 때문에 그는 남의 눈에 띄지 않기 위해 여러 가지 방법을 동원했다. 마치 왕자가 농부의 아들처럼 보이기 위해 애쓰는 것처럼 어색한 농부의 아들 옷차림을 하고 행동도 그렇게 하곤 했다.

그날 학교가 끝나고 집으로 돌아가는데 그가 내 뒤에서 걸어오고 있었다. 다른 아이들이 차츰 흩어지자 그가 내 곁에 다가와 인사를 했다. 이 인사 역시 또래 아이들처럼 평범한 말투였지만 너무 어른스럽고 점잖게 들렸다.

"함께 가도 괜찮을까?"

그가 친절하게 물었다. 나는 기뻐서 고개를 끄덕였다. 그러고는 내가 어디쯤 살고 있는지 그에게 가르쳐주었다.

"아, 거기?"

그가 미소를 띠며 말했다.

"그 집이라면 알고 있어. 현관 위에 있는 독특한 장식물이 흥미를 끌었거든."

나는 그가 무엇을 말하는지 금방 알아차리지 못했다. 게다가 그가 우리 집에 대해 나보다 더 잘 알고 있다는 데에 당황했다. 우리 집 대문은 아치 모양을 하고 있는데 그 위에 초석으로서 일종의 문장이 새겨져 있긴 했었지만 오랜 세월이 지나는 동안 평평해져서 거의 알아보기가 힘들었다. 가끔 채색을 새로 하는데도. 게다가 내가 알고 있는 바로는 그 문장은 우리 가문과는 아무런 상관이 없었다.

"난 그것에 대해서는 잘 몰라."

나는 미안한 듯이 말했다.

"그건 아마 새이거나 그와 비슷한 무늬일 거야. 그런데 많이 낡아서 알아보기 힘들 텐데. 우리 집은 옛날에 어느 수도원의 소유였대."

"그럴 수도 있겠지."

그는 고개를 끄덕였다.

"언제 한번 살펴봐. 그런 문장은 꽤나 흥미로운 거니까. 내가 보기에는 매처럼 보였어."

우리는 계속 함께 걸었는데 나는 속으로 매우 당황하고 있었다. 갑자기 어떤 재미있는 이야기가 생각난 것처럼 그가 웃었다.

"참, 아까 수업시간에 우리 같은 반에 있었지?"

그는 쾌활하게 말했다.

"이마에 표적을 달고 다닌 카인의 이야기를 배우는 것 같던데, 그렇지? 그 이야기가 마음에 들었니?"

물론 그렇지 않았다. 우리가 배워야 했던 과목은 무엇 하나 내 마음에 들지 않았다. 하지만 그렇다고 정직하게 이야기할 수는 없는 노릇이었다. 그와 말하는 것은 마치 어른에게 말하는 것 같은 기분이 들었기 때문이었다. 그래서 나는 그 이야기가 마음에 들었다고 말했다.

데미안이 친근하게 내 어깨를 두드렸다.

"이봐, 나한테 거짓말할 필요 없어. 하지만 그 이야기는 수업 시간에 배우는 다른 이야기들보다는 좀 생각해볼 가치가 있다고 봐. 선생님께서는 그 이야기에 대해 별로 자세히 가르쳐주지 않으셨으니까. 신이나 죄 같은 통속적인 이야기밖에 안 하셨어. 하지만 난 이렇게 생각해……."

그는 말을 멈추고 미소 띤 얼굴로 나에게 물었다.

"그런데 너 이 이야기가 재미있니?"

그는 계속해서 말했다.

"난 이렇게 생각해. 카인의 이야기는 완전히 다르게 해석할 수도 있다고 말이야. 우리가 배우는 것의 대부분이 어떤 면에서는 완벽한 진실이고 정당한 것이지만 이 모든 것을 선생님들의 가르침과는 다른 관점에서 볼 수도 있는 거야. 대개는 다른 면에서 볼 때 더 나은 의미를 갖게 돼. 예를 들어 카인의 이야기의 경우, 그의 이마의 표적에 관해서도 우리는 선생님의 설명만으로 납득할 수 없는 점이 많거든. 너도 그렇게 생각하지 않니? 어떤 사람이 싸우다가 형제를 죽이는 일은 분명 일어날 수 있는 일이야. 그래서 나중에는 불안하고 소심해진다는 것도 가능하긴 해. 하지만 그가 자신의 비겁함 때문에 자신을 보호하고 다른 사람을 겁주기 위해 일부러 특별한 훈장까지 달았다면 이건 좀 우스운 일 아니니?"

"맞아. 그건 그래."

나는 흥미를 느끼며 대답했다. 그 문제가 내 마음을 사로잡았던 것이다.

"그런데 그 이야기를 어떻게 다르게 생각할 수 있다는 거지?"

그는 내 어깨를 쳤다.

"아주 간단해. 여기서 문제가 되고 이야기의 주제가 되는 건 바로 표적이야. 자, 생각해봐. 만약 남들에게 두려움을 느끼게 하는 무언가를 가진 사람이 있다고 치자. 어느 누구도 감히 그 사람을 건드리려는 사람이 없고 그의 자식들도 마찬가지로 남에게 깊은 인상을 주었다면 말이야. 그들의 이마에 무슨 우편물의 소인 같은 표적이 있었던 것은 아닌 거야. 추측이 아니라, 확실할 정도야. 세상일은 그렇게 단순하게 흘러가지 않으니까. 말로 표현하긴 어렵지만 뭔가 경외심을 일으킬 수 있는 것이 그들에게 있었고 평범한 사람들과 달리 그들의 눈빛에서는 조금 더 엄격하고 지혜로워 보이면서도 대담한 무엇인가가 느껴졌을 거야. 그 남자는 힘이 있었고 사람들은 그것이 두려웠겠지.

그래서 그는 표적을 지니게 된 거지. 그걸 사람들이 각자 자기 식대로 설명하는 거야. 하지만 '사람들'은 언제나 자기에게 유리하고 스스로를 정당화시킬 수 있는 것을 바라지. 사람들은 카인의 자손들이 두려웠던 거야. 그래서 사람들은 그 표적을 원래대로 훈장처럼 설명하지 않고 반대로 설명하고, 이 표적을 지닌 사람들을 두려워했어. 또 사실 그러하기도 했겠지. 무섭다고 말이야. 아마, 실제로 그렇기도 했겠지. 용기와 개성을 가진 사람은 평범한 사람들에게 두려운 존재이니까. 두려움을 모르는 강한 종족이 자기네들 주위에 살고 있다는 것은 매우 견디기 힘든 일이었을 거야. 그래서 사람들은 그 강한 종족에게 일종의 보복을 가한 거야. 그들이 받고 있는 공포심에 대한 보상을 받기 위해 하나의 별명과 전설을 만들어서 붙였던 거지. 내 말을 이해하겠니?"

"응, 그건 다시 말해, 카인은 실제로는 하나도 나쁘지 않았다는 말이지? 성경에 나오는 이야기가 전부 사실은 아니란 말이네?"

"그렇다고 할 수도 있고, 그렇지 않다고 할 수도 있어. 아주 오래된 옛 이야기일수록 진실에 가깝지만 그 진실들이 언제나 사실 그대로 기록되고 올바로 해석돼왔다고 볼 수는 없어. 쉽게 말해서 난 카인이 뛰어난 사람이었다고 생각하는 거야. 단지 사람들이 그를 두려워했기 때문에 그런 이야기를 지어냈을지도 몰라. 카인의 이야기는 사람들이 가볍게 떠들어대는 허무맹랑한 소문에 불과한 거지. 하지만 정말 카인과 그 자손들이 일종의 '표적'을 지니고 있었고 대부분의 다른 사람들과는 전혀 달랐다는 것만은 진실이라고 생각해."

나는 대단히 놀랐다.

"그럼 동생을 죽인 것도 진짜라고 믿어?"

충격을 받은 나는 이렇게 물었다.

"물론 사실이지. 그건 분명히 사실일 거야. 강자가 약자를 죽였던 거야. 정말 그들이 형제였는지는 의심스럽지만, 그건 그렇게 중요하지 않아. 결국 모든 사람은 모두 형제라고 할 수 있으니까, 따라서 강자가 약자를 죽인 것에 불과해. 그것은 무척 영웅적인 행동이었을 수도 있고 또 그렇지 않았을 수도 있어. 여하튼 약한 자들은 두려움을 느꼈던 거야. 그들은 공포에 휩싸여 한탄했겠지. 그렇지만 누군가가 그들에게 '왜 그들을 해치우지 못하지?' 하고 물으면 '우리가 겁쟁이기 때문에'라고 말하지는 않을 거야. '그럴 수는 없어. 그자들은 표적을 달고 있어. 신이 그들에게 표적을 주셨거든' 하고 말할 거야. 대충 그렇게 해서 황당한 이야기가 만들어졌을 거야. 아참, 너무 오래 너를 붙잡고 있었군. 그럼 잘 가라!"

그가 알트 거리로 구부려져 돌아가자 나는 한동안 멍하니 혼자 서 있었다. 그가 가 버리자마자 지금까지 데미안이 한 이야기가 전부 믿을 수 없는 사실로 여겨졌다. 카인은 강자고 아벨은 겁쟁이라니! 카인의 표적이 훈장이라니! 그건 비이성적인 이야기였고, 하느님을 모독하고 비방하는 말이었다. 그렇다면 사랑하는 신은 대체 어디에 계셨단 말인가? 신은 아벨의 제물을 받지 않았고, 아벨을 사랑하지 않으셨단 말인가? 아니, 그럴 리가 없다. 그건 허무 맹랑한 이야기에 불과하다. 나는 데미안이 나를 놀려서 당황스럽게 만들기 위해 꾸며낸 이야기라고 생각했다. 정말이지 그는 굉장히 명석한 녀석이었다. 말은 매우 논리적이었지만 그렇게 간단하게 될 일은 아니었다.

나는 성경에 나오는 이야기나 다른 부류의 어떤 이야기도 그런 식으로 생각해본 적이 한 번도 없었다. 그때처럼 오랫동안 아니, 저녁 내내 그렇게 말끔하게 프란츠 크로머의 존재를 잊어본 적은 없을 것이다. 집으로 돌아오자마자 나는 성경에 쓰인 카인의 이야기를 다시금 꼼꼼히 읽어 보았지만 그 내용은 매우 간단명료했다. 그리고 거기서 특별히 숨은 뜻을 찾아낸다는 것은 미친 짓이었다. 그렇다면 모든 살인자는 신의 사랑과 보호를 받은 사람이라고 말할 수 있어야 할 것 아닌가! 아니다, 그건 말도 되지 않는 소리였다. 그러나 데미안이 그렇게 훌륭하고 조리 있게, 그런 진지한 눈빛으로 이야기할 수 있었다는 그 점이 나의 마음을 사로잡았다.

내 자신 속에도 뭔가 정돈되지 않은 무질서한 것들이 존재하고 있는지도 모른다. 얼마 전까지 나는 밝고 깨끗한 세계에 속해 있었다. 나는 일종의 아벨이었다. 하지만 지금의 나는 '다른 세계'에 너무 깊이 떨어져 버려서 헤어나올 수 없을 만큼 가라앉아 버렸다. 나만의 잘못이 아니라고 해도 어떻게 일이 이 지경까지 와 버렸을까? 그렇다. 그때 문득 내 마음속에 한 가지 기억이 떠올라 한순간 숨이 막힐 뻔했다. 이 불행한 상황이 시작되었던 그 고통스러웠던 밤에 느꼈던 감정이 생각났던 것이다. 그 당시 나는 한순간이나마 아버지는 물론 아버지로 대표되는 밝은 세계와 지혜를 단칼에 꿰뚫어보며 경멸했던 것이다. 그때의 나는 분명 카인이었고 이마에 달린 표적을 수치스럽게 여기기보다는 훈장을 단 것처럼 으스댔다. 나의 죄악과 고통을 통해서 나는 아버지와 같은 선하고 경건한 사람들보다도 더 우월한 위치에 있다고 생각하고 있었다.

그 당시의 경험이 어떤 분명한 사고 체계를 갖추었던 것은 아니다. 하지만 모든 것이 그 속에 포함되어 있었고, 그것 때문에 몹시 고통스러웠던 상태에서도 엉뚱한 긍지와 오만으로 가득 찰 수 있었다.

그런데 데미안은 강한 자와 약한 자에 대해 어째서 그런

방향에서 이야기를 해주었을까? 카인의 표적에 관한 해석
도 마찬가지였다. 그 순간 데미안의 눈은 마치 어른과도 같
이 얼마나 빛났던가! 그때 문득 머리를 스치는 이런 생각이
나를 혼란스럽게 했다. 데미안 자신이야 말로 일종의 카인
이 아닐까? 데미안 스스로 자신이 카인의 일족이라고 생각
하지 않는다면 카인을 옹호할 이유가 없지 않을까? 어째서
그의 눈빛에 그런 힘이 담겨 있을까? 데미안은 왜 그토록
하느님의 뜻에 부합되는 경건한 '다른 사람들'에 대해서 그
처럼 비웃듯이 말하는 것일까?

　나는 이런 생각을 결론지을 수가 없었다. 샘물에 돌멩이
한 개가 떨어졌는데 그 샘은 바로 나의 어린 영혼이었다.
한동안, 아니 오랫동안 인식과 비평 같은 시도를 하게 될
때 카인의 살인과 표적에 관한 문제는 언제나 그 출발점이
되었다.

　나는 금방 다른 학생들도 나와 마찬가지로 데미안에게
관심이 있다는 사실을 알았다. 카인에 관한 이야기를 누구
에게도 하지 않았지만 그는 분명히 다른 아이들의 관심을
끌고 있는 것 같았다. 이 전학생에 관해 많은 소문이 나돌

았다. 만약 내가 그 소문을 전부 들었다면 데미안의 전모를 파악하는 데 도움이 되었을 것이고 모든 것을 확실히 알 수 있었을 것이다. 하지만 내가 알고 있었던 것은 데미안의 어머니가 부자라는 소문뿐이었다. 데미안의 어머니는 교회에는 절대 나가지 않으며, 아들 역시 그렇다는 말도 있었다. 그들이 유대인이라는 사람도 있었고, 비밀스러운 회교도라고 말하는 사람도 있었다. 한술 더 떠서 막스 데미안의 체력에 관한 말이 많았다. 데미안의 반에서 힘이 제일 센 아이가 그에게 싸움을 걸었다가 응하지 않자 겁쟁이라고 비웃었다가 그에게 몹시 혼이 났다는 말은 사실이었다. 아이들의 목격담을 빌리자면, 데미안이 단지 한 손으로 그 아이의 멱살을 잡고 눌렀을 뿐인데 상대 아이가 얼굴이 하얗게 질려서 항복하고 도망쳤으며, 그 아이는 며칠 동안이나 팔을 쓸 수가 없었다고 했다. 어느 날 저녁에는 그 아이가 죽었다는 소문도 났다. 이런 여러 가지 소문들이 무성하게 퍼져나갔고 사람들은 소문이 사실이라고 굳게 믿었으며 언제나 흥분과 놀라움을 불러일으켰다. 우리들은 얼마 동안은 그 정도의 소문에 만족했다. 그러다가 얼마 지나지 않아 학생들 사이에 새로운 소문이 돌았다. 데미안이 여자를 사귀고 있으며, 이미 '알 건 다 안다'는 소문이었다.

그러는 동안에도 여전히 나는 프란츠 크로머와 고통스러운 관계를 이어가고 있었다. 나는 그로부터 헤어날 수가 없었다. 왜냐하면 그가 며칠쯤 나를 가만히 내버려둔다고 해도 사실상 나는 그에게 단단히 얽매여 있는 상태였기 때문이다. 그는 꿈에서도 그림자처럼 나를 쫓아다녔고, 그가 실제로는 하지 않았던 악행들마저 내가 만들어낸 꿈속에서 나를 괴롭히곤 했다. 결국 꿈속에서 나는 완전한 크로머의 노예였다. 나는 꿈이 몹시 많은 아이였다. 나는 현실에서보다 꿈속에서 더 많이 살았기에 이 그림자로 인해 힘과 생명력을 잃어가고 있었다. 특히 크로머가 나를 학대하고 내게 침을 뱉고 내 무릎을 짓밟으며 더 잘못된 범죄로 나를 유인하는 꿈을 자주 꾸었다.—아니, 유혹한다기보다는 그의 강력한 힘에 의해 굴복당했다고 표현하는 것이 적당할 것이다. 가장 두려웠던 것은 꿈에서 아버지를 살해하는 것이었는데 나는 거의 미칠 지경이 되어 잠에서 깨어났다. 꿈에서 크로머가 칼을 갈아서 내 손에 쥐어주었고 우리는 가로수 뒤에 숨어 누군가를 기다리고 있었다. 나는 누구를 기다리는지 몰랐고 누군가 우리 가까이로 걸어오자 크로머는 내 팔을 건드려 내가 누군가를 찔러야 할 사람이라는 걸 알려주었다. 그 사람은 바로 우리 아버지였다. 그 순간 나는 잠에서 깼다.

이 꿈 때문에 카인과 아벨의 이야기를 다시 한 번 곰곰이 생각하게 되었다. 하지만 데미안에 대한 생각은 거의 떠오르지 않았다. 데미안이 내게 다시 나타난 것은 이상스럽게도 역시 꿈속에서였다. 나는 참고 견딜 수 없는 학대와 폭력에 시달리는 꿈을 꾸었는데, 내 무릎을 짓밟은 것은 크로머가 아니라 데미안이었다. 그런데 이상하고 신기한 것은 크로머가 내게 그런 짓을 했을 때는 고통과 혐오감을 느낄 뿐이었는데 데미안에게서는 불안과 기쁨이 뒤섞인 묘한 감정을 느꼈던 것이다. 이런 꿈을 나는 두 번이나 꾸었는데 그리고 나서는 다시 크로머가 원래의 자리를 차지했다.

꿈속에서 경험한 일과 현실에서 경험한 일을 정확하게 구분하여 생각할 수는 없었다. 하여간 크로머와 나의 괴로

운 관계는 계속되었고, 내가 조금씩 훔쳐낸 돈으로 그에게
지불해야 할 돈을 전부 갚았을 때도 우리의 관계는 끝나
지 않았다. 오히려 크로머는 내가 했던 도둑질을 상세히 알
게 되었기 때문이었다. 그는 내가 돈을 가져올 때마다 어디
서 난 돈인지 캐물었는데 그로 인해 나는 전보다 더 단단히
그의 손아귀에 잡히고 만 것이다. 그는 아버지에게 모든 것
을 일러바치겠다고 위협했다. 그럴 때마다 나는 두려움에
떨며 애초에 그런 일을 저지르지 않았으면 하는 후회가 들
기도 했다. 나는 몹시 괴로웠지만 모든 일에 대해서 언제나
후회하지는 않았다. 단지 때때로 벌어지는 일들은 그럴 수
밖에 없는 필연이라고 생각했다. 불길한 운명이 나를 지배
하고 있는 한 그것에서 벗어나려고 하는 것은 어리석은 일
같았다.

　아마도 나의 부모님은 이런 내 상태에 대해 매우 걱정하
셨을 것이다. 낯선 영혼이 나를 덮쳐와, 나는 그토록 다정
했던 집안 분위기에 더 이상 어울리지 않았다. 나는 그것에
대해 잃어버린 낙원에 대한 것과 같이 견딜 수 없는 향수를
느끼기도 했다. 어머니는 나를 주로 문제아보다는 아픈 아

이로 취급했는데, 내가 사실상 어떤 상태에 있었는지는 누나들의 태도에서 가장 잘 알 수 있었다. 그들의 태도로 인해 나는 위안을 느끼면서도 동시에 극도의 비참한 심정을 느꼈다. 그들은 나의 상태에 대해 꾸짖기보다는 불쌍히 여겨야 한다고 생각했지만, 나를 악이 내재하는 미치광이쯤으로 여기고 있었다. 가족들이 나를 위해 예전과는 다른 기도를 드리고 있다는 것을 알았지만 그 기도 역시 헛된 것이라는 것도 잘 알고 있었다. 모든 괴로움을 던져버리고 싶은 간절한 희망과 진정으로 참회하고 싶다는 소망을 격렬히 느꼈던 적도 있었지만, 모든 것을 아버지와 어머니께 사실 그대로 이야기할 수 없으며, 그것을 설명하는 것 또한 몹시 어려운 일이라는 것도 알았다. 비록 용서를 빈다고 할 지라도 위로와 동정은 얻을 수는 있겠지만 완전한 이해를 바랄 수는 없을 것이다. 또한 이 모든 일이 나로서는 진정 어찌할 방도가 없었던 운명임에도 불구하고 그들은 그것을 단순한 탈선으로 취급해 버릴 것이라는 것도 알고 있었던 것이다.

대부분의 사람은 열한 살도 채 되지 않은 아이가 이런

것을 느낄 수 있다는 사실을 믿지 못할 것이다. 나는 이 사람들에게 내 처지를 이해시키고자 하는 것이 아니라 인간의 본질을 보다 잘 파악하고 있는 사람에게 이야기하고 있는 것이다. 자기의 감정을 이성으로 변화시키는 걸 익힌 어른들은 아이들에게도 이런 이성이 존재할 거라고 상상하지 못할 뿐 아니라 그들의 경험도 무시한다. 그렇지만 나는 평생 그때처럼 그렇게 절실한 경험을 하고 그때처럼 절박한 경험과 고민을 한 적은 거의 없었다.

비가 내리던 어느 날 나는 크로머로부터 성의 광장으로 나오라는 명령을 받았다. 그를 기다리는 동안 나는 물에 젖어 축축한 밤나무에서 계속 떨어지는 잎들을 발로 휘적거리고 있었다. 돈을 구할 수 없었기 때문에 크로머에게 주려고 과자 두 조각을 가져왔었다. 나는 어느 틈엔가 이렇게 외진 곳에서 때로는 퍽 오랫동안 크로머를 기다리는 데 익숙해져 있었다. 사람들이 어쩔 수 없는 운명을 감수하는 것과 같은 심정으로 나도 그런 상황을 받아들이고 있었다.

드디어 크로머가 왔다. 오늘은 그리 오래 걸리지는 않았다. 크로머는 내 가슴팍을 두어 번 쥐어박고는 기분 좋은 일이 있는 듯 낄낄거렸다. 과자를 빼앗아 들고, 내게 축축한 담배를 권했다. 물론 나는 그것을 받지 않았다. 아무튼 그는 평소와는 달리 유난히 친절하게 굴었다.

"참."

헤어지려던 순간 크로머가 말했다.

"잊어버리기 전에 말해 두겠는데 다음에는 누나를 데리고 나와. 큰누나 말이야. 이름이 뭐였더라?

나는 이해할 수 없는 그의 말에 미처 대답도 못하고 서서 놀란 모습으로 멍청히 그를 바라보았을 뿐이었다.

"내 말 못 알아듣겠니? 네 누나를 데리고 오란 말이야."

"알아들었어, 크로머. 하지만 그건 안 돼. 난 할 수 없어. 누나도 따라 오지 않을 거야."

나는 그것도 역시 계략이고 구실에 불과한 것이라고 생각했다. 그는 가끔씩 그렇게 불가능한 걸 요구하면서 내 기를 꺾어놓고는 나를 꼼짝도 못하게 얽어 다른 요구에 응하도록 만들고는 했다. 그러면 나는 또 돈이나 다른 것으로 그의 마음을 누그러뜨려야 했다.

그런데 이번에는 이전과는 전혀 달랐다. 내가 거절한 데 대해서 그는 전혀 화를 내지 않았다.

"그래."

얼버무리듯이 대꾸한 뒤에 그는 말을 이었다.

"그냥 잘 생각해봐. 난 너의 누나랑 사귀어보고 싶은 거야. 언젠가 다음 번에 기회가 생길 수도 있겠지. 너는 그냥 누나와 함께 산책하러 나오기만 하면 돼. 그럼 내가 거기로 갈 테니까. 내일 내가 다시 휘파람을 불게. 그때 다시 이 일을 의논해보자."

크로머가 가고 나서야 어렴풋이 그의 말뜻이 짐작되었다. 나는 그때 완전히 어린애에 불과했지만 우리들이 조금 더 나이를 먹으면 비밀스럽고 야릇한 금지된 짓을 서로 할 수 있다는 것쯤은 들어서 알고 있었다. 갑작스러운 이 상황이 얼마나 망측하고도 엄청난 일인가! 나는 그런 짓은 결코 하지 않겠다고 확고히 결심했다. 하지만 그다음에는 나에게 무슨 일이 닥쳐올 것인가. 크로머가 어떤 식으로 나에게 앙갚음을 할지에 대해서는 감히 생각할 엄두가 나질 않았다. 아직 괴로움은 충분치 않았던 모양이다. 내게 새로운 고문이 시작되었다.

나는 지극히 참담한 심정이 되어 주머니에 손을 푹 찔러 넣고 텅 빈 광장을 가로질러 걸었다. 더 크고 더 깊은 새로운 고통, 새로운 압박감이 나를 짓눌렀다. 그때 누군가 쾌활하고 힘찬 목소리로 나를 불렀다. 나는 깜짝 놀라 달아났다. 누군가 내 뒤를 따라와서는 한쪽 손으로 나를 살며시 끌어당겼다. 그것은 막스 데미안이었다.

나는 붙잡는 대로 가만히 있었다.

"난 또 누군가 했네."

나는 불안한 마음을 감추며 말했다.

"사람을 그렇게 놀라게 하는 법이 어디 있어?"

그는 나를 바라보았다. 이때처럼 그의 눈빛이 어른스럽고 우월하며 사람을 꿰뚫어보는 힘을 가진 것처럼 느껴진 적은 없었다. 오랫동안 우리는 서로 이야기를 나눌 기회가 없었다.

"미안해."

그는 공손하고도 분명한 어조로 말했다.

"하지만 그렇게 놀랄 것까지는 없잖아."

"물론 그래. 하지만 놀랄 수도 있지."

"그럴 수도 있겠지. 하지만 네가 아무 상관 없는 사람 앞에서 그렇게 깜짝 놀란다면 상대방은 좀 이상하게 여기고 호기심이 생기겠지. 정말 수상하게 생각될 만큼 네가 잘 놀란다고 생각하고는 '사람은 뭔가 불안함에 떨 때 잘 놀라게 되는데' 하고 생각할 거란 말이야. 겁쟁이들은 언제나 불안해하니까. 그렇지만 나는 네가 겁쟁이라고 생각하지 않아. 그렇지 않니? 아, 물론 넌 영웅도 아니야. 네가 무서워하는 누군가가 있는 거야. 하지만 그런 것은 절대로 있어서는 안돼. 사람이 사람을 두려워한다는 건, 말도 안 되는 일이야. 나를 두려워하는 건 물론 아니겠지? 안 그래?"

"아냐, 아냐. 조금도 두렵지 않아."

"그것 봐, 맞지. 하지만 넌 누군가를 두려워하고 있지?"

"글쎄, 난 잘 모르겠어……. 제발 그만둬. 뭣 때문에 이러는 거야?"

그는 나와 걸음을 맞추며 걸었고—나는 그에게서 도망칠 생각으로 빨리 걷고 있었다.—그리고 나는 내 옆얼굴을 쳐다보는 그의 시선을 느꼈다.

"가령 말이야."

그는 다시 이야기를 시작했다.

"내가 네게 호의를 가지고 있다고 하자. 그러면 넌 나를 두려워할 필요가 없어. 난 너에게 한 가지 실험을 해보고 싶은데 아주 재미있을 거야. 너도 거기서 무언가를 얻을 수 있을 거고. 잘 들어봐! 나는 이따금 독심술이라고 하는 걸 시험해보곤 하지. 무슨 요술을 부리거나 하는 건 아닌데 그 이치를 모르는 사람에게는 여간 신기해 보이지 않거든. 그 것으로 사람을 깜짝 놀라게 할 수 있으니까 말이야. 자, 우리 한번 시험해보자. 내가 너를 좋아하거나 흥미를 가지고 있다고 해두자. 그래서 이젠 네 마음이 어떤지 알고 싶어진 거야. 난 이미 그것을 시도한 셈이야. 난 너를 깜짝 놀라게 했었지. 그러니까 너는 잘 놀란단 말이야. 그건 곧 네가 어떤 물건이나 사람을 두려워하고 있다는 증거야. 어떻게 해서 그렇게 될 수 있는 걸까? 사람은 어느 누구도 두려워할 필요가 없는 거야. 그런데도 그 사람이 누군가를 두려워하고 있다면 그건 자기를 지배하는 힘을 그 누군가에게 내주어 버렸기 때문이야. 예를 들어 네가 어떤 나쁜 짓을 했다고 하자. 그런데 다른 사람이 그 일을 알고 있는 거야. 그러면 그 사람이 너를 지배하는 힘을 가지게 되는 거지, 알겠니? 분명한 일이겠지만, 그렇지 않니?"

나는 어찌할 바를 몰라 하며 그의 얼굴을 쳐다보았는데 그의 얼굴은 언제나처럼 엄숙하고 영리해 보였고 또 호의를 가진 것처럼 보였다. 하지만 다정하다기보다는 오히려 엄격해 보였다. 정의 혹은 그와 비슷한 무엇이 그의 표정에 깃들어 있었다. 나는 무엇이 어떻게 된 것인지 알 수 없었다. 그는 마치 마법사와도 같이 내 앞에 서 있었다.

"이해할 수 있겠니?"

그는 다시 한 번 물었다.

나는 그저 고개를 끄덕였을 뿐 아무 대답도 할 수 없었다.

"내가 독심술이 요술처럼 보일 수 있다고 말하긴 했지만 그건 지극히 자연스럽게 되는 거야. 예를 들면 언젠가 우리가 카인과 아벨 이야기를 나눴던 그때 네가 날 어떻게 생각했는지 꽤 명확하게 맞힌 것 같아. 그런데 지금은 그 이야기를 할 때가 아니지. 넌 한 번쯤은 내 꿈을 꾸었겠지. 하지만 그런 이야기도 관두자! 넌 영리한 아이야. 대부분의 아이들은 멍청한데 말이야. 난 가끔씩 내가 신뢰하는 영리한 아이와 이야기 나누는 걸 좋아해. 너도 물론 괜찮지?"

"그래, 괜찮아. 하지만 난 그 말을 제대로 이해하지 못하는걸 뭐."

"그럼 그 즐거운 실험을 다시 시작해볼까? 우리는 어떤 소년이 잘 놀란다는 것과 그가 두려워하는 누군가가 있다는 걸 알게 되었어. 아마도 그는 누군가와 매우 불쾌한 일이 있는 모양이란 말이야. 대략 들어맞지?"

나는 꿈속에서 그랬던 것처럼 데미안의 목소리와 영향력에 압도당하고 있었다. 나는 그저 고개만 끄덕였다. 지금 그가 하고 있는 이야기는 오로지 나만이 알 수 있는 그런 것이 아닌가? 이렇게 모든 것을 분명하게 알고 있다니, 내 자신보다도 더 잘, 더 분명하게 알고 있다니!

데미안이 내 어깨를 힘차게 두드렸다.

"그럼 내 말이 맞는 거구나. 나는 그렇게 추리해낼 수 있었어. 이제 한 가지 질문이 남았는데, 조금 전에 너랑 헤어진 그 애가 누구지?"

나는 깜짝 놀랐다. 그리고 비밀을 들키고 말았다는 것이 무척 고통스럽게 느껴졌다. 비밀은 밝은 곳에 드러나기를 원치 않는 것이다.

"누구 말이야? 나 말고는 아무도 없었는데."

나는 거의 들릴 듯 말 듯한 목소리로 말했다.

"프란츠 크로머 말이니?"

데미안은 만족스럽다는 듯이 고개를 끄덕였다.

"잘했어! 넌 정말 눈치가 빠른 녀석이야. 우린 친구가 될 것 같다. 이제 조금만 더 물어보자. 그 크로먼가 뭐가 하는 녀석은 아주 나쁜 놈이야. 그 녀석 얼굴에 악당이라고 씌어져 있어. 넌 어떻게 생각하니?"

"응, 그래."

난 한숨을 푹 쉬었다.

"아주 나쁜 애야, 악마 같은 녀석이라고! 하지만 그 녀석이 이런 걸 알게 되면 안 돼. 제발 아무 말도 말아줘. 너 그 애를 알고 있니? 크로머도 너를 알고?"

"진정해, 그 녀석은 벌써 가 버리고 없으니까. 그리고 그 애는 나를 몰라, 아직은. 하지만 그 녀석에 대해 알고 싶어. 그 애는 초등학교에 다니니?"

"응."

"몇 학년이니?"

"5학년. 하지만 아무 말도 하지 말아줘. 제발 부탁이야! 아무 말도 하지 말아줘!"

"안심해, 너에겐 아무 일도 없을 테니까. 그런데 그 녀석에 대한 이야기를 조금만 더 해줄 수는 없겠니?"

"그럴 수 없어. 그건 안 돼. 나를 좀 내버려둬."

그는 말없이 한동안 서 있었다.

"유감이로구나".

그는 말을 이었다.

"우린 실험을 좀 더 할 수도 있을 텐데. 하지만 널 괴롭히고 싶지는 않아. 그래도 네가 그 녀석을 두려워하는 건 옳지 못한 일이라는 걸 너도 알지, 그렇지 않아? 그따위 두려움은 우리를 완전히 망치게 할 수도 있으니까 어서 빨리 벗어나야 해. 네가 진정한 사내대장부가 되려면 그따위 것들로부터 벗어날 수 있어야 해 알겠니?"

"물론 형 말이 맞아……. 하지만 어떻게도 할 수가 없어. 형은 정말 모를 거야……."

"네가 생각했던 것보다 내가 훨씬 많이 안다는 걸 너도 봤잖아. 너 혹시 그 녀석에게 빚이라도 진 거야?"

"그래, 그렇기도 해. 하지만 그게 중요한 문제는 아니야. 그걸 말할 수는 없어. 절대로 말할 수 없어."

"만약에 내가 그 녀석에게 진 빚을 대신 갚아준다고 해도 말이야? 내가 줄 수도 있는데."

"아니야, 그런 게 아니라니까. 제발 부탁이야. 아무에게도 그런 말은 하지 말아줘. 한마디도! 내 부탁을 들어주지 않는다면 난 무척 불행해지고 말 거야."

"날 믿어, 싱클레어. 언젠가는 그 비밀을 나한테 털어놓게 될 거야."

"절대로, 절대로 그런 일은 없을 거야."

나는 다급하게 소리쳤다.

"너 좋을 대로 해. 난 단지 시간이 좀 지나고 나면 내게 말할 거라고 생각해. 물론 네 스스로 말이야. 설마 나도 너에게 크로머와 같은 짓을 하리라고 생각하는 건 아니겠지?"

"물론이야. 하지만 형은 그 일에 대해 아는 게 전혀 없잖아."

"그래, 아무것도 몰라. 난 단지 그것에 대해 곰곰이 생각할 뿐이야. 나는 절대로 크로머가 한 것과 같은 짓을 하지 않을 거야. 그건 믿을 수 있지? 네가 나에게 빚진 건 아무것도 없으니까."

우리는 한참을 말없이 서 있었다. 그러는 동안 내 마음은 조금씩 진정되었다. 하지만 데미안이 어떻게 그런 것들을 알았는지 점점 더 궁금해졌다.

"난 이제 집으로 가야겠어."

그는 그렇게 말하며 빗속에서 거칠게 짠 모포로 만든 외투 깃을 여몄다. "이왕 여기까지 이야기를 나눴으니까 한마디만 더 할게. 넌 그 녀석에게서 벗어나야 해. 다른 방법이 없다면 그 녀석을 때려 죽여 버려! 네가 그럴 수 있다면 난 무척 놀라고도 통쾌할 거야. 나도 널 도와줄게."

갑자기 새로운 불안함을 느꼈다. 카인의 이야기가 갑자기 머리에 떠올랐고 나는 두려움에 떨다가 조용히 흐느껴 울기 시작했다. 너무나 끔찍한 일들이 내 주위를 둘러싸고 있다는 생각에 견디기 힘들었다.

"그럼 좋아."

막스 데미안이 미소를 지었다.

"집으로 가자, 우린 분명히 그 녀석을 해치우게 될 거야. 때려죽이는 게 가장 간단한 방법이지. 이런 문제를 해결할 때는 가장 간단한 방법이 가장 최선인 법이지. 네가 그 녀석의 손아귀에 있다는 건 결코 좋은 일이 아니야."

나는 집으로 왔는데 마치 1년쯤 떠돌다 돌아온 것 같았다. 모든 것이 달라진 듯이 느껴졌다. 나와 크로머 사이에 뭔가 미래랄까, 희망 같은 것이 보이기 시작했던 것이다. 나는 더 이상 혼자가 아니었다. 그제야 나는 이 비밀을 끌어안고 몸살을 앓았던 몇 주간이 얼마나 무섭게 외로웠는지 확실히 느꼈다. 나는 그동안 여러 번 깊이 생각했던 것들을 떠올렸다. 부모님께 내 잘못을 모두 고백하고 용서를 빌면 내 고통은 덜어지겠지만 그것이 나를 완전하게 구원해줄 수는 없을 것이다. 하지만 나는 방금 전 고해를 할 뻔했다. 다른 사람, 그것도 낯선 사람에게. 그렇게 할 수만 있다면 구원받을 수 있다는 예감을 강렬하게 느꼈던 것이다.

그럼에도 불구하고 나의 이러한 불안감은 오랫동안 극복되지 못했다. 그러나 나는 이제야 적과 길고도 무서운 대결을 펼칠 각오를 하고 있었다. 모든 일이 그렇게 아무런 탈 없이 평화롭게 진행되어 가는 것이 그저 신기할 따름이었다.

우리 집 앞에서 들려오던 크로머의 날카로운 휘파람 소리가 하루, 이틀, 사흘, 그리고 일주일이 지나도 들려오지 않았다. 나는 이런 사실을 도저히 믿을 수가 없었다. 그래서 그가 전혀 예기치 않은 순간에 다시 나타나는 것은 아닐까 하고 내심 조바심을 내며 망을 보았다. 나는 이 놀라운 자유가 믿기지 않았다. 자유에 대한 불안감은 마침내 어느 날 프란츠 크로머를 우연히 만났던 순간까지 계속되었다. 크로머는 사일러 거리에서 내 쪽으로 걸어오는 중이었다. 그런데 나를 보자 흠칫 놀라고는 얼굴을 잔뜩 찌푸리고 나를 피해 그대로 돌아서서 가 버렸다.

그것은 내가 전혀 상상도 하지 못했던 일이었다. 나의 적이 내 앞에서 달아나다니! 악마가 내게 겁을 먹다니! 기쁨과 놀라움이 온몸을 관통해 지나갔다.

그 무렵의 어느 날 데미안이 다시 나타났다. 그는 학교 앞에서 나를 기다리고 있었다.

"잘 있었니?"

나는 인사를 했다.

"안녕, 싱클레어. 잘 있었니? 어떻게 지내는지 한 번 보고 싶었어. 이제 크로머도 더 이상 널 괴롭히지 않을걸. 그렇지?"

"형이 그렇게 했구나? 대체 어떻게? 어떻게 한 거야? 난 뭐가 뭔지 모르겠어. 그 녀석이 아예 나타나질 않아."

"잘됐네. 그러지는 않겠지만, 만일 그 녀석이 언제고 다시 나타나기라도 하면—그러지는 못할 거라고 생각하지만 워낙 뻔뻔스러운 녀석이니까—그럼 그 녀석에게 데미안을 기억하라는 말만 해."

"그게 무슨 말이야? 그 녀석하고 싸워서 실컷 때려준 거야?"

"아니, 난 싸우는 건 별로 좋아하지 않아. 난 그저 너랑 한 것처럼 그 녀석과 이야기를 했을 뿐이야. 너를 가만히 내버려두는 것이 그 녀석에게도 이로울 거라고 분명하게 말해주었지."

"설마 그 녀석한테 돈을 준 건 아니겠지?"

"아니야, 그런 방법이라면 네가 이미 충분히 해봤잖아."

나는 그에게 좀더 자세하게 물어보려 했지만 데미안은 자리를 떠났다. 나는 예전부터 데미안에게 느꼈던 감사와 두려움, 놀라움과 불안감, 호감과 내면에서의 반항심이 뒤섞인 답답함을 느끼며 그 자리에 혼자 덩그러니 남아 있었다. 나는 빠른 시일 내에 다시 데미안을 만나 모든 일에 대해서, 또한 카인의 문제에 대해 더 많은 이야기를 나누고 싶었다. 하지만 그렇게 되진 않았다.

나는 감사라는 감정 자체를 전혀 믿지 않았다. 그리고 어린 아이에게 감사의 표시를 요구하는 것은 위선적인 일이라고 생각했다. 그래서 지금도 내가 데미안에게 감사를 표현하지 못했던 배은망덕한 일에 대해 그다지 탓하지는 않는다. 그럼에도 만일 그가 크로머의 손아귀로부터 나를 구해주지 않는다면 나는 평생 동안 병들고 타락해 버렸을 것이라고 확신한다. 그 당시에도 이 해방감을 내 소년 시절의 가장 큰 경험이라고 느꼈다. 하지만 구원의 손길을 건네며 내게 기적을 베푼 사람을 나는 금방 잊어버리고 말았다.

이미 말했듯이 감사를 표현하지 않은 일이 내게 있어서 결코 이상한 일은 아니었다. 진정 이상한 일은 내가 그것에 대해서 전혀 호기심을 느끼지 않았다는 것이다. 데미안을 통해 알게 된 비밀에 대해서 더 자세히 알아보지도 않은 채 어떻게 단 하루라도 편안하게 지낼 수 있었던 것일까. 카인에 대해서, 크로머에 대해서, 독심술에 대해서, 더 많이 이야기하고 싶은 호기심을 나는 어떻게 억누를 수가 있었을까?

이 일만큼은 정말 이해가 가지 않는다. 하지만 사실이 그러했다. 나는 갑작스럽게 악마의 손아귀에서 풀려나 내 앞에는 다시 밝고 즐거운 세계가 펼쳐져 있다는 것을 깨달았다. 이제는 불안의 발작이나 숨 막힐 듯한 가슴의 고동에 시달리지 않아도 되었다. 저주는 풀렸고 나는 더 이상 죄인이 아니었다. 다시 예전의 학생으로 되돌아간 것이다. 나의 본성은 될 수 있는 한 빨리 이전의 균형과 평온 속으로 되돌아가려고 애썼고, 무엇보다 그 많은 끔찍한 일들과 고통스러운 일들을 빨리 떨쳐내고, 잊어버리려고 노력했다. 나의 죄와 깊고 긴 고통의 날들은 어떤 흔적이나 인상도 남기지 않은 채 너무도 빨리 내 기억에서 사라져 갔다.

잊어버리려고 애쓴 대상은 단지 고통에 관한 것뿐만 아니라 나를 도와주고 구원해준 사람에 대해서도 마찬가지였다는 사실을 오늘날에 와서야 깨달았을 뿐이다. 저주받은 죄의 구렁텅이 속에서, 크로머에게 당했던 몸서리쳐지는 수모에서, 상처받은 영혼이 온 힘과 노력을 다해 예전의 행복하고 만족스러운 세계로 도망쳐 돌아온 것이다. 나를 향해 다시 활짝 열린 잃었던 낙원으로, 아버지와 어머니의 밝은 세계로, 누나들에게로, 좋은 향기와, 아벨이 누렸던 신의 사랑이 존재하는 곳으로 나는 되돌아왔던 것이다.

데미안과 짧은 이야기를 나누었던 그 다음 날, 다시 찾은 자유에 대해 충분한 확신이 서고 다시 이 자유가 사라지지 않는다는 믿음이 생겼을 때 나는 내가 그토록 간절히 염원하고 소망했던 일을 했다.—용서를 빌었던 것이다.— 나는 어머니께 열쇠가 부서지고 장난감 돈이 채워진 저금통을 내보이고, 바보 같은 거짓말 때문에 얼마나 오랫동안 못된 녀석에게 시달림을 당했는지 고백했다. 어머니는 그 모든 것을 전부 이해하시지는 못했지만, 저금통과 달라진 내 눈빛과 달라진 나의 목소리로 내가 병에서 회복되어 다시 어머니의 아들로 되돌아왔다는 것을 느끼셨다.

나는 흥분된 마음으로 내가 다시 밝은 세계로 돌아온 것에 대한 축제를 벌이고 방탕아의 귀향 의식을 거행했다. 어머니는 나를 아버지께 데리고 가셨다. 나의 고백은 되풀이되었고, 질문과 놀라움이 쏟아졌다. 아버지와 어머니는 내 머리를 쓰다듬어주며 오랜 시간 걱정으로 짓눌린 마음에서 벗어나 안도의 한숨을 쉬셨다. 모든 것이 멋있게 이루어졌으며 잘 짜여진 이야기처럼 기막히고 조화롭게 해결되었다.

나는 사력을 다해 이 조화 속으로 도망쳐 들어갔다. 평화와 양친의 신뢰를 받는다는 건 아무리 계속되어도 따분하지 않은 일이었다. 나는 모범적인 아들이 되었고, 예전보다 누나들과도 더 잘 어울렸으며, 예배를 드릴 때는 구원받고 회개한 사람으로서 감사함이 넘치는 마음을 담아 내가 좋아하던 옛날의 찬송가를 함께 불렀다. 이런 일들은 조금의 거짓도 없이 진심에서 우러나왔다.

그렇지만 모든 일이 완전히 해결된 것은 아니었다. 내가 데미안을 잊으려 했다는 사실은 바로 이 점에서 설명할 수 있다. 나는 데미안에게도 참회를 했어야 했다. 그 고해는 그럴 듯하게 과장되거나 감동적이지는 않았겠지만 나로서는 참회를 했어야만 더 큰 해방감을 느낄 수 있었을 것이다. 지금 나는 온 힘을 다해 옛날의 낙원으로 돌아왔고 자비롭게 받아들여졌다. 그러나 데미안은 이 세계에 속하지도 않았고 이 세계에 어울리지도 않았다. 물론 그는 크로머와는 달랐지만 어떤 의미에서는 그 또한 나를 유혹한 사람이었으며, 내가 알고 싶어 하지 않았던, 다른 나쁜 세계에 눈뜨게 만든 사람이었던 것이다. 그리고 나 자신은 이제야 겨우 아벨로 돌아온 상태에서 또다시 아벨을 버리고 카인을 찬미하는 것에 협조할 수는 없었으며 내 자신도 원하지 않았다.

이것은 표면인 사정이었다. 그러나 내면인 사정은 달랐다. 나는 크로머의 손아귀에서 해방되었다고 하지만 내 스스로의 힘으로 그렇게 된 것은 아니었다. 나는 세상의 좁은 길을 똑바로 걸어가려고 애를 썼지만 그 길은 내게 너무 위험했다. 다행히 어떤 친절한 손길 하나가 위험에 처한 나를 구해주었기 때문에 지금 나는 더 이상 한눈파는 일이 없이 어머니의 품, 경건하고 따사했던 어린 시절의 안락한 보금자리 속으로 되돌아온 것이다. 나는 실제보다 더 어리고 더 의존적이었으며 더 어린애처럼 굴었다. 크로머에게 고분고분 따랐던 나는 독립심을 상실하여 다시 새로운 누군가에게 의존할 필요가 있었다. 그래서 나는 그것이 유일 세계가 아닌 것을 이미 알고 있었지만 맹목적이다 싶을 정도로 아버지와 어머니의 보호 속에 있는 '밝은 세계'에 속하기를 갈망했다. 내가 그렇게라도 하지 않았더라면 나는 분명히 데미안에게 의지해 나의 속마음을 전부 털어놓았을 것이다. 내가 그렇게 하지 않은 이유는 데미안의 이단적인 사상은 그 당시의 나에게 있어 큰 불안감으로 작용했기 때문인 것처럼 보였다. 비록 오늘날에 들어 데미안의 생각이 지극히 정당한 것으로 받아들여진다 하여도 말이다. 그러나 더 솔직하게 표현하자면 그것은 두려움 때문이었을 것이다. 데미안은 내게 부모님들이 요구하는 것 이상의 것을 요구하고, 자극과 경고를 통해, 조롱과 풍자를 통해 나를 보다 적극적인 인간이 되게 하려고 애썼을 것이었다. 오늘에 이르러서야 나는 그것을 확실히 깨닫게 되었다. 인간에게 있어서 자기 자신에게 다가서는 일보다 더 어려운 일은 없다는 것을!

그럼에도 나는 그 유혹을 뿌리치지 못하고, 반년쯤 후의 어느 날 산책길에서 아버지께 많은 사람이 아벨보다 카인이 더 훌륭하다고 말하는 것에 대해 어떻게 생각하는지 물었다. 아버지는 그 질문에 무척 놀라면서 새로울 것이 없는 견해라고 설명해주셨다. 그 관점은 기독교 이전 시대 때부터 등장해서 여러 종파들로 전수되었는데, 그 종파들 중 하나가 '카인교도'라 불렸다고 하셨다. 하지만 이러한 이단적인 사상은 우리의 믿음을 파괴하려는 악마의 기도일 뿐이다. 왜냐하면 사람들이 카인이 옳고 아벨이 잘못되었다고 믿게 된다면 신이 오류를 범한 것이 되고, 따라서 성경의 신은 올바른 유일신이 아닌 잘못된 신이라는 결론이 나오기 때문이다. 실제 카인교파들은 이와 비슷한 견해를 주장했을 것이다. 하지만 이런 이교도들은 오래전에 인류의 역사에서 사라져 버렸음에도 불구하고 나의 학교 친구가 이런 것들을 알고 있다는 사실을 아버지는 이상하게

생각하셨다. 그리고 이런 생각은 단연코 배척해야 한다고
엄숙히 경고하셨다.

도둑

아버지와 어머니의 보호 아래에 있었던 안전한 내 유년 시절의 생활, 그리고 사랑의 온화함과 밝은 환경 속에서 만족스럽고 즐겁게 성장할 수 있었던 순간들은 아름답고 어여쁜 단어들로 표현될 수 있을 것이다. 하지만 정작 나는 내 자신에게 도달하기 위해 걸어왔던 그 발자취만이 가장 흥미로울 뿐이다. 물론 온갖 아름다운 휴식처와 행복의 섬, 낙원들과 같은 유년 시절의 기쁨을 모르는 것은 아니었지만, 그 모든 것을 아득한 빛 속에 남겨두고자 했다. 내게는 그곳으로 다시 돌아가고 싶은 마음이 없었다.

그러므로 내가 아직 유년 시절에 머물러 있었던 그때의 일을 이야기함에 있어 가치를 두는 것은 나를 내몰고, 나를 휘몰아쳐 흘러간 무엇에 관한 것이다.

이런 충동은 언제나 '다른 세계'로부터 왔으며 불안과 강요를 통해 양심의 가책을 느끼도록 했다. 또 그것들은 놀랄 만큼 날카로웠기 때문에 내가 머물고자 애썼던 평온함을 뒤흔들어 놓았다.

모든 것이 밝게 드러나 있는 세계에 속해서 그 어디라도 숨을 곳을 찾아야만 할 것 같은 기분이 들었다. 어느새 내 안에 원시적인 충동이 깃들어 있음을 아는 나이가 된 것이다. 누구라도 그러하듯이 성에 관한 호기심이 나의 적으로서, 파괴자로서, 금지된 유혹과, 원죄로서 나에게 다가왔다. 이러한 호기심, 꿈, 그리고 쾌락과 두려움이 내게 가져다준 사춘기의 비밀스러움은 유년 시절의 아늑한 평화와는 어울리지 않았다. 나는 다른 사람처럼 행동했다. 나는 이미 어린 아이가 아니었으면서도 아이처럼 생활하는 이중성을 갖게 된 것이다. 나의 의식은 세상이 허용하는 밝은 세계에 속해 있으면서 희미하게 모습을 드러내는 새로운 세계를 강하게 부정했다. 하지만 동시에 나는 은밀한 꿈과 충동 갈망 속에서 살았다. 그런 비밀과 의식적인 생활 사이를 연결하는 다리는 조금씩 위태로워졌다. 그럴 수밖에 없는 것이 내 안의 어린 세계는 이미 허물어져 버렸기 때문이었다. 대부분의 부모가 그렇듯이 나의 부모님도 사춘기 시절 겪는 생명의 충동들에 대하여 공공연히 말하지는 않았다.

단지 비현실적이고 허위적일 수밖에 없는 유년 시절 속에서, 계속 머무르고자 하는 나의 헛된 노력을 도와줄 뿐이었다. 내 부모들을 비난하려는 것은 아니지만, 과연 부모들이 어떤 도움을 줄 수 있는지에 관해서는 잘 알지 못하겠다. 중요한 것은 자기의 일을 자기 스스로 처리하고 스스로의 힘으로 자신이 나아갈 길을 개척해나가야 하는 것인데, 나는 대부분의 소위 명문가의 자식들과 마찬가지로 이 문제를 잘못 처리하고 말았다는 것이다.

사람이라면 누구나 이런 위기를 경험한다. 특히 평범한 사람에게 이것은 인생의 분기점이 된다. 자기 삶의 욕구가 그의 주변 환경과 갈등을 일으키고, 앞으로 나갈 길을 추구한다는 것은 끝없는 투쟁이라는 교훈을 배우는 인생의 한 기점이 되는 것이었다. 모든 사람은 생애에 단 한 번 숙명적인 죽음과 새로운 탄생을 경험한다. 그들의 어린 시절은 허물어지고 그들이 사랑하는 모든 것이 그들을 떠나고 고독과 죽음이라는 차가움이 그들을 둘러싸고 있음을 느낀다. 그러한 경험은 평생에 단 한 번 가능한 것이다. 대다수의 많은 사람이 이 경험을 제대로 극복하지 못한 채 과거에 집착하고, 수많은 꿈 중에서 가장 잘못되고 잔인한 실낙원의 꿈에서 헤어나오지 못하는 것이다.

다시 나의 이야기로 되돌아가보면, 내 유년 시절의 끝을 알리던 감정과 환상은 이야깃거리는 될 만큼 그리 중요한 일들은 아니다. 다만 중요한 것은 '어두운 세계'가 다시 등장했다는 것이다. 한때 프란츠 크로머였던 무엇이 이제는 내 자신 속에 웅크리고 있었다. '다른 세계'는 외부에서부터 다시금 나를 지배하게 된 것이다.

크로머와의 사건이 있은 이후 몇 년이 흐른 뒤였다. 어린 시절의 그 극적이고 죄악에 가득 찬 기억들은 저 먼 곳으로 물러나 짧은 악몽처럼 느껴졌다. 오래전부터 프란츠 크로머는 내 삶 속에 존재하지 않았으며, 그와 마주치게 되더라도 거의 의식하지 못할 정도였다. 하지만 내 비극의 중요한 또 한 명의 중요한 주인공 막스 데미안은 완전히 사라진 것이 아니었다. 오랫동안 데미안은 멀리 떨어진 곳에 있으며, 간혹 보이긴 했지만 그렇다고 어떤 영향을 끼친 것은 아니었다. 그런데 그는 점차 가까이 다가와서 힘과 영향력을 다시 발휘하기 시작했다.

나는 그 시절의 데미안에 대해서 알고 있던 것을 떠올려보려고 한다. 아마도 1년, 아니 더 오랫동안 나는 한 번도 그와 대화를 나눈 적이 없었던 것 같다. 나는 가능한 한 그를 피했고, 그도 마찬가지로 나에게 다가오지 않았다. 언젠가 한 번, 우리가 서로 마주치게 되었을 때, 데미안은 고개를 끄덕였다. 그런 뒤에는 간혹, 어쩌면 나의 착각일지도 모르겠지만, 데미안의 친절함 속에 냉소와 묘한 비난이 뒤섞여 있는 것 같아 계속 신경 쓰였다. 그와 함께 겪은 그 사건과 그 당시에 그가 나에게 미쳤던 영향에 대해선 내가 그랬던 것처럼 데미안도 잊어버린 듯했다.

그의 모습을 더듬어보면 나는 정말로 그가 가까이에 있어서 내 눈에 자주 띄었다는 걸 잘 알고 있었다. 나는 그가 혼자서 혹은 다른 큰 아이들 틈에서 학교에 가는 것을 보았다. 그는 낯설고 고독하게 어쩌면 외로운 듯이 그들 사이에서도 자기만의 분위기에 싸여 걸어가고 있었다. 그 모습은 독특한 법칙 아래에서 마치 별과 같이 빛나는 걸음처럼 느껴졌다. 그의 어머니를 제외한 어느 누구도 데미안을 사랑하지 않았고 친하게 지내지도 않았다. 그리고 그는 아이로서가 아니라 한 사람의 성숙한 어른으로서 어머니를 대하는 것 같았다. 선생님들은 되도록 데미안을 내버려두었다. 데미안은 좋은 학생이었지만 누구의 마음에 들려고 애쓰지는 않았다. 우리는 가끔 그가 선생님에게 심한 도전이나 비아냥거림으로 생각되는 어떤 말 혹은 비평이나 항의를 했다는 소문을 들었다.

눈을 감고 생각해보면 그의 모습이 선하다. 우리 집 앞 골목이었다. 어느 날 나는 그곳에서 노트를 들고 서서 우리 집 현관문 위에 있는 낡은 새 모양의 문장을 그리고 있는 그를 보았다. 나는 창가의 커튼 뒤에 숨어 그를 바라보았는데, 문장을 향해 있는 그의 예민하고도 차갑고 밝은 얼굴을 바라보며 경탄했다. 그건 어른의 얼굴이었고, 연구자나 예술가의 모습처럼 보였다. 탁월하고 의지에 가득 차 있었으며 놀라우리만치 밝고 차갑고 총명한 두 눈을 가진 얼굴이었다.

그리고 나는 다시 그를 보았다. 그것은 며칠 후 거리에서 였다. 학교를 마치고 집으로 돌아가는 길에 우리들은 모두 쓰러진 말 주위를 에워싸고 있었다. 말은 아직도 끌채에 묶 인 채로 농부용 마차 앞에 쓰러져 있었는데, 무언가를 애원 하듯이 간신히 콧구멍을 벌름거리며 숨을 헐떡거렸고, 우 리 눈에 보이지는 않았지만 어딘가에 있을 상처에서 흘러 내린 피가 말 옆구리와 거리의 하얀 먼지를 검붉게 물들이 고 있었다.

메스꺼움을 참으며 그 광경에서 고개를 돌렸을 때 나는 데미안의 얼굴을 보았다. 그는 앞으로 비집고 나오려 하지 않고 그와 어울리게 맨 뒤쪽에서 편안하고 여유 있는 모습 으로 서 있었다. 그의 시선은 말의 머리에 고정된 것 같았 는데, 여전히 깊고 고요하고 거의 열광적인, 그러나 또 한 편으로는 놀랄 만큼 냉정하게 느껴지는 집중력을 갖고 있 었다. 나는 한동안 그를 쳐다보지 않을 수 없었는데, 바로 그때 나는 분명하지는 않았지만, 매우 독특한 무엇인가를 느꼈다. 나는 데미안의 얼굴을 보고 있었는데 내가 본 것은 그가 소년의 얼굴이 아닌 어른의 얼굴을 가졌다는 것만이 아니었다. 나는 그보다 훨씬 더 많은 것을 보았다. 그의 얼굴에서 단순한 어른의 얼굴만이 아닌 다른 어떤 것을 보았거나 아니면 느꼈다고 확신했다. 마치 여자의 얼굴과도 같은 점이 그의 얼굴에서 엿보였는데 그 모습은 남녀노소의 구분을 넘어서, 어쩌면 천 년쯤 되었거나 아니면 시간을 초월한 모습 같기도 하고, 우리들이 살고 있는 것과는 다른 시대의 세계에서 살고 있는 사람의 모습처럼 생각되기도 했다.

짐승들이나 나무, 별들이 그렇게 보이는 수가 있는지도 모르고—지금에 와서 어른으로서 내가 말하고 있는 것들을 그때에는 정확히 알지도 느끼지도 못했겠지만—무언가 그와 비슷하다는 것을 느낄 수는 있었다. 아마도 그는 미남이었던 것 같고, 그를 좋아했던 것 같지만, 다른 한편으로는 나에게 반감을 일으켰는지도 모른다. 어느 쪽인지 확실히 알 수가 없었다. 나는 그저 그가 우리들과는 아주 다르고, 어쩌면 짐승이거나 영혼 혹은 환상 같은 존재라고 느꼈는데, 확실치는 않지만 그는 진정으로 우리들의 생각으로는 닿을 수 없을 만큼 다른 사람이었던 것 같다.

더 이상은 아무것도 기억나질 않는다. 위에 이야기한 것도 어느 부분은 그 후의 인상에서 보태진 것인지도 모르겠다. 몇 년이 흐른 뒤에야 비로소 나는 데미안과 좀 더 가까운 관계가 될 수 있었다. 데미안은 그의 동급생들과 함께 당시의 관습에 따라 교회의 견신례를 받아야 했음에도 불구하고 이를 어겨 또 소문의 대상이 되었다. 학교에서는 그가 본래 유대인이라는 둥, 이교도라는 둥, 소문이 파다했으며, 어떤 아이들은 그의 어머니가 무신론자라고 하기도 했고, 이상야릇한 사교를 믿고 있다고도 했다. 소문은 한층 더 과장되어 그는 자기 어머니와 마치 애인 같은 관계로 살고 있다는 이야기까지 나돌았다. 추측하건대 이제껏 그는 신앙 생활을 하지 않으며 자랐고, 그것이 그의 미래에 어떤 지장을 초래할지도 모른다는 판단을 했던 것 같았다. 하여튼 그의 어머니는 그에게 동급생들보다 2년이나 늦게 견신례를 받도록 했다. 그래서 이 몇 개월 간의 견신례 수업을 받는 동안 그는 나와 동급생이 되었다.

처음 얼마 동안 나는 그와는 되도록 어울리고 싶지 않아서 그에게서 멀리 떨어져 있었다. 그는 너무나 많은 소문과 비밀로 에워싸인 인물이었다. 그러나 사실은 크로머 사건 이후로 내게 꺼림칙하게 남아 있던 의무감이 나로 하여금 그와 어울리는 것을 방해하고 있었다. 때마침 나로서도 내 자신만의 비밀로 인해 그에게 신경 쓸 겨를이 없었다. 견신례 수업 기간은 내가 성적인 문제에 결정적으로 눈뜬 시기와 일치했기에 무던한 나의 의지와 달리 경건한 교리 따위는 내 관심을 끌지 못했다. 목사님의 말씀은 나에게는 멀리 떨어져 있는 고요하고 성스러운, 비현실적인 세계에 존재하는 이야기일 뿐이었다. 그것이 매우 아름답고 가치가 있다 하더라도, 적어도 현실적이거나 자극적이라고 할 수는 없었다. 반면에 성을 깨우쳐가는 일은 지극히 현실적이고 생동감 넘치는 것들이었다.

이러한 갈등 상태는 나로 하여금 수업에 무관심하면 할수록, 그만큼 더 데미안에게 접근해가도록 만들었다. 그 무엇인가 우리들을 연결해주는 것이 있었던 듯했다.

나는 이 기억의 실마리를 가능한 한 풀어보려고 한다. 내 생각으로는 그것은 아직도 교실에 불이 켜져 있던 이른 아침의 일이었다. 목사님은 카인과 아벨에 대해 이야기하고 계셨다. 나는 그 이야기에 별로 귀 기울이지 않고 졸음에 빠져들고 있었다. 그때 목사님이 어조를 높이고 힘을 주면서 카인의 표적에 관한 이야기를 시작했다. 바로 그 순간, 나는 일종의 영감이랄까 경고 같은 것을 느꼈다. 시선을 들어보니 앞줄에서 반쯤 몸을 돌려 나를 보는 데미안의 얼굴이 보였다. 데미안의 눈빛은 초롱초롱 빛나며 말을 걸어오는 듯했는데, 진지하지만 냉정한 조롱이 섞여 있었다. 데미안은 아주 잠시 동안 나를 쳐다봤을 뿐이었지만 나는 괜히 긴장이 되어서 목사님의 말씀에 주의를 기울여야만 했다. 그리고 카인의 표적에 대한 이야기를 목사님께 들으면서 그의 말씀에 영혼이 담겨져 있지 않다는 것, 그 가르침에 대해서는 관점에 따라 달리 볼 수도 있고, 그것을 비판할 수도 있다고 생각했다.

이 순간부터 나와 데미안의 새로운 관계가 시작되었다. 그런데 이상한 것은 우리의 영혼이 다시 밀접한 관계를 갖게 되었다고 느끼자 마술처럼 공간적으로도 가까워지는 것을 보게 된 것이다. 그것이 데미안의 힘 때문인지, 아니면 순전한 우연이었는지는 알 수 없었지만, 그 당시에는 우연이라고 생각했다. ─며칠 후 데미안은 견신례 수업 시간에 갑자기 자리를 바꾸어 내 바로 앞줄에 와 앉았던 것이다.─ 학생들이 넘치게 들어찬 교실의 빈민촌 같은 냄새 속에서 아침마다 그의 몸에서 풍겨 나오던 신선한 비누 향기를 오늘까지도 생생하게 기억하고 있다. 며칠 후 그는 다시 자리를 옮겨 이번에는 내 곁에 앉았고, 겨울과 봄이 다 지나가도록 자리를 옮기지 않았다.

지루한 아침 수업은 완전히 달라졌다. 수업은 더 이상 졸리지도 지루하지도 않았다. 나는 그 시간이 즐거웠다. 우리 두 사람은 자주 무섭게 집중해서 목사님의 말씀에 귀를 기울였는데, 곁에 앉은 그는 눈빛 한 번만으로도 주의해서 들어야 할 이야기나 말을 나에게 일러주었고 나는 기꺼이 그 신호를 따랐다. 다른 아이들과는 판이하게 다른 그의 집중된 시선은 나에게 어떤 경고를 주었고, 내 마음속에서 의혹과 비판적인 견해를 갖도록 했다.

그러나 우리는 가끔 자주 수업을 빼먹는 충실치 못한 학생 노릇을 했다. 데미안은 언제나 선생님과 친구들에게 공손하게 행동했다. 아이들이 흔하게 저지르는 어리석은 행동을 하는 일이 전혀 없었고, 크게 웃거나 떠들지도 않았으며, 선생님께 꾸중을 듣는 일도 없었다. 그는 굳이 속삭이지 않아도 오히려 손짓이나 눈빛만으로 나를 그 자신이 하고 있는 일로 끌어들일 수가 있었다. 이러한 일은 때로는 기묘한 방법으로 행해졌다.

예를 들자면 그는 나에게 어떤 아이가 그의 흥미를 끌고 있는지, 그가 어떤 방법으로 그 아이를 관찰하는지 말해준 적이 없었다. 데미안은 아이들에 관해 정확하게 파악하고 있었다. 그는 수업이 시작되기 전에 나에게 말했다.

"내가 엄지손가락으로 너한테 신호를 하면 저 애가 우리를 돌아보거나 목덜미를 긁적거릴 거야."

수업이 시작되고, 내가 그 일을 까맣게 잊고 있을 무렵 데미안은 갑자기 눈에 띄는 동작으로 엄지손가락을 나에게 보였다. 나는 급하게 데미안이 가리켰던 아이를 바라봤다. 그러면 그 친구는 무슨 철사 줄에 끌려오듯이 우리를 쳐다보거나 머리를 긁적이는 것이었다. 나는 선생님께도 한번 시험해보자고 졸랐지만 그 부탁은 들어주지 않았다. 하지만 언젠가 한번은 과제를 복습해오지 않은 날 목사님이 나에게 질문을 안 했으면 좋겠다고 했더니, 그 부탁을 들어주었다. 목사님은 문답 교과서 한 구절을 암송시킬 아이를 찾다가 마침 죄지은 듯이 불안해하는 내 얼굴로 시선이 닿았다. 목사님은 천천히 데미안의 옆으로 다가와서는 나를 향해 손짓을 하며 내 이름을 막 부르려고 했는데, 그때 그는 마음이 산란해진 듯 옷깃을 만지작거리더니 자신의 얼굴을 바라보고 있는 데미안에게 시선을 옮겨 무엇인가를 물어보려고 하다가 또 갑자기 몸을 돌려 기침을 두어 번 하고 다른 학생을 지적했던 것이다.

내가 이 장난을 무척 재미있어 하는 동안 데미안이 이따금 같은 장난을 하고 있다는 것을 알게 되었다. 등굣길에 갑자기 데미안이 내 뒤를 따라온다는 느낌이 들어서 돌아보면 정말로 거기에 그가 있곤 했다.

"정말로 넌 네가 원하는 대로 다른 사람이 생각할 수 있도록 하는 거니?"

나는 그에게 물었다.

그는 꽤히 어른처럼 친절하고 논리적으로 설명해주었다.

"아냐."

그는 말했다.

"그건 불가능한 일이야. 목사님도 그렇다고 말씀하시지만 사람은 자유 의지 같은 건 가지고 있지 않거든. 사람은 자기가 생각하기 원하는 걸 생각할 수 없고, 또 나도 내가 원하는 것을 남에게 생각하게 할 수 없어. 그러나 한 사람을 주의 깊게 관찰할 수는 있지. 그러면 때때로 그 사람이 무슨 생각을 하는지, 무엇을 느끼고 있는지 제법 정확하게 알아차릴 수 있게 돼. 그렇게 되면 그 사람이 다음 순간에 무엇을 할 건지도 예측할 수 있게 되는 거지. 아주 간단해. 단지 다른 사람들은 그걸 모르고 있을 뿐이지. 물론 연습이 필요하긴 해.

예를 들면, 나비들 중에는 수컷보다는 암컷의 수가 훨씬 적은 부나비가 있어. 이 부나비도 다른 곤충들처럼 똑같이 번식을 해. 수컷이 암컷을 수정시키면 암컷이 알을 낳는 거야. 만약에 네가 지금 암컷 부나비를 한 마리 가지고 있다면—이런 실험은 생물학자들이 자주 하는데—밤이 되면 이 암컷을 찾아서 수컷들이 날아오는 것을 볼 수 있을 거야. 몇 시간씩 걸리는 먼 곳에서 날아오는 거지. 몇 시간이나 되는! 생각해봐. 수 킬로미터나 떨어진 곳에서도 수컷들이 부근의 유일한 암컷의 냄새를 맡는 거지. 사람들은 그 사실을 설명해보려고 애쓰지만 그건 그리 쉽지 않아. 일종의 냄새나 그 비슷한 무언가가 있을 거야. 사냥개가 눈에 보이지도 않는 흔적을 추적해내는 것처럼 말이지. 알아듣겠니? 그것도 바로 이런 종류의 일이지. 자연계에서는 이런 일이 많이 일어나고 있지만 아무도 그것을 명확하게 설명할 수는 없어. 하지만 이 정도는 설명할 수 있겠지. 만일 그 부나비의 암컷이 수컷만큼 많이 있었다면 그것들도 그렇게 예민한 후각을 갖게 되진 않았을 거야. 그것들은 짝을 찾는 일에 여러 세대를 걸쳐 훈련되었기 때문에 그런 후각을 갖게 된 거야. 짐승이나 마찬가지로 인간도 자신의 모든 주의력과 의지를 어느 한곳에 집중시킨다면 그런 경지에 도달할 수 있을 거야. 그게 전부야. 네가 생각하고 있는 것도 바로 그런 것이지. 어떤 사람을 아주 세밀하게 관찰해보렴. 그럼 그 사람 자신보다도 그에 대해 더 많이 알수 있게 될 거야.”

'독심술'이란 말을 꺼내 오랫동안 잊고 있었던 크로머와의 사건을 상기시켜줄까도 생각했다. 그러나 그 일은 우리둘 사이에서 아주 암묵적인 일이 되어 있었다. 수년 전에데미안이 내 문제에 개입했던 일에 대해서는 그나 나나 결코 무심결에라도 입 밖에 내지 않았다. 마치 그런 일은 일어나지도 않았던 것처럼 여기거나 아니면 서로가 상대방이 그 일을 까마득히 잊었다고 여기는 것 같은 상태였다. 한두 번쯤 함께 거리를 걷다가 크로머를 만난 적도 있었지만 우리는 서로 시선을 마주치지도 않았고 그에 관한 이야기를 나누지도 않았다.

“그럼 의지는 어떻게 되는 거야?”

내가 물었다.

“넌 사람은 자유 의지를 갖고 있지 않다고 말했으면서도또 사람이 그의 의지를 어느 곳에 집중시키면 자신의 목적에 도달할 수 있다고 말했어. 그건 모순이야. 만일 내가 내의지를 지배할 수 없다면 내 의지를 마음대로 집중시킬 수도 없지 않을까?"

그는 내 어깨를 쳤다. 그건 내가 그를 즐겁게 해주었을 때 그가 하는 행동이었다.

"맞아, 좋은 질문이야."

그는 웃으면서 말했다.

"사람은 항상 질문하고 의심해야 하는 거야. 그렇지만 그 문제는 지극히 단순해. 예를 들어 아까 이야기한 부나비가 자기의 의지를 별이라든가 또는 그 밖의 다른 곳에 집중시키려고 한다면 그건 불가능해. 단지—그 부나비들은 처음부터 그런 노력을 하려 들지 않는 거야. 그들은 오직 그들을 위해 의의와 가치를 가지는 것, 그들이 필요로 하고, 꼭 얻어야만 하는 것들만을 찾기 때문이야. 바로 그렇게 할 때만이 믿을 수 없는 일까지 성공시킬 수 있는 거야.—그럴 때에 그들은 자신들 외에는 다른 어떤 짐승도 가질 수 없는 불가사의한 육감을 발전시킬 수 있는 거야. 우리들은 분명히 짐승들보다는 더 많은 활동 영역과 흥미를 갖고 있어. 하지만 우리들 역시 꽤나 좁은 범위 내에 머무를 수밖에 없는 제약이 있어서 그 이상을 성취하긴 힘들어. 나는 틀림

없이 이것저것 상상할 수 있고, 무조건 북극에 가고 싶다든지 하는 상상을 할 수도 있지. 그러나 그 소원이 정말로 내자신의 내부에 충분히 깃들고, 나를 이루는 모든 존재가 그것으로 가득 차 있을 때에만 그것을 실행할 수 있고 강하게 바랄 수도 있는 거야. 그렇게만 된다면 네가 너의 내부에서 요구하는 것들을 시도하기 무섭게 이루어질 것이고. 너의 의지를 훈련이 잘된 망아지처럼 다룰 수 있을 거야. 가령 내가 지금 목사님이 앞으로는 안경을 쓰지 않도록 하려고 생각한다면 그건 이루어지지 않아. 그건 단순한 장난에 불과할 뿐이니까. 지난 가을에 나는 앞쪽에 있는 내 자리를 조금 뒤로 옮겼으면 하는 강한 염원이 있었는데 그건 아주 잘 실행됐어. 그때 마침 이름의 알파벳 순서로 봤을 때 내 앞에 앉아야 하는 애가 나타난 거야. 그 아이는 쭉 아프다가 다시 학교에 나왔기 때문에 누군가가 자리를 내줘야 했어. 내가 비켜줬지. 그건 내 의지가 기회를 잡을 준비를 갖추고 있었기 때문이야."

"그래."

나는 말했다.

"나는 그 당시의 일을 매우 이상하다고 생각했어. 우리가 서로에게 흥미를 느꼈을 무렵부터 형은 나에게로 점점 가까이 왔지. 그런데 그건 어찌된 일일까? 처음부터 바로 내 옆에 앉은 것이 아니라 몇 번은 내 앞자리에 앉았었잖아. 그건 왜 그랬지?"

"맨 처음 자리를 옮기려고 했을 때는 나 스스로도 어디에 앉고 싶은 건지 확실하게 알지 못했어. 난 그저 뒤쪽으로 가고 싶다고 느꼈을 뿐이었지. 네 옆에 앉아야겠다는 게 내 의지였지만 처음엔 그걸 인식하지 못하고 있었던 거야. 또 너의 의지도 동시에 나를 이끌고 도와주었던 거야. 내가 네 앞에 앉았을 때 나는 내 소원을 이제 반쯤 이루어졌다고 느꼈어. 내가 네 옆에 앉기를 갈망했다는 걸 알았던 거야."

"하지만 그땐 새로 들어온 학생이 없었는데."

"그랬지. 하지만 말이야, 나는 그때 나는 단순히 내가 원하는 대로 행했을 뿐이야. 아주 쉬운 방법으로 네 옆에 앉은 거지. 나와 자리를 바꿨던 아이는 좀 이상하다고 느꼈을 뿐 전혀 상관하지 않았거든. 목사님은 분명 한 번쯤 뭔가 이상하다는 것을 느끼셨을 거야. 예를 들면, 목사님은 나와 관련된 일이 있을 때마다 알게 모르게 마음에 걸리는 것이 있었을 거야! 내 이름이 데미안이고, D자로 시작되는 이름의 내가 뒤쪽의 S자 사이에 앉아 있는 건 타당하지 않다는 걸 알고 있었을 거야! 그러나 내 의지가 자꾸 그 의혹을 반대하고 방해했기 때문에 그 일은 그의 의식 속에까지 배어들진 않았어. 그는 여러 번 무엇인가 이상하다는 것을 느끼고는 나를 쳐다보고 생각하기 시작했거든. 하지만 나는 그럴 때 대처하는 좋은 방법을 알고 있어. 매번 그의 눈을 뚫어지게 바라보는 거야. 대부분의 사람은 그 시선을 견디지 못해. 왠지 불안해지는 거지. 만약 네가 누군가에게 뭔가를 관철시키고 싶다면 갑자기 그의 눈을 흔들림 없이 응시해봐. 그때 상대가 하나도 불안해하지 않으면 그 일을 단념하는 것이 좋아. 그 사람에게서는 아무것도 얻어 낼 수 없으니까 말이야. 하지만 그런 일은 아주 드물지. 난 그런 방법이 통하지 않는 사람은 단 한 명밖에 보지 못했어."

"그게 누구니?"

나는 재빨리 물어보았다.

그는 가끔 깊은 생각에 잠길 때 버릇처럼 눈을 가느다랗게 뜨고 나를 바라보다가 시선을 돌리고는 아무 말도 하지 않았다. 나는 몹시 궁금했지만 다시 물어볼 수는 없었다. 나는 그때 그가 자신의 어머니에 대해 말하려 했다고 생각한다. 그는 어머니와 무척 친밀하게 지내는 것 같았지만, 어머니에 대해 이야기하거나 나를 집에 데리고 간 적은 한 번도 없었다. 나는 그의 어머니가 어떻게 생겼는지조차 전혀 모르고 있었다.

그 당시 나는 어떤 일을 성취하기 위해서 여러 번 그와 같은 시도를 하고 내 의지를 집중시키는 노력을 해보았다. 아주 간절한 소원이 있었던 것이다. 하지만 그 방법은 아무런 소용이 없었고 성공할 수도 없었다. 그 일에 관해서는 감히 데미안에게 이야기할 수가 없었다. 내가 소망하는 것을 데미안에게 고백할 수는 없었던 것이다. 데미안 역시 묻지 않았다.

그러는 동안 나의 신앙심에는 많은 틈이 생기기 시작했다. 내 생각은 데미안의 영향을 크게 받고 있었지만 신의 존재를 전혀 믿지 않는 다른 동급생들과는 종류가 다르다고 생각했다. 그런 무신론자가 몇몇 있긴 했다. 그들은 유일신을 믿는다는 건 가소롭고 인간답지 않은 일이며 삼위일체나 예수의 동정녀 탄생 따위는 웃음거리에 불과한데, 아직도 이런 촌스러운 생각을 한다는 것은 수치스러운 일이라는 이야기를 하곤 했다. 나는 결코 그렇게는 생각하지 않았다. 나 역시 약간 의혹을 품고 있었지만 내 유년 시절의 모든 체험을 통해 우리 부모님이 영위하고 있는 경건한 생활이 실재한다는 것과 그것이 가치가 없는 일이거나 위선이 아니라는 것을 충분히 알고 있었다. 나는 오히려 종교적인 것들에 대해 여전히 깊은 경외심을 갖고 있었다.

데미안은 성서 이야기와 교리에 대해서 자유롭고 개인적이며 유희적이고 공상적으로 바라보고 해석할 수 있도록 도와주었다. 그가 제시한 해석을 나는 언제나 기꺼이 즐겁게 받아들였다. 나에게는 지나치게 거부 반응을 일으키는 생각도 많았다. 카인에 관한 문제 역시 그랬다. 언젠가 한번은 견신례 수업 중에 더욱 대담한 견해로 나를 놀라게 했다. 선생님은 골고다에 관한 이야기를 하고 계셨다. 나는 어렸을 때부터 예수의 수난일 같은 때에 아버지께서 수난 이야기를 읽어주시면 이 고난에 찬 아름답고 창백하고 무시

무시하면서도 무섭게 발랄한 세계, 즉 겟세마네와 골고다의 언덕에 마음이 사로잡히곤 했다. 바하의 〈마태 수난곡〉을 처음으로 들었을 때, 이 신비에 가득 찬 세계의 음산하고 거대한 고난의 광채가 경이로운 선율로 내 마음에 가득 차 넘치는 것을 느꼈다. 오늘에도 역시 나는 이러한 음악 속에서, 또 모든 비장한 행위 속에서 모든 시와 예술적인 표현의 정수를 느끼곤 했다.

그런데 그 수업이 끝나갈 즈음 데미안이 생각에 잠긴 얼굴로 내게 말했다.

"싱클레어, 뭔가 석연치 않은 점이 있어. 다시 한 번 그 이야기를 읽어봐. 그리고 혀로 그 맛을 음미해봐. 좀 김빠진 맛이 나는 것이 있어. 두 명의 도둑에 관한 이야기 말이야. 언덕 위엔 세 개의 십자가가 서 있다는 것은 실로 위풍당당한 일이야. 그런데 그 잔악한 도둑 이야기는 너무 감성적이고 종교적이라고 생각되지 않니? 그는 죄인이고 누가 봐도 수치스러운 행동을 하던 자인데 이제 와서 그렇게 쉽게 개심을 하고 후회의 눈물을 흘리다니 말이야. 무덤을 바로 앞에 두고서 그 따위 회개가 무슨 소용이 있니? 그런 일이 가능할까? 그건 한낱 감상적이고 교화적인 배경을 가진 달콤한 속임수에 불과할 뿐이야. 만약 나에게 두 도둑 중에서 신뢰감을 가질 수 있는 상대를 한 명 선택하라고 한다면 난 이 눈물을 찔끔거리는 개심자를 택하지는 않을 거야. 단연코 다른 도둑을 택하겠지. 그는 자기 처지에서 본다면 단지 달콤한 유혹에 지나지 않는 개종 같은 것은 거들떠보지도 않은 거야. 그는 마지막까지 자기 자신에게 충실했던 것이고 최후의 순간까지 지금껏 그가 손잡고 있던 악마에게서 비겁하게 손을 떼지 않았거든. 그는 적어도 자존심을 지닌 인물이야. 대개 개성을 지닌 사람들은 성서 속에서는 손해를 보기 마련이거든. 어쩌면 그는 카인의 후예일지도 몰라. 그렇게 생각되지 않니?"

나는 몹시 당황했다. 십자가에 못 박히는 이야기는 잘 알고 있다고 생각했었는데 그의 말을 듣자 상상력이나 개성 없이 그저 듣고 읽기만 했다는 것을 알게 되었던 것이다.

데미안의 이 새로운 견해는 운명적으로 들려왔고, 그것은 내가 고수해야 한다고 생각해왔던 모든 관념을 뿌리째 뒤흔들어 놓았다. 그것은 있어서는 안 되는 일이었다. 그렇게 내가 가장 신성하다고 생각해온 것까지 전부 잃을 수는 없었다. 그는 언제나 그렇듯이 내가 미처 말을 꺼내기도 전에 내가 반대한다는 것을 알아차렸다.

"그래, 네 생각은 벌써 알고 있어."

그는 단념한다는 듯이 말했다.

"그건 한낱 옛날이야기에 불과해. 그렇게 심각하게 생각할 필요는 없어. 하지만 바로 여기에 이 종교가 가진 결함이 잘 나타나 있단 말이야. 구약이나 신약 속 신의 모습은 아주 완벽하고 훌륭하게 묘사되어 있지만 그것이 본래 신을 나타내는 모습은 아니란 것이 문제라고 생각해. 신이란 고귀하고 아버지의 존재와 같이 아름답고 높으면서, 다정다감하다는 것은 올바른 말이야! 하지만 세상에는 또 다른 세계도 존재하고 있단 말이야. 이 다른 부분은 전부 악마적인 것으로 취급되어 세상의 이러한 부분의 전부, 즉 세상의 절반은 은폐당하고 묵살되고 있는 거야. 신은 모든 생명을 근본적으로 찬양하면서도 생명의 탄생을 가능하게 하는 성생활은 전부 묵살하고 악마적인 것이나 죄로 여겨 단죄하는 건 이치에 맞지 않아. 나는 사람들이 여호와를 숭배하는 것 자체에 반대하지는 않아. 그렇지만 우리는 이 세상에 존재하는 전부를 인정하고 존경하지 않으면 안 된다고 생각해. 인위적으로 분리한 채 공식적으로 인정받는 절반이 아니라, 온전한 전체를 말이야. 우리는 신께 예배하는 동시에 악마에게도 예배해야 해. 그래야 정당하다고 할 수 있어. 혹은 자신의 내부에 악마까지도 내재 시키고 있는 신, 즉 이 세상에서 가장 자연스러운 일 앞에서 의례적으로 무시할 필요가 없는 그런 신을 창조해야 한다고 생각해."

그는 그답지 않게 대단히 흥분해 있었으나 곧 진정되어 미소를 짓더니 더 이상 강요하지 않았다.

하지만 그 말은 내가 아무에게도 하지 못하고 혼자서만 간직하고 있던 소년 시절의 깊은 의혹을 그대로 간파하고 있었다. 데미안이 말한 공인된 신의 세계와 금지된 악마의 세계에 관한 생각은 바로 나 자신의 생각과 같았다. 두 개의 세계, 또는 세계의 두 부분에 관한—밝은 세계와 어둠의 세계에 관한— 나의 생각 그대로였다. 나의 문제가 곧 모든 인간의 문제이며 모든 생명과 생각의 근원이 되는 문제라고 느껴졌다. 그 통찰이 신성한 영혼처럼 내 마음에 고여 있었다. 내 자신의 독자적이고 개인적인 견해가 위대한 이념의 강에 깊이 관여하고 있음을 느꼈을 때, 나는 불안하면서도 한편으로는 경건한 심정이 되었다. 그러한 깨달음은 무엇인가를 증명해주고 가벼운 행복감을 느끼게 했지만 썩 개운한 것은 아니었다. 거기에는 가혹하고도 떫은맛이 있었다. 그 안에는 인생에 대한 책임, 즉 나는 더 이상 어린아이가 아니며 스스로의 힘으로 인생을 헤쳐나가야 한다는 인식이 내재했기 때문이었다.

나는 처음으로 이러한 느낌을 이야기하면서 데미안에게 어린 시절부터 갖고 있던 '두 개의 세계'에 관한 생각을 털어놓았다. 그는 내 이야기를 들으면서 나의 가장 깊은 곳의 감정이 그의 견해와 일치하고 있으며 또 정당하다고 생각하고 있음을 알게 되었다. 그러나 그는 나의 이러한 견해를 이용하려 하지는 않았다. 그는 어느 때보다도 내 이야기에 더 깊은 관심을 가지고 귀를 기울이면서 내 눈을 응시했기 때문에 나는 눈을 다른 곳으로 돌리지 않을 수 없었다. 그의 시선 속에는 내가 직시할 수 없는 묘하게 동물적인, 시간을 초월해 나이를 상상할 수 없는 그 어떤 존재가 느껴졌기 때문이었다.

"우리 언제 다시 한 번 이 문제에 대해 이야기해보자."

그가 말했다.

"난 네가 사람들한테 말할 수 있는 이상의 것을 생각하고 있는 걸 알아. 너 역시 네가 생각한 바대로 인생 전부를 살아보지 못했다는 것을 알고 있겠지. 그건 좋은 일이 아니야. 우리가 실제로 살아갈 수 있는 생각이 가치가 있는 거야. 넌 이미 너한테 '허용된 세계'가 세계의 절반에 불과하다는 것을 알게 되었단 말이야. 그러면서도 목사님이나 선생님들의 말씀처럼 다른 절반의 세계를 숨기려고 애썼던 거야. 그런 시도는 성공할 수가 없어. 이미 생각을 시작한 사람은 누구라도 마찬가지야."

그의 이야기는 내 마음에 깊이 와닿았다.

"하지만!"

나는 소리치다시피 말했다.

"사실상, 금지되어 있는 추악한 것들도 이 세상엔 존재하고 있어. 너도 그걸 부정하지는 않을 거야. 하지만 그것들은 금지되어 있기 때문에 우리가 포기할 수밖에 없을 거야. 난 살인이나 다른 온갖 죄악들이 존재한다는 걸 알아. 하지만 그것이 존재한다고 해서 내 스스로 범죄자가 되어야 한다는 건 아니잖아?"

"그런 것들을 오늘 전부 해결할 수는 없어."

그는 나를 진정시키려 했다.

"넌 살인을 한다거나 소녀를 강간해서는 안 돼. 그건 분명히 해서는 안 될 일이야. 너는 아직도 '공인된 것'과 '금지된 것'이 무엇인지 너 스스로 깨달을 수 있는 데까지는 가지 못했어. 단지 진리의 아주 작은 한 조각을 느낀 데 불과해. 다른 많은 부분도 깨달을 수 있게 될 거야. 그렇게 알고 있으면 되는 거야. 넌 한 1년 전부터 너의 내부에 어떤 충동을 가지고 있었던 건데, 그것이 다른 어떤 충동보다 강하기 때문에 '금지된 것'으로 간주되는 거야. 우리들과는 다르게 그리스 사람이나 다른 민족들은 이런 충동을 신성하게 여겨서 굉장한 축제를 벌이고 그것을 신봉했어. '금지된 것'은 영원한 게 아니라 변할 수도 있는 거야. 오늘이라도 목사님 앞에서 누군가와 결혼한다면 누구든 당장 여자와 동침할 수 있잖아. 다른 민족은 우리와 달라. 옛날이 아닌 지금도 다르다는 말이지. 그렇기 때문에 우리들은 공인된 것과 금지된 것을 스스로의 힘으로 찾아야 하는 거야. 실제로 금지된 일을 한 번도 하지 않았어도 대악당이 되는 것은 얼마든지 있을 수 있는 일이고, 그 반대가 될 수도 있어. 그건 단지 편의상의 문제에 불과해! 스스로 자신의 생각을 판정해내는 데 안일한 사람은 있는 그대로의 금지된 것에 복종하고 말지. 그에게는 그것이 쉽거든. 하지만 어떤 사람들은 자기 안에서 그 금지된 것을 스스로 느끼기도 한단 말이야. 그들에게 금지되어 있는 일들을 다른 사람들은 매일 할 수도 있고, 그들에게 허용되어진 일들이 다른 사람들에게는 금지되어 있는 일일 수도 있는 거야. 요컨대 사람은 각자 독자적이어야 하는 거지."

그는 갑자기 자기가 너무 많은 말을 한 것을 후회하기라도 하듯이 입을 다물었다.

나는 그때 그가 어떤 심정이었는지 어느 정도까지는 이해할 수 있었다. 어떻게 보면 그는 매우 즐겁게 자기의 생각을 닥치는 대로 말하는 것 같았지만, 언젠가 그가 했던 말처럼 '그저 떠들기 위해' 이야기하는 것은 절대로 참지 못하는 사람이었다. 그는 내게서 내가 진정으로 흥미를 가지고 있긴 하지만 아울러 약간의 오락적인 기분과 재치 있는 농담을 즐기는 듯한 기분, 다시 말하자면 완전한 진지함이 결여되어 있다는 것을 느꼈을 것이다.

마지막에 쓴 '완벽한 진지함'이란 구절을 다시 읽어보니, 내가 데미안과 함께 경험했던 사춘기의 체험 가운데 가장 감동적인 장면이 다시 생각났다.

마침내 견신례를 받는 날이 가까워졌고, 종교 수업의 마지막 몇 시간은 최후의 만찬에 대해 공부했다. 최후의 만찬은 목사님 생각으로는 무척 중요한 대목이었기 때문에 그는 애를 많이 썼고, 우리들에게도 신성한 느낌과 기분이 잘 전해져왔다. 그런데 마지막 두서너 시간의 수업 시간에 내 생각은 다른 곳을 헤매고 있었다. 내 친구에 관해서였다. 교회라는 공동체로의 엄숙한 입문이라 할 견신례를 준비하는 동안 내게 있어서의 이 반년에 걸친 종교 수업의 가치는 목사님의 설교에 있는 것이 아니라 데미안 가까이에서 그의 영향력이 지닌 범위 내에서 지낸 일에 있다는 생각에 사로 잡혀 있었다. 이제 나는 교회가 아닌 아주 다른 것에, 즉 사상과 개성의 교단에 입회할 준비가 되어 있었고, 그것은 어쨌든 이 세상에 분명히 존재할 것이었고, 데미안이 대표자나 사도로 느껴졌던 것이다.

나는 이런 생각을 지우려고 애썼다. 어떻든 간에 나는 견신례 의식만은 진심으로 경건하게 경험하고 싶었던 것이다. 그런데 이것은 나의 새로운 생각과는 조화를 이루기 어려웠다. 그럼에도 불구하고 나는 내가 원하던 바를 하고 싶었고 그 소원은 간절했다. 그 생각은 교회 의식 시간이 다가오고 있다는 판단과 합쳐져서 나는 결국 다른 사람과는 다르게 의식을 치러야겠다고 마음먹었다. 나에게 그 의식은 데미안에 의해서 열린 사색의 세계로의 입문을 의미해야 했던 것이다.

그와 다시 한 번 열띤 토론을 벌인 것은 이 무렵이었다. 교리 문답 수업 시간이 시작하기 바로 전이었다. 내 친구는 아무 말이 없었는데 그는 조숙한 척, 잘난 척하며 떠드는 내 이야기를 별로 달가워하지 않고 있었다.

"우린 너무 많은 말을 하고 있어."

그는 정색을 하며 말했다.

"약삭빠른 이야기는 아무런 가치가 없어. 조금도 없단 말이야. 자기 자신에게서 멀어질 뿐이야. 자기 자신한테 멀어진다는 건 죄악이야. 사람은 마치 거북처럼 자기 자신의 안으로 완전히 들어가지 않으면 안 돼."

그러고 우리는 곧 교실로 들어갔다. 수업이 시작되었고 나는 수업에 열중하려고 애썼고 데미안도 나를 방해 하진 않았다. 잠시 후 나는 그에게서 무언가 독특한 것, 공허하달까 냉정하달까, 어쩌면 그의 자리가 텅 빈 것 같은 기분을 느꼈다. 그 느낌이 가슴을 압박하기 시작하자 나는 데미안을 쳐다보지 않을 수 없었다.

그는 보통 때와 마찬가지로 똑바르고 단정한 자세로 앉아 있었다. 그럼에도 불구하고 지금까지와는 다르게 보였다. 무언가가 그에게서 떨어져나간 것처럼 보였고, 내가 알 수 없는 무언가가 그에게서 흘러나와 그를 감싸고 있는 것처럼 느껴졌다. 나는 그가 눈을 감고 있다고 생각했지만 그는 눈을 뜨고 있었다. 하지만 그 눈은 무엇을 보고 있는 것이 아니었다. 사물을 보는 눈이 아니었다. 눈은 단지 물끄러미 열려 있을 뿐 내부의 세계 혹은 아득히 먼 세계를 향해 있었다. 완전한 정지 상태로 그는 미동도 없이 앉아 있었고 숨도 거의 쉬지 않는 것 같았다. 그의 입은 마치 나무나 돌에 새겨놓은 것 같았고, 얼굴은 창백하여 돌처럼 보였다. 갈색의 머리칼만 가장 생기를 띠고 있었다. 두 손은 돌이나 과일과 같은 물체처럼 생명력 없는 모습으로 데미안 앞의 걸상 위에 놓여 있었는데, 고요하고 창백한 상태로 움직이지 않았다. 그럼에도 맥없이 늘어져 있는 것이 아니라 강력한 생명을 감싸고 있는 단단하고 질 좋은 껍질처럼 보였다.

그 광경에 나는 전율을 느꼈다. 데미안이 죽었다는 생각에 하마터면 크게 소리칠 뻔했다. 그러나 나는 그가 죽지 않았다는 것을 알고 있었다. 매혹된 시선으로 그의 창백하게 굳어 있는 가면을 바라보았다. 그리고 이런 모습이야말로 데미안의 진실된 모습임을 느꼈다. 지금까지 나와 함께 걷고 이야기하던 그는 단지 데미안의 절반, 즉 때로는 상대역을 맡아주고 친절함으로 내게 도움을 주던 데미안의 절반에 불과했던 것이다. 그러나 진짜 데미안은 이렇게 돌처럼 굳어 있고, 고색창연하고, 짐승 같기도 하고, 아름답고, 차갑게 죽어 있지만 그 안에는 비교할 수 없는 생명력이 충만해 있는 것 같았다. 그의 주위는 절대 고요의 공허, 정기와 별들이 가득한 하늘, 그리고 고독한 죽음이 에워싸고 있었다.

지금 그가 완전히 자신의 내면 세계로 몰입했다는 것을 느낀 나는 전율했다. 나는 단 한 번도 저토록 고독한 적이 없었다. 그와 나는 전혀 상관없는 존재였고, 그는 내가 닿을 수 없는 존재였으며, 세상에서 가장 멀리 떨어진 섬보다 내게서 더 먼 곳에 있었다.

나를 제외하고 누구도 그의 모습을 보지 않는다는 사실을 나는 도저히 믿을 수 없었다. 지금 누군가가 그를 봤다면 분명 전율에 휩싸였을 것이다. 그는 석상처럼 꼿꼿하게 앉아 있었다. 파리 한 마리가 그의 이마 위에 내려앉더니 천천히 코와 입술로 내려왔지만, 그는 눈썹 하나 까딱하지 않았다.

어디에, 그는 도대체 지금 어디에 있는 것일까? 그는 지금 무슨 생각을 하고, 무엇을 느끼고 있는 것일까? 그는 천국에, 아니면 지옥에 있는 것일까? 그에게 그것을 묻는다는 것은 불가능한 일이었다. 수업 시간이 끝나고 다시 살아나서 숨쉬고 있는 그를 보았을 때, 그와 나의 시선이 서로 마주쳤을 때, 그는 이전의 모습 그대로였다. 그의 얼굴은 다시 혈색을 되찾고 두 손을 다시 움직였지만 갈색 머리칼만은 윤기 없이 지쳐 보였다.

그 후 며칠 동안 나는 침실에서 한 가지 새로운 연습에 몰두했다. 꼿꼿한 자세로 의자에 앉아 시선을 한곳에 고정시키고 부동자세로 얼마나 오래 버틸 수 있는지, 그리고 그때 무엇이 느껴지는지 알아보려고 했다. 그러나 나는 피곤하기만 했고 눈꺼풀에 심한 경련만 일어날 뿐이었다.

얼마 후 견신례를 받았지만 거기에 대한 기억은 거의 남아 있지 않다. 그 후로 모든 것이 달라졌다. 유년 시절은 산산이 부서져 내 주위에서 떨어져 내렸다. 부모님은 일종의 낭패감을 느끼는 표정으로 나를 대하셨고 누나들은 아주 낯선 존재가 되었다. 냉담함이 예전의 감정과 기쁨 사이로 비집고 들어와서 기존의 것들을 왜곡시키고 퇴색시켜 버렸다. 정원은 향기를 잃고 숲은 더 이상 나의 마음을 끌지 않았으며 세계상은 무슨 골동품의 재고

정리장처럼 무미건조하고 매력 없이 나를 둘러싸고 있을 뿐이었다. 책은 단지 종이 뭉치였고 음악은 소음에 불과했다. 가을이 되면 나무 주위에 낙엽이 떨어지게 마련이었지만 나무는 그것을 느끼지 못했다. 비가 나무를 적시고 햇빛이 내려앉고 혹은 서리가 내리기도 했다. 그리하여 나무의 내부에서는 생명이 서서히 위축되었고 끝내 가장 깊은 내면으로 움츠러들었다. 그러나 나무가 죽은 것은 아니다. 그것은 기다림인 것이다.

방학이 끝나고, 나는 다른 학교에 가기 위해 난생처음으로 집을 떠나 생활하게 되었다. 어머니께서는 때때로 유난히 다정스럽게 내게 가까이 다가와서 미리 작별을 고하며, 내 마음속에 사랑과 향수처럼 잊을 수 없는 추억을 간직하게 하려고 애쓰셨다. 그즈음 데미안은 여행을 떠났다. 나는 혼자였다.

베아트리체

나는 내 친구와 다시 만나보지도 못한 채 방학이 끝나자마자 성○○시로 출발했다. 부모님 두 분 모두 나를 따라와서 여러 가지 일들을 세심하게 돌봐주면서 김나지움의 선생님이 운영하는 소년 기숙사로 내 거처를 정해주셨다. 하지만 부모님은 이곳에서 내가 어울릴 아이들이 어떤지 아셨다면 기절할 만큼 놀라셨을 것이다.

가장 중요한 문제는 시간이 지난 뒤 내가 착한 아들이 되고 선량한 사람이 될 수 있을 것인가, 아니면 나의 천성으로 인해 다른 길을 걷게 될 것인가에 달려 있었다. 아버지의 세계와 아버지의 정신적인 영향력 아래서 행복한 생활을 하고자 했던 내 마지막 노력은 오랫동안 계속되었고, 한때는 거의 성공한 것처럼 보이기도 했지만 결국 완전한 실패로 돌아갔다.

견신례를 받은 후, 방학 동안 처음으로 느꼈던 이상한 공허함과 고독감은—나는 이 공허함과 희박한 공기를 나중에 얼마나 진하게 맛보게 되었는지—좀처럼 사라지지 않았다. 고향에 작별을 고하는 일은 이상하리만큼 쉬웠다. 전혀 슬프지 않았다는 것이 부끄러울 정도였다. 누나들은 한없이 눈물을 흘렸지만 나는 전혀 눈물이 나오지 않았다. 나는 이러한 자신에 대해 무척 놀랐다. 본래 나는 꽤나 감정이 풍부한 편이었고 제법 선량한 아이였는데 지금은 달랐다. 나는 외부 세계에 대해서는 매우 무관심한 태도를 취하며 온종일 나의 내부에 귀를 기울였다. 결국에는 내면 가장 깊은 곳에서 흐르고 있는 금지된 어두운 냇물 소리를 듣는 데 온 정신을 빼앗기게 되었다.

지난 반년 동안 나는 급격히 자라나 후리후리하고 야윈 모습이었고, 불완전한 시각으로, 세상을 바라보게 되었다.

소년다운 귀여움은 전혀 찾아보기 어려워서 나 자신조차도 이런 모습으로는 남에게 사랑받을 수 없겠다고 생각했다. 더군다나 나 스스로도 나를 전혀 사랑하지 않았다. 나는 이 따금 막스 데미안을 몹시 그리워했다. 하지만 한편으로 그를 미워하기도 했고, 내 자신이 싫어지게 된 몹쓸 병과 같은 생활의 빈곤함을 은연중에 데미안의 책임으로 돌리고 있었다.

학생 기숙사에서 나는 귀여움을 받지도, 그렇다고 존중을 받지도 못했다. 처음엔 놀림감이 되었고 다음에는 따돌림을 당했으며, 음울한 녀석이나 불쾌하고 별난 녀석쯤으로 취급되었다. 나는 그 역할이 마음에 들었기 때문에 한층 더 과장하기까지 했다. 표면적으로는 가장 남자답게 세상을 멸시하듯 고독 속으로 파고드는 것이었지만 내면적으로는 남몰래 비애와 절망감에 몸부림 치기도 했다. 학교에서는 새롭게 배우는 것 없이 집에서 쌓았던 지식을 조금씩 되새기는 것에 불과했다. 지금 다니는 학급이 예전에 다녔던 학급보다 진도가 조금 뒤처져 있었기 때문에 또래들을 어린애라고 얕보는 습관마저 생겼다.

1년쯤, 아니 그 이상의 시간이 그렇게 지나가고 방학이 되어 집으로 돌아갔을 때도 새로운 변화는 없었다. 나는 집을 다시 떠나왔다. 11월 초순의 일이었다. 나는 날씨가 어떻든지 간에 생각에 빠져 정신없이 산책하는 습관이 생겼다. 그렇게 걸으면서 나는 일종의 즐거움을 느꼈으며, 우울과 염세와 자기 혐오감에 가득 찬 뒤틀린 기쁨을 맛보곤 했다. 어느 날 나는 축축하게 안개가 자욱한 해질녘에 교외에 있는 공원을 거닐고 있었다. 공원의 넓은 가로수 길은 텅빈 채 나를 맞았다. 길에는 낙엽이 겹겹이 깔려 있었고, 나는 발로 낙엽들을 헤적거리며 어두운 쾌감을 느꼈다. 공기 속에는 축축하면서도 쓴 냄새가 떠돌았고 저 멀리 나무들은 안개 속에서 도깨비처럼 그림자를 지우며 서 있었다.

긴 가로수 길 끝에서 나는 망설이듯 멈춰 서서, 검은 나뭇잎을 바라보며 그것들이 사라져가는 동안 축축한 냄새를 들이마셨다. 나의 내부에서 무엇인가가 그 냄새에 응답하며 환영의 뜻을 나타냈다. 아, 인생이란 얼마나 무의미한 것인가?

누군가 옆길에서 깃이 달린 외투를 바람에 날리며 내게 다가왔다. 내가 그자리를 떠나려 하자, 그 사람이 나를 불렀다.

"이봐, 싱클레어."

다가온 사람은 우리 기숙사에서 나이가 제일 많은 알폰스 베크였다. 나는 그와의 만남을 좋아했다. 다른 아이들에게 하는 것처럼 언제나 나에게 비꼬듯이 이야기하면서 어른인 척하는 걸 빼면 별다른 반감은 없었다. 그는 곰처럼 힘이 세며 기숙사 사감을 꽉 휘어잡고 있다는 김나지움 학생들 간의 소문의 주인공이었다.

"대체 여기서 뭘 하고 있니?"

그는 가끔 어른들이 우리 또래 학생들 사이에 끼어들 때와 같은 말투로 상냥하게 말을 걸어왔다.

"어디, 내기를 해볼까. 너 시를 짓고 있지?"

"전혀 그렇지 않은데."

나는 무뚝뚝하게 말을 잘랐다.

그는 낄낄거리고 웃으며 내게 다가오더니 전혀 익숙하지 않은 태도로 말을 하기 시작했다.

"그렇게 경계하지 않아도 돼, 싱클레어. 내가 그 정도도 이해 못할 줄 아니? 이렇게 안개가 자욱한 가을밤에 사색에 잠겨서 걷고 있는 건 분명 사연이 있는 법이거든. 그럴 때 사람들은 흔히 시를 쓰고 싶어 하지. 그런 것쯤은 나도 알고 있어. 물론 사라져가는 자연에 대해서나 아니면 그것과 비유되는 사라져간 청춘에 대해서 말이야. 하인리히 하이네를 봐."

"난 그렇게 감성적이지 않아."

나는 그 말에 항의했다.

"그래, 좋도록 생각하렴. 하지만 내 생각에는 이런 날씨에는 와인 한잔이나 그 비슷한 것들이 있는 조용한 곳을 찾아가는 것도 괜찮을 것 같은데. 어때? 잠깐 나를 따라오지 않을래? 나도 마침 혼자니까. 생각이 없니? 네가 모범생으로 남겠다면 굳이 권하지는 않겠다만."

우리는 곧 조그만 교외의 술집에 마주 앉아 맛이 썩 좋지 않은 와인 잔을 부딪쳤다. 처음에는 별로 마음에 들지 않았지만 뭔가 새로운 맛이 느껴지긴 했다. 나는 술에 익숙하지 않았기에 곧 취하여 떠들어대기 시작했다. 내 안의 창문이 활짝 열린 듯했고 세계가 그 안에 비쳐드는 듯한 기분이었다.—오랫동안, 참으로 무섭게도 오랫동안 나는 진심에서 우러나오는 말을 한마디도 하지 못하고 지내왔던 것이다.— 나는 정신없이 지껄였고 카인과 아벨의 이야기까지 멋지게 해치웠다.

베크는 기꺼이 내 말에 귀를 기울여주었다. 마침내 이야기를 들어줄 사람을 만난 것이다. 그는 내 어깨를 치며 정말 근사한 녀석, 재능 있는 녀석이라고 불렀다. 나 역시 이야기하고 싶고 표현하고 싶은 욕구를 충족시켰다. 이런 이야기들이 인정을 받았다는 것, 그것도 나이 많은 선배에게 제법이라고 인정받았다는 사실에 내 마음은 크게 고무되어 날뛰었다. 나를 천재적인 녀석이라고 한 베크의 말이 내 심정에 감미롭고도 독한 와인처럼 스며들었다. 세계는 새로운 빛으로 타오르기 시작했고 사상은 수백 개의 힘찬 샘처럼 솟구쳤으며 영혼과 불이 내 안에서 활활 타올랐다. 우리는 선생님과 급우들에 관해서도 이야기를 나누었는데, 적어도 나는 우리가 멋지게 의기투합하고 있다고 생각했다. 또한 우리는 그리스인과 이교도에 대한 이야기도 했는데, 그러면서 베크는 나에게서 연애에 대한 고백을 들으려고 애썼다. 나는 더 이상 이야기를 계속할 수가 없었다. 이야깃거리가 될 만한 경험이 한 번도 없었기 때문이다. 마음속에서만 느끼고 만들어내어 공상해온 것들이 나의 내면을 불태우고 있었지만 그걸 술의 힘으로도 풀어낼 수는 없었다.

여자에 관해서라면 베크 자신이 훨씬 많이 알고 있었다. 나는 여자에 관한 이야기를 열심히 들었다. 나로서는 도저히 믿을 수 없는 이야기들이었지만 듣고 있자니 불가능하다고 생각해온 일들이 현실에서는 아주 평범하고 당연한 것으로 생각되었다. 알 폰스 베크는 열여덟 살 정도 먹었을 뿐이지만 이미 경험이 많았다. 특히 소녀들이란 아름다운 일이나 은근한 것 외에는 별 관심이 없다고 알고 있는데, 물론 그것도 좋기는 하지만 그것이 전부라고 할 수는 없다는 것이었다. 그 점에 있어서는 부인네들에게서 더 많은 성과를 거둘 수가 있는데, 여인네들이 그 점에 대해 훨씬 더 많이 알고 속이 트여 있다는 것이었다. 예를 들어 문구점 주인인 야크겔트 부인과 이야기가 잘 통한다 싶은 사람이 있다고 치면 그 가게의 카운터 뒤에서 그 두 사람 사이에는 책에서도 볼 수 없는 그렇고 그런 일들이 벌써 있었다고 보면 된다고 했다.

나는 넋을 잃고 이야기에 빠져들어 멍하니 앉아 있었다. 물론 내가 야크젤트 부인을 사랑하게 될 일은 없겠지만, 그럼에도 그런 이야기는 지금까지 들어본 적이 없었다. 나는 꿈도 꾸어보지 못한 어떤 삶이 나이 든 사람들에게는 흐르고 있는 것이리라고 생각했다. 사실 그 이야기에는 어느 정도의 거짓말도 섞여 있는 듯했고, 그가 말한 것은 내 생각 속에서의 사랑의 맛보다 보잘것없고 평범하게 느껴지기도 했다.

그러나 어쨌든 그것들은 모두 사실이었고 생활이며 모험이었던 것이다. 지금 이 순간 그것을 모두 실제로 경험하고, 그 경험을 아주 일상적인 일처럼 취급하는 사람이 내 앞에 앉아 있는 것이다.

우리의 대화는 다소 뜸해지고 활기를 잃었다. 나는 더 이상 천재성 있는 소년이 아니었으며, 단지 어른의 말에 혹해서 귀를 기울이는 소년에 불과했다. 하지만 그것은 나의 수개월 동안의 암울한 생활에 비한다면 천국에서의 일처럼 감미롭게 들렸다. 술집에 있는 것에서부터 우리의 대화 내

용까지 모두가 엄격하게 금지되어 있는 일들이었다. 나는 그런 현실을 조금씩 깨닫기 시작했다. 그 속에서 미흡하나마 정신적인 어떤 것을 맛보았고 혁명의 징후를 감지했다.

그날 밤의 일을 나는 아주 분명하게 기억한다. 우리가 희미하게 타는 가스등 옆을 지나 차갑고 축축한 밤공기 속으로 귀가를 서둘렀을 때 나는 난생처음으로 취해 있었다. 사실 기분이 나쁘고 몹시 괴로웠다. 그럼에도 고통 이외에 뭔가 매력과 감미로움이 있었는데, 그것은 반란과 방종이었고 생명력과 정신이었다. 베크는 나를 보며 새파란 풋내기라고 투덜거리며 욕하긴 했지만 나를 끝까지 책임지고 돌봐주었다. 그는 나를 반쯤 떠메다시피 해서 기숙사까지 데리고 왔고, 갖은 방법을 동원한 끝에 열려 있는 창문으로 들키지 않고 무사히 기숙사 안으로 들어갈 수 있었다.

극히 짧은 시간 동안의 깊은 잠에서 깨어났을 때는 괴로운 마음과 미칠 듯한 고통이 나를 덮쳐 왔다. 나는 침대에서 일어나 앉았다. 낮에 입었던 셔츠를 아직까지 입고 있고, 형편없이 구겨진 옷가지와 신발은 방바닥에 팽개쳐져 있었으며, 땀내와 토사물 냄새가 풍겼다. 두통과 구토와 미칠 것 같은 갈증이 나를 휩싸고 있는 동안 갑작스레 내 마음의 거울에는 오랫동안 보지 못했던 한 영상이 비쳤다. 나는 고향과 부모님의 집, 아버지와 어머니, 누나들과 정원을 보았고, 조용한 고향 집의 내 방을 보았으며 학교와 시장을 보았고, 데미안의 견신례 장면을 보았다. 이 모든 것은 밝게 광채에 휩싸여 있었으며 모두 아름답고 경건하고 청순하게 보였다. 이 모든 것은 어제까지, 아니 몇 시간 전까지만 해도 내 것이었고 나를 기다리고 있었다. 그러나 지금 이 순간에 와서는 사라져버리고 저주를 받아 더 이상 나에게 속해 있지 않고 나를 거부하며 증오에 찬 시선으로 나를 바라보고 있었다. 가장 아름다웠던 어린 시절의 정원에서 부모님으로부터 받았던 모든 사랑스럽고도 친밀한 것, 어머니의 다정한 입맞춤과 해마다 맞이했던 성탄절이며 경건하고도 명랑했던 일요일의 아침과 정원에 피어 있던 온갖 꽃들에 이르기까지 이 모든 것이 황폐해지고 말았다. 이 모든 아름다운 것들을 내가 스스로 짓밟아버린 것이다! 만약 지금이라도 심판의 사자가 와서 나를 묶어 인간쓰레기, 신성모독자로 취급하며 교수대로 끌고 간다고 하더라도 나는 그것은 마땅히 그럴 만한 일이라고 여기며 따라갔을 것이고 기꺼이 처벌을 받아들였을 것이다.

나의 내면은 이런 상태였다. 사방을 헤매 다니며 세상을 얕잡아본 자여! 외람된 정신으로 데미안의 사상에 공명하던 자여! 쓸모 없는 인간으로, 추잡하게 술에 취해 더럽고 구역질나는 저급하게 거칠어진 짐승이며, 악한 충동의 노예가 되어 버린 모습을 하고 있었다. 온갖 청순함 그리고 빛과 사랑스런 마음으로 가득 차 있던 정원에서 자란 나, 바하의 음악과 시를 사랑했던 나, 이런 내가 그런 모습이 될 수 있다니! 내 자신의 웃음소리가, 술에 잔뜩 취해 자제력을 상실한 채 충동적이고도 바보처럼 낄낄거리던 그 소리가 아직도 들려오고 있었고 나는 심한 구역질과 분노를 느꼈다. 그것은 바로 나 자신의 모습이었다.

그러나 이 모든 고통스러운 양심의 가책 속에서도 괴로움을 견디는 일은 거의 알 수 없는 쾌감을 불러 일으키기도 했다. 내 마음은 너무나 오랫동안 맹목적이고도 가련하게 움츠러들어 있었고, 너무나 오랫동안 숨죽인 채 쇠진하게 웅크리고 있었기 때문에, 이런 가책이나 고통의 전율, 영혼의 추악한 감정조차도 환영받고 있었던 것이다. 그 속에서는 분명 감정이 있었고 불꽃이 타오르고 심장이 고동치고 있었다. 비참의 구렁텅이 속에서도 나는 이렇게 해방이나 봄과 같은 그 혼란스러운 무언가를 느꼈던 것이다.

그러는 동안 겉으로 보기에 나는 거칠게 타락해가고 있었다. 최초의 주정뱅이는 얼마 되지 않아 그 자리를 내게 넘겨주었다. 우리 학교에서도 폭주가 성행했고 난동이 속출했는데, 나는 그들 가운데 최연소자 축에 끼어 있었고, 오래가지 않아 한몫 거드는 축이나 풋내기가 아닌 우두머리 샛별 같은 존재, 유명하고도 거침없는 술집의 단골로 변모해갔다. 나는 다시 한 번 완전히 어두운 세계, 악마의 세계 속으로 뛰어들었고 이 세계에서는 아주 근사한 녀석으로 통하게 되었다.

그러는 동안에도 내 마음은 비참하기 이를 데 없었다. 나는 내 자신을 스스로 파멸시키는 방탕한 소굴에서 살면서 친구들에게서는 대장이니, 근사한 녀석이니, 비상하고 날카롭고 재치가 있는 녀석이라고 인정받았지만, 내 마음 가장 깊은 곳에서는 불안에 가득 찬 영혼이 두려움으로 떨고 있었다. 어느 일요일 오전에 주일 예복 차림으로 명랑하고 즐겁게 노는 어린아이들을 보았을 때 갑자기 눈물을 흘렸던 일이 아직도 기억난다. 초라한 술집의 더러운 탁자에 기대어 맥주에 취해서 킬킬거리며 터무니없이 방탕한 말들로 친구들을 웃기고 때론 놀리고 있는 동안에도 내 마음 한구석에서는 남몰래 내가 조롱하는 모든 것에 대해 공경심을 품고 있었으며 나의 영혼 앞에, 나의 영혼과 어머니 앞에, 그리고 신 앞에 눈물 흘리며 무릎을 꿇고 있었다.

내가 우리 패거리와 일체감을 느끼지 못하고 그들과 어울리면서도 고독했고, 그것으로 인해 그렇게도 괴로워했던 것에는 근거가 있었다. 나는 가장 난폭한 패거리에서 인기가 있으며 동시에 술집의 영웅이며 독설가였다. 나는 선생, 학교, 부모, 교회에 대한 생각이나 이야기를 할 때는 재치와 용맹을 떨쳤다. 심지어는 나는 음담패설조차도 남에게 뒤지지 않으려 했으며, 그런 이야기 하나쯤은 거뜬히 만들어낼 수 있었다. 그러나 나의 패거리가 여자들을 만나러 갈 때는 한 번도 따라가지 않았다. 사실 나는 외로웠고 사랑에 대한 격렬한 동경과 뜻 모를 그리움에 가득 차 있었던 것이다. 그것으로 짐작해보면 나는 방탕아이면서 향락을 즐겼지만, 어느 누구보다도 더 상심하기 쉽고 부끄러움을 많이 타는 사람이었던 것이다. 때로 젊은 처녀들이 아름답고 말쑥한 옷차림으로 명랑하고 우아하게 걸어가는 모습을 볼 때면 그들이 근사하고 깨끗한 꿈속의 인물처럼 느껴졌고 나보다 천 배나 선량하고 깨끗하게 생각되었다. 얼마 동안 나는 야크겔트 부인의 문구점에는 갈 수가 없었다. 왜냐하면 그 여인을 보고 있노라면 알폰스 베크가 그녀에 대해 이야기한 것이 생각날 테고, 그러면 내 얼굴은 무참하게 새빨개질 것을 알았기 때문이다.

그러나 내 자신이 새로운 패거리들 사이에서 끊임없이 고독하고 다른 존재라고 느끼면 느낄수록 더욱더 그들에게서 떨어져 나올 수가 없었다. 과음을 하고, 말도 안 되는 장담을 해대는 일들이 한 번이라도 즐거웠던 적이 있었는지 이제 와서 생각해보면 잘 모르겠다. 사실 나는 술에 익숙해지지 않아서 번번이 고통스러운 결과를 맛보아야 했다. 모든 것이 다 강요된 것이었다. 그것 외에 다른 어떤 일을 해야 할지 몰랐으므로 그저 하던 그대로 계속했을 뿐이었다.

나는 오랫동안 혼자인 것을 두려워했고, 노상 마음이 그리로 향해가는 온화하고 수줍음 많은 내적 자각이 두려웠으며 빈번히 엄습해오는 따뜻한 사랑에 대한 갈망을 견딜 수가 없었던 것이다.

나에게는 가장 중요한 한 가지가 결핍되어 있었다.—그것은 진실된 친구였다.— 내가 좋아하는 동급생이 몇 명 있기는 했다. 하지만 그 친구들은 모범생 쪽에 속했고 나의 악행은 이미 오래전부터 누구나 다 아는 일이었다. 그들은 나를 피했다. 모두들 나를 근본이 흔들리고 있는 가망 없는 불량 학생 정도로 여기고 있었다. 선생님들도 나의 행동에 대해 자세히 알게 되었고 누차 혹독한 처벌을 내리기도 했으며, 마침내는 퇴학 처분을 받게 되리라고 기대하고 있었다. 나 자신도 이런 사실을 잘 알고 있었다. 나는 이미 오래전부터 모범생은 아니었고 이러한 방탕한 생활을 더 이상 지탱해갈 수 없다고 느끼면서도 그러한 악행을 내려놓지 못해 자신을 더욱 혼란스럽게 만들고 있었다.

우리를 고독하게 만드는 것을 통해 신이 우리에게 이끌어줄 수 있는 길은 너무도 많다. 신은 그때 나와 함께 이런 타락의 길을 갔던 것이다. 그것은 마치 악몽과도 같았다. 더러운 것, 찐득거리는 것, 깨진 맥주잔과 말도 안 되는 농담을 지껄이며 보낸 밤들 속에서 나는 몽유병자처럼 쉴 새 없이 괴로워하면서도 추악하고도 불결한 길을 기어다니고 있는 내 모습을 발견했다. 공주를 찾아가는 도중에 악취와 쓰레기로 가득 찬 뒷골목의 진흙탕에 빠져버리는 꿈 이야기가 있었다. 나도 그런 처지에 놓여 있었다. 보잘것없는 짓을 함으로써 나는 더욱 외로움에 사무치게 되었고, 나와 나의 유년 시절 사이엔 냉혹한 시선으로 망을 보는 문지기가 버티고 선, 굳게 닫힌 낙원의 문이 생겨나 버렸던 것이다. 이것이야말로 내 자신을 향한 그리움의 시작이었으며 나 자신이 지니고 있는 향수에 대한 첫 깨달음이었다.

사감 선생님의 경고 편지를 받고 성○○시에 오신 아버지께서 예상치 않게 내 앞에 나타나셨을 때 나는 너무 깜짝 놀라 몸에 경련까지 일으켰다. 그러나 그 겨울이 다 갈 무렵 두 번째로 오셨을 때 이미 나는 냉담하고 무관심해져 있었고, 꾸중을 하셔도 당부를 하셔도 어머니를 상기시키셔도 나는 별로 개의치 않았다. 마지막으로 아버지는 몹시 노여위하며 만일 내가 달라지지 않는다면 불명예스럽고도 모욕적으로 퇴학을 시켜서 감화원에 집어넣겠다고 말했다. 그러나 나는 마음대로 하라는 식으로 아버지를 대했다! 아버지가 떠난 후 나는 미안한 마음이 들었으나, 아버지는 아무런 성과도 얻지 못했고 내 마음으로 통하는 길도 발견하지 못했다. 아주 잠시였지만 내게는 그러한 일이 당연한 것처럼 느껴졌다.

내가 장차 무엇이 될 것인가에는 관심이 없었다. 주막집에 앉아 지껄여대는 따위의 기이하고 그다지 아름답지 못한 방식으로 나는 세상과 싸우고 있었던 것이고, 그것이 내가 가진 저항의 방식이었다. 그러면서 나는 내 자신을 엉망진창으로 망쳐갔고 때때로 사태를 이런 식으로 파악해보기도 했다. 만약 세상이 나 같은 사람들을 필요로 하지 않고, 그들을 위해 보다 더 나은 자리, 보다 더 가치 있는 과제를 맡겨주지 않는다면 그들은 필명 파멸하고야 말 것인데, 그렇다면 그 책임은 마땅히 이 세상이 져야 하는 것이라고 말이다.

그해의 성탄절 연휴는 정말 불쾌했다. 나를 보신 어머니는 깜짝 놀라셨다. 나는 키가 훨씬 더 커졌고 야윈 얼굴은 생기 없이 축 늘어진 데다 눈언저리엔 염증이 생겨 잿빛으로 찌들어 처량하기 짝이 없었던 것이다. 갓 나기 시작한 코 밑의 엉성한 수염 자국과 얼마 전부터 쓰기 시작한 안경이 나를 한층 낯설어 보이게 했다. 누나들은 뒤에서 킥킥거리고 웃었다. 나는 모든 것이 불쾌했다. 서재에서 아버지와 나눈 대화도 불쾌했고 입맛이 썼으며 서너 명의 친척과 나눈 인사도 그러했다. 무엇보다도 불쾌했던 것은 성탄절 전야에 있었던 일이었다. 내가 세상에 태어나게 된 이후 이날은 우리 집에서 가장 중요하게 여겨져온 날이었고, 축제와 사랑과 감사가 넘치는 부모님과 나의 유대를 거듭 새롭게 해주는 저녁이었다. 그러나 이번 성탄절에는 매사가 답답했고 곤혹스러울 뿐이었다. 지금까지 그랬듯이 아버지는 "그들은 그곳에서 양 떼를 지키고 있었노라."라는 들판의 목동에 관한 복음서 구절을 낭독하였고, 항상 그래 왔던 것처럼 누나들은 기쁨에 넘쳐 선물이 놓인 책상 앞에 서 있었다. 그러나 아버지의 음성에는 즐거운 기색이 없었고 얼굴은 늙고 피곤해 보였다. 어머니도 슬픈 표정을 짓고 계셨다.

그 모든 것이 나는 견딜 수 없이 괴롭고 거북스러웠다. 선물과 축복, 복음서와 불이 밝혀진 트리조차 그러했다. 꿀을 바른 과자는 달콤한 냄새를 풍기며 향긋한 추억의 짙은 구름을 만들어냈다. 전나무의 향기는 지나간 일들에 관한 이야기를 속삭이고 있었다. 나는 이 밤과 축제의 날이 한시라도 빨리 끝나기를 초조하게 기다렸다.

온 겨울이 온통 그런 식으로 지나갔다. 방학이 되기 직전에 나는 교사회로부터 심한 경고를 받았고 제명시키겠다는 위협까지 받았다. 더 이상 이런 생활을 지속할 수는 없었다. 그럼에도 나는 그저 될 대로 되라는 심정이었다.

그 무렵 나는 데미안에게 특별한 원망을 가지고 있었다. 그동안 나는 그를 한 번도 만날 수 없었다. 성○○시로 옮겨온 초기 시절에 나는 그에게 두 차례 편지를 보냈지만 답장은 오지 않았다. 그래서 나는 방학 동안에도 그를 찾아가지 않았던 것이다.

지난 늦가을 알폰스 베크와 만났던 그 교외의 공원에 봄이 시작될 무렵, 가시나무 울타리가 초록빛을 띠기 시작했을 때, 나는 우연히 한 소녀에게 관심을 갖게 되었다. 나는 불쾌한 생각과 걱정에 둘러싸여 혼자 투덜거리던 찰나였다. 건강은 나빠지고 돈은 계속 모자랐다. 친구들에게 꾸어 쓴 액수는 점점 늘어나 집에서 돈을 받아내기 위해서는 그럴 듯한 지출 명분을 생각해내야 했다. 여러 군데의 상점에도 담배나 그 외의 다른 외상값이 자꾸 늘어나고 있었다. 하지만 이런 것들에 대해 심각하게 고민한 것은 아니었다. 머지않아 여기서의 생활이 끝장이 나고 내가 물속으로 뛰어들거나 감화원에 끌려가게 된다면 이런 문제는 사소한 걱정거리일 뿐이었다. 하지만 현실에서의 나는 언제나 이런저런 종류의 아름답지 않은 일에 직접적으로 시달리고 있었으며 그것들은 나를 몹시 억압하고 있었다.

그런 일상을 보내던 중에 나는 봄날의 공원에서 내 마음을 끄는 젊은 소녀를 만났던 것이다. 키가 크고 날씬하고 우아한 차림을 한 그녀는 영리한 소년 같은 얼굴이었다. 첫눈에 그녀가 마음에 들었는데, 나는 그런 느낌의 여자를 좋아했으므로 내 상상력을 자극하기 시작했다. 나보다 나이가 그렇게 많아 보이지는 않았다. 그러나 그녀는 훨씬 성숙하고 우아하고 윤곽이 뚜렷했으며, 벌써 완연한 귀부인 티

147

가 나고 있었다. 그러면서도 그녀에게는 내가 무엇보다도 좋아하는 오만함과 소녀다움이 내재해 있었다.

나는 한 번도 내가 마음에 둔 여자에게 접근해서 성공한 적이 없었고 그녀의 경우 역시 마찬가지였다. 그러나 그녀의 인상은 과거의 어느 처녀들보다 더 인상 깊었고 내 생활에 끼친 이 짝사랑의 영향은 실로 대단했다.

갑자기 내 앞에는 고귀하고 존경심을 일으키는 영상이 다시 나타났다.—나의 내부에 있어서 어떤 갈망이나 충동도 이처럼 경건하고 숭배하고 싶은 소원만큼 깊고 간절하지 않았다.— 나는 그 여인에게 베아트리체라는 이름을 붙였다. 비록 단테의 책을 읽어보지 않았지만 영국판의 그림에서 그녀를 본 적이 있었고, 그 그림의 복사본을 잘 간직하고 있었다. 그 그림은 영국의 라파엘 초기파의 화풍으로 그려진 처녀의 모습이었는데, 갸름하고 긴 얼굴에 영혼이 깃든 손과 표정, 늘씬한 팔다리를 가지고 있었다. 공원에서 내 마음을 끌었던 소녀도 날씬한 자태와 소녀다운 면을 지녔다는 점, 또 얼굴 표정에 다소 영혼이 깃들어 보인다는 점에서 그 그림의 여자와 비슷했지만 완전히 닮은 것은 아니었다.

나는 한 번도 베아트리체와 말을 나눈 적이 없었다. 그럼에도 불구하고 그녀는 당시의 나에게 깊은 영향을 끼쳤다. 그녀는 내 앞에 자신의 모습을 나타냄으로써 내게 성스러운 전당을 열어주었고, 나로 하여금 사원의 기도자가 되게했다. 시간이 지날수록 나는 술집 순례와 밤에 방황하는 버릇에서 멀어져갔다. 나는 다시 홀로 있을 수 있게 되었으며 독서를 즐기고 산책을 하게 되었다.

이러한 돌발적인 전향으로 나는 숱한 조롱을 감수해야 했다. 그러나 이제는 나도 사모할 대상을 가지게 된 것이다. 이상이 다시 살아났고 예감과 신비롭게 아롱진 어스름이 생활을 채우기 시작했다. 그것이 나를 여타의 조소에 무심할 수 있게 해주었다. 비록 숭배하는 영상의 하인이나 노예일 망정 나 자신으로 되돌아올 수 있게 된 것이다.

그 시절을 회상하노라면 감동에 젖지 않을 수 없다. 나는 다시금 진지하게 노력하여 무너진 생활의 폐허 속에서 '밝은 세계'를 건설하려 했으며 마음속에서 어둠과 악을 몰아내고 밝은 세계 속에 머물고자 하는 열망으로 신들 앞에 무릎을 꿇는 심정이 되었다. 지금 내가 영위하고자 하는 '밝은 세계'는 어느 정도 나의 창조물이었다. 그것은 이미 어머니나 아무런 책임이 없는 안전한 곳으로 도망쳐 들어가는 것과는 다른, 책임감과 일종의 자제력이 요구되는 나 자신에 의해 새롭게 발견된 자기 봉사였다. 나를 끊임없이 괴롭혀 와서 그것으로부터 달아나고자 애썼던 성적인 욕구도 이 성스러운 불 속에서 정신과 예배로 정화되어 갔다. 더 이상 어둡고 추악한 것들이 존재해서는 안 되었다. 신음하면서 지샌 밤들, 음란한 환상 앞에서의 심장 고동, 금지당한 문 앞에서 엿듣던 소리, 온갖 음탕한 짓거리들도 모두 존재해서는 안 되는 것이었다. 나는 이 모든 것을 대신해서 베아트리체의 초상을 모신 제단을 마련했으며 그 여인에게, 또한 정신과 여러 신들에게 나를 바쳤다. 음침한 세계 속에서 찾아온 삶의 대가를 밝은 세계의 제물로 바쳤다. 나의 목적은 향락이 아니라 정결함이었으며 쾌락이 아니라 아름다움과 정신애에 있었다.

이 베아트리체에 대한 숭배는 내 인생을 완전히 변화시켰다. 어제까지 조숙한 풍자꾼이던 나는 성자가 되려는 희망을 품은 사원의 하인이 되었다. 나는 내 몸에 젖어 있던 나쁜 생활 습관을 청산했을 뿐 아니라 모든 것을 변화시키기 위해 노력했고, 먹고 마시는 일에서나 이야기나 옷차림까지도 여기에 부합되도록 신경을 썼다. 나는 아침마다 냉수마찰을 하기 시작했는데 그 일은 대단한 노력을 요했다. 나는 진지하고 품위 있게 행동했고 자세를 똑바로 하고 천천히 위엄 있게 걸으려고 애썼다. 보는 사람들에게는 다소 우스꽝스러웠을지도 모르겠으나 내 마음은 그만큼 신에의 봉사심으로 가득 차 있었다.

이러한 새로운 신념을 표현할 수 있는 여러 가지 노력 가운데서 나는 한 가지 방법에 정신을 집중하게 되었다. 나는 그림을 그리기 시작했다. 내가 가지고 있는 영국판 베아트리체의 초상이 그녀와 닮지 않았던 것이 일의 발단이었다. 나는 그 여자를 내 나름대로 그려보려고 애썼다. 아주 새로운 기쁨과 희망을 갖고 나는 내 방에서—최근에 나는 독방을 쓰게 되었다.—깨끗한 종이와 그림물감과 붓을 챙겨두었고 팔레트, 유리잔, 도자기 접시, 연필 등을 준비했다. 새로 사온 조그만 튜브 속에 들어 있는 색깔 고운 템페라 물감이 나를 매혹시켰다. 처음으로 물감을 뽀얀 접시 위에 짰을 때의 그 빛깔은 지금까지도 눈에 선하다. 그것은 불타는 듯한 크롬 옥시트 초록이었다.

나는 조심스럽게 그림을 그리기 시작했다. 얼굴을 그리는 것은 어려운 일이었다. 그래서 처음에는 다른 것부터 시험해보려고 했다. 장식 무늬, 꽃, 작은 환상적인 풍경화, 교회 앞에 서 있는 한 그루의 나무, 측백나무들이 서 있는 로마의 다리 같은 것들을 그렸다. 나는 그림 그리는 일에 완전히 정신을 빼앗기기도 하고 그림물감 상자를 처음 갖는 아이처럼 행복해하기도 했다. 그러다 나는 드디어 베아트리체를 그리기 시작했다.

처음 몇 장은 완전히 실패하여 나는 그것을 내던져 버렸다. 때때로 거리에서 만났던 그 소녀의 얼굴을 마음속에서 생각해내려고 하면 할수록 더 잘되지 않았다. 결국 나는 그 소녀를 그리는 것은 포기하고 생각나는 대로, 그림물감과 붓이 이끌어가는 대로 얼굴을 그리기 시작했다. 그렇게 그려진 모습은 꿈에서 본 모습이었는데 썩 만족스럽지는 않았으나 그런 시도를 계속해갔다. 한 장 한 장 새로운 얼굴이 완성되어 갈 때마다 그 모습은 한결 선명해졌고 결국 실제와 같지는 않았지만 그 소녀의 모습에 가까워지는 것이었다.

시간이 갈수록 나는 꿈을 꾸듯이 붓으로 줄을 긋고 화면을 메워 나가는 것에 익숙해졌다. 아무런 모델도 없는 그림이었지만 장난 삼아 그리는 동안, 무의식중에 형상화되어 간 것들이었다.

그러던 어느 날 나는 드디어 이제까지 그린 어떤 얼굴보다 한층 더 강력하게 내게 말을 건네오는 하나의 얼굴을 완성시켰다. 그 얼굴은 이미 이전에 내가 그리고자 했던 어느 소녀의 모습은 아니었다. 사실, 오래전부터 내가 그린 그림은 더 이상 그 여자의 얼굴이 아니었던 것이다. 그것은 소녀의 얼굴이라기보다는 차라리 소년의 얼굴처럼 보였고 머리칼도 그녀의 것과 같은 옅은 금발이 아니라 붉은 빛이 도는 갈색이었다. 이마는 단단하고 야무지게 보였고 입술은 붉게 타고 있었고, 전체적인 인상은 딱딱하고 가면 같기도 했지만 그 얼굴은 인상적이고도 신비스러운 생명력으로 가득 차 있었다.

완성시킨 그림 앞에 앉아 있자니 어떤 야릇한 감동이 전해져왔다. 그것은 신의 초상이거나 신성한 가면과도 같았고, 절반은 남성적이고 절반은 여성적이었다. 나이를 초월한 모습으로 꿈을 꾸고 있는 것 같으면서도 강한 의지가 엿보였으며, 남모르는 생명에 충만해 있으면서도 딱딱하게 굳어 있는 것처럼 보였다. 이 얼굴은 나에게 무엇인가 할 말이 있는 것 같았고, 나 자신 속에 존재하면서 나에게 무엇인가를 요구하는 것 같았다. 그 얼굴은 확실히 어느 누구와 닮은 듯했지만 누구와 닮았는지는 알 수 없었다.

이 얼굴은 얼마 동안 나의 모든 생각 속에서 살아 움직이고 나와 함께 생활을 나누었다. 나는 그것을 서랍 속에 넣어두었는데 혹시라도 누가 보고 나를 놀려대는 것은 질색이었기 때문이었다. 그러나 혼자 되기가 무섭게 그 그림을 꺼내어 그것과 사랑에 빠지곤 했다. 저녁에는 그 그림을 침대 맞은편 벽지 위에 핀으로 꽂아놓고는 잠들 때까지 바라보았으며 아침에는 눈을 뜨자마자 그 그림을 쳐다보았다.

바로 그 시절, 나는 어린아이였을 때 그랬던 것처럼 많은 꿈을 꾸기 시작했다. 거의 몇 년, 동안 나는 한 번도 꿈을 꾼 적이 없는 것처럼 살았다. 이제야 꿈들이, 아주 새로운 종류의 영상이 다시 나를 찾아왔다. 꿈속에서는 내가 그린 그림 속의 얼굴이 빈번히 생기를 띠고 나에게 이야기를 걸어왔으며 아주 친밀하게 혹은 적대적인 태도로, 때론 이맛살을 찌푸리기도 하고 때로는 무한히 아름다우며 조화를 이룬 고귀한 모습으로 나타나곤 했다.

어느 날 아침 역시 그러한 꿈을 꾼 후 잠에서 깨어난 나는 갑자기 하나의 사실을 알아차렸다. 그 얼굴은 말할 수 없이 다정한 시선으로 나를 바라보고 있었는데 마치 내 이름이라도 부르는 것 같았다. 어머니만큼이나 나를 잘 알고 있는 듯했으며, 옛날부터 항상 나를 바라보고 있었던 것처럼 보였다. 흥분을 억누르며 나는 그 그림 속의 얼굴을, 숱이 많은 갈색 머리칼과 여성적인 분위기를 풍기는 입술, 그리고 믿어지지 않을 만큼의 밝음을 지닌―저절로 말라 있었다.―억센 이마를 바라보았다. 나는 차츰 마음속에 눈에 익은 누군가의 얼굴이 떠오르고 내가 그 사람을 잘 알고 있다는 것을 깨달았다.

나는 침대에서 벌떡 뛰어 일어나서 그 그림 앞에 아주 가까이 다가가 크게 뜬 초록빛이 감도는 눈을, 물끄러미 나를 바라보고 있는 그 눈을 바라보았다. 오른쪽 눈이 왼쪽보다 약간 치켜떠져 있었다. 나는 이 그림이 누구의 얼굴인지를 알아차렸다.

어째서 이렇게 늦게야 그것을 알아차릴 수 있었던 것일까! 그것은 바로 데미안의 얼굴이었다.

그 후 나는 종종 내 추억 속에 남아 있는 데미안의 진짜 표정과 그 그림을 비교해보았다. 닮기는 했지만 똑같지는 않았다. 그러나 데미안임에는 틀림 없었다.

어느 초여름의 석양 무렵, 서쪽으로 나 있는 창문을 통해 기울어지는 태양 빛이 붉게 비쳐 들어왔다. 방 안에는 어둠이 감돌기 시작하고 있었다. 베아트리체의 초상, 아니 데미안의 초상을 핀으로 창틀 가운데에 고정시키고 석양이 어떻게 그것을 투시하는지 관찰하고 싶은 충동이 일었다. 얼굴의 윤곽은 없어져 몽롱해 보였지만 붉게 그늘진 눈과 밝은 이마, 유난스레 붉은 입술은 더욱 생생하고 깊게 타올랐다. 석양이 사라진 뒤에도 나는 오랫동안 그 앞에 마주 앉아 있었다. 그러자 점차 그 얼굴은 베아트리체나 데미안이 아니라 내 자신이라는 느낌이 들었다.─물론 그 그림이 나와 닮은 것은 아니었다.─그렇게 생각해도 근거가 없다고 생각하긴 했다. 그렇지만 그것은 나의 생명을 이루고 있는 것이고, 나의 마음, 나의 운명 혹은 나의 수호신이었던 것이다. 언젠가 내가 사랑하게 된다면, 사랑하는 이의 모습이 이러할 것이었다. 나의 삶과 나의 죽음 역시 그러할 것이었다. 이러한 생각은 나의 운명의 소리였고 리듬이었다.

그 무렵 나는 이제까지 읽었던 어떤 책보다 강한 인상을 남긴 책을 한 권 읽었다. 훗날에도 니체를 제외한다면 그러한 감동을 준 책은 거의 없었다. 그것은 시간과 금언이 수록되어 있는 노발리스의 책이었다. 그 내용의 대부분이 잘 이해되지 않았지만 그 구절들은 하나같이 내 마음을 이끌어주고 나를 고무시켜주었다. 지금 그 금언의 한 구절이 불현듯 떠오른다. 나는 그 구절을 펜으로 초상 아래에 적어두었다. '운명과 마음은 하나의 개념에 대한 이름들이다.' 그 말을 나는 그때서야 이해할 수 있었던 것이다.

내가 베아트리체라고 이름 지은 소녀와 나는 여전히 이

따끔 마주쳤다. 나는 이미 아무런 감정도 느끼지 않았지만 늘 부드러운 화합과 감정의 묘한 예감을 느끼곤 했다. 그대와 나는 함께 맺어져 있는 것이다. 그러나 그대의 실체가 아니라 그대의 형상만이 그럴 뿐이다. 그대는 분명 내 영혼의 일부분이리라.

막스 데미안에 대한 그리움이 다시 강렬해졌다. 나는 여러 해 동안 그의 소식을 듣지 못했다. 단 한 번 방학 때 그를 만난 적이 있긴 했다. 지금에서야 나는 그 잠깐 동안의 만남을 이 기록에서 숨기고 있었음을 깨닫는다. 그것은 수치심과 허영심에서 기인한 것이었다. 그것을 만회하지 않으면 안 되겠다.

내가 술집에 드나들던 시절의 어느 방학이었다. 늘 그랬듯이 피곤에 찌든 얼굴을 하고 산책용 지팡이를 휘두르면서 옛 모습 그대로 경멸스러운 거리의 건달들을 구경하며 건들건들 시내를 돌아다니다가 나는 그 옛날 친구가 내 쪽으로 걸어오는 것을 보았다. 그의 모습을 발견하자마자 나는 몸이 오싹해졌다. 번갯불처럼 프란츠 크로머에 대한 생각이 떠올랐다. 제발 데미안이 그때의 일을 잊어버렸으면 좋겠는데! 그에게 신세 갚아야 할 일이 남아 있다는 것이 그렇게나 불쾌할 수가 없었다. 사실, 어리석은 아이 때의 일이기는 했지만 은혜는 은혜였던 것이다.

그는 나의 인사를 기다리는 것 같았기에 나는 되도록 태연하게 인사를 했는데 그는 나에게 손을 내밀었다. 옛날과 똑같은 악수였다! 꽉 움켜쥐는, 따뜻하면서도 냉정한, 남자다운 악수!

그는 내 얼굴을 자세히 들여다보며 말했다.

"싱클레어, 너 많이 컸구나."

그는 전혀 변한 것 같지 않았다. 예전과 똑같이 늙어 보였고 동시에 똑같이 젊어 보였다.

우리는 함께 산책을 하며 전혀 엉뚱한 이야기만 했는데 그 당시의 이야기는 하나도 하지 않았다. 예전에 내가 몇 번이나 답장도 받지 못한 편지를 보냈던 일이 생각났다. 아, 제발 그가 그 일을 기억해내지 못했으면 좋겠는데. 그 바보 같은, 바보 같은 편지를! 그는 편지에 대해서 한 마디도 하지 않았다.

그때는 내게 베아트리체도 초상도 없었고 황량한 시기의 한복판에 있던 시절이었다. 교외로 나가자 나는 술집에 가자고 제의를 했다. 그는 함께 갔다. 나는 잔뜩 멋을 부리며 와인 한 병을 주문해 잔에 채우고 그와 잔을 부딪치고는 학생들과 그랬던 것처럼 첫 잔을 단숨에 비워 버렸다.

　　"술을 자주 마시는구나?"

　　그가 나에게 물었다.

　　"응, 물론."

　　나는 나른한 어조로 말했다.

　　"그것 말고 무슨 할 일이 있겠어? 아직까지는 그 이상 재미있는 일이 없으니까."

　　"넌 그렇게 생각하고 있니? 그래, 그럴지도 모르지. 제법 근사한 점도 있으니까 말이야. 도취의 황홀감과 바커스적인 요소 말이야. 하지만 술집에서 마냥 시간을 낭비해 버리는 사람들한테는 그런 멋이 쉽게 사라져 버릴거라고 생각해. 술집이나 찾아다니는 일은 진짜 속물적이라는 생각이 들어 어떤 날은 하룻밤 내내 타오르는 관솔불 곁에서 진짜 아름다운 도취경과 흥분을 맛보는 것도 괜찮겠지. 그러나 언제나 같은 식으로 자꾸 술잔을 기울이는 게 정말 잘하는 짓일까? 매일 밤 단골 술집 술상을 보고 있는 파우스트를 상상할 수 있겠니?"

나는 술을 마시며 적의에 찬 눈빛으로 그를 쳐다보았다.

"그래, 누구나가 다 파우스트는 아니니까."

나는 짤막하게 대꾸했다.

그는 다소 어이없다는 듯이 나를 바라보았다.

그러고는 예전처럼 싱싱하고 우월감이 느껴지는 웃음을 웃었다.

"무엇 때문에 우리가 그런 걸 가지고 다투는 거지? 아무튼 술꾼들이나 건달의 생활은 어찌 보면 모범적인 시민의 생활보다는 훨씬 더 생기 있는 것인지도 몰라. 그리고 언젠가 한번 읽었던 가장 좋은 이야기인데 방탕한 생활은 신비주의자가 되기 위한 최선의 준비 활동이란 말이야. 예언자가 되는 것은 언제나 성 오거스틴 같은 인물이거든. 그도 예언자가 되기 이전에는 향락가였고 방탕아였지."

나는 그를 믿지 않았고 그의 훈계하는 듯한 어조의 이야기를 듣지 않으려 했다. 그래서 냉담하게 말했다.

"그렇지. 누구나 다 자기 방식대로 살아가는 거니까. 솔직히 말해서 나는 예언자 따위에는 관심이 없어."

데미안은 눈을 지그시 내리깐 채 알아들었다는 듯 나를 바라보았다.

"이봐 싱클레어."

그는 천천히 말했다.

"너에게 불행한 이야기를 하려는 건 아니야. 그렇지만 말이야. 무엇 때문에 술을 마시는지는 우리 둘 다 모르고 있어. 하지만 네 마음속에 있는 어떤 것, 너의 생명을 형성하고 있는 그것은 깨닫고 있을 거야. 우리들 마음속에는 모든 것을 알고 모든 것을 원하고 우리들 자신보다 더 잘해내는 무언가가 들어 있다는 사실을 깨닫는 것이 너에게 도움이 될 거야. 자, 미안하지만 나는 집으로 가야겠어."

우리는 짧게 작별 인사를 나누었다. 나는 몹시 마음이 상해서 그대로 혼자 앉아서 남아 있는 술을 다 마시고는, 집으로 가려고 했을 때 데미안이 벌써 술값을 치렀다는 사실을 알았다. 그 일이 나를 한층 더 불쾌하게 했다.

이 사소한 사건을 다시 곰곰이 생각해보았다. 그가 그 교외의 술집에서 내게 한 말들을 이상할 정도로 생생하게 한 마디도 잊지 않고 기억해낼 수가 있었다.

"우리들 마음속에 모든 것을 알고 있는 무언가가 들어 있다는 사실을 깨닫는 것이 네게 도움이 될 거야."

아직도 창틀에 고정되어, 이제는 거의 보이지 않는 그 그림에 시선을 고정했다. 그러나 아직도 두 눈만은 생생히 불타고 있었다. 그것은 데미안의 눈초리였다. 아니면 내 마음속에 들어 있는 눈빛인지도 모른다. 모든 것을 알고 있는 눈초리였다.

나는 데미안을 얼마나 동경했던가! 그럼에도 불구하고 그에 대해서는 아무것도 아는 것이 없었다. 그는 나의 손이 미칠 수 없는 존재였다. 그는 아마 어디에선가 공부를 계속하고 있을 터이고, 그가 김나지움을 졸업한 후 그의 어머니도 우리 고장을 떠났다는 사실만을 알고 있을 뿐이었다.

크로머의 일을 포함해서 나는 데미안과 관련된 온갖 일을 다시 생각해보았다. 그가 일찍이 내게 했던 말들이 지금 다시 생생하게 울려왔고, 그 말들은 오늘날까지도 깊은 의미를 지니며 나와 관련을 맺고 있었던 것이다! 최근 우리가 별로 기쁘지 않게 재회했을 때 말했던 방탕아와 성자에 관한 의미도 갑자기 마음속에서 분명해졌다. 나에게도 그가 이야기한 일들이 일어나지 않았던가? 새로운 삶에 대한 충동과 함께 순수함에 대한 욕구와 성스러움에 대한 동경이 나의 마음속에서 솟구쳐 오르기까지 나 역시 술주정과 더러움과 마비의 방탕 속에서 헤매지 않았던가. 정결함에 대한 소망과 성스러운 것들에 대한 동경처럼 새로운 삶에 반대되는 충동이 내 마음속에서 되살아나지 않았던가?

이렇게 기억을 더듬고 있는 동안 밤은 깊어갔고 밖에서는 비가 내리고 있었다. 나의 기억 속에서도 비가 내리는 소리가 들려왔다. 그것은 밤나무 아래에서 그가 프란츠 크로머에 대해 캐묻고 그와 관련된 나의 비밀을 알아맞히던 때의 빗소리였다. 학교를 오가는 길에 나누었던 대화, 견신례 수업 시간 등의 기억이 꼬리를 물고 떠올랐다. 그리고 마지막으로 막스 데미안과 맨 처음으로 만났던 기억이 떠올랐다. 그땐 무슨 문제가 있었던가? 그 대답은 당장에 생각해낼 수가 없었다. 나는 시간을 두고 곰곰이 그 기억을 되살리기에 열중했다. 그러자 그 생각도 다시 떠올랐다. 그가 카인에 관한 의견을 말한 뒤 우리들은 우리 집 앞에 서 있었다. 그리고 우리 집 현관 아치 밑의 초석 위에 새겨져 있는 낡고 퇴색한 문장에 대한 이야기를 했다. 그는 그것에 대해 흥미를 느꼈으며 누구나 그런 물건에 대해 관심을 갖지 않으면 안 된다고 말했었다.

그날 밤 나는 데미안과 그 문장의 꿈을 꾸었다. 데미안이 그것을 손에 쥐고 있었는데, 어떤 때는 조그마한 잿빛이 되었다가도 때로는 굉장히 커져서 여러 가지 빛깔을 띠기도 했다. 그럼에도 불구하고 그는 나에게 그것은 언제나 한 가지이고 똑같은 문장이라고 설명해주는 것이었다. 그러면서 마지막으로 그는 나에게 그 문장을 삼키라고 명령했다. 그것을 삼키자 나는 질겁을 했다. 삼킨 문장 속의 새가 다시 살아나서 내 배를 채우고 배 속을 쪼아대는 것처럼 느껴졌기 때문이었다. 죽을 것 같은 두려움을 느끼며 나는 놀라서 잠을 깼다.

정신이 맑아졌다. 그때는 한밤중이었고, 방 안으로 비가 들이치는 소리가 들렸다. 창문을 닫으려고 일어났을 때 방바닥에 있던 무언가 흰 것을 밟았다. 아침에서야 그것이 내가 그린 그림이라는 걸 깨달았다. 그림은 물에 젖은 채로 방바닥에 떨어져 불룩하게 부풀어 올라 있었다. 나는 그것을 말리려고 흡수지를 사이에 끼워 두꺼운 책 속에 넣어두었다. 다음 날 다시 보니 잘 말라 있었으나 그림은 변해 있었다. 붉은 입술은 다소 창백해졌고 얼마간 가늘어져 있었다. 이제야말로 정말 데미안의 입 그대로였다.

나는 새 종이에 그 문장의 새를 그리기 시작했다. 본래의 그 새 모양을 똑똑히 기억하고 있기는 했지만 어렴풋이 기억을 더듬어보면, 그것은 너무 낡아서 때때로 다시 색칠을 했기 때문에 어떤 부분은 가까이에서조차 잘 알아볼 수가 없었다. 그 새는 서 있었거나 아니면 무엇인가의 위에 앉아 있었는데 아마도 한 송이 꽃이었거나, 바구니 혹은 둥우리, 아니면 나무 꼭대기였을 것이다. 나는 사소한 것에 신경 쓰지 않고 분명히 생각해낼 수 있는 부분부터 그려가기 시작했다. 어떤 분명치 않은 욕구에서 나는 곧 강한 색을 쓰기 시작했다. 새의 머리는 내 그림에서는 황금빛이었다. 기분이 내키는 대로 그려나갔고 그 그림은 며칠 안에 완성되었다.

그것은 날카롭고 겁 없어 보이는 매의 머리를 가진 한 마리의 커다란 새였다. 그 새의 반신은 푸른 하늘을 배경으로 어두운 지구에 박혀 있었고, 마치 커다란 알에서 깨어나오려는 것처럼 몸부림치고 있었다. 그 그림을 바라보면 바라볼수록 내게는 꿈속에서 보았던 아롱진 문장처럼 여겨지는 것이었다.

주소를 안다고 해도 데미안에게 편지를 쓴다는 것은 매우 어려운 일이었다. 그러나 나는 그 당시에 무슨 일을 하든지 느끼던 몽상 같은 예감으로 그것이 그에게 전해지거나 그렇지 못하거나 간에 그에게 그 새의 그림을 보내기로 마음먹었다. 나는 그 위에 아무것도, 내 이름조차도 적지 않고 가장자리를 조심해서 오려내고는 커다란 봉투에 데미안의 옛날 주소를 썼다. 그리고 그것을 부쳤다.

시험이 다가왔고, 나는 옛날보다 더 열심히 공부해야만 했다. 내가 행실을 고친 이후로 선생님들은 나를 너그럽게 대해주셨다. 하지만 지금도 역시 나는 모범생이라고 할 수는 없었다. 그렇다고 어느 누구도 이제 와서 반년 전의 퇴학 처분 경고의 기억을 들추어내는 사람은 없었다.

아버지께서도 이제는 비난이나 위협조가 아닌 옛날의 어조로 편지를 보내주셨다. 그러나 나는 아버지에게나 다른 어떤 사람에게도 어떻게 그런 변화가 일어났는지 설명하고 싶은 생각은 없었다. 이 변화가 부모님이나 선생님의 기대와 일치했다는 것은 단순한 우연이었다. 이 변화로 나는 다른 사람과 어울리지 않았고 남이 나에게 접근해오는 것 또한 허용하지 않았다. 단지 나를 한층 더 고독하게 만들었다. 나는 그 어느 곳인가를, 데미안을, 멀고 먼 운명을 목표로 삼고 있었다. 사실상 그것을 확실하게 알고 있지도 못했으면서 그 한복판에서 있었던 것이다. 그것은 물론 베아트리체에게서 비롯되었다. 그렇지만 얼마 지나지 않아 그림 속의 초상이나 데미안에 대한 생각으로, 비현실적인 세계 속으로 빠져들었기 때문에 베아트리체는 완전히 내 시선과 생각 속에서 사라져 버렸다. 누구에게도 나는 꿈에 관해, 나의 기대와 내적인 변화에 관해 한 마디도 말할 수가 없었다. 설사 그렇게 하기를 간절하게 원했다 하더라도 말이다.

하지만 내가 어떻게 그것을 원할 수가 있단 말인가?

새는 알을 깨고 나온다

내가 그린 꿈의 새는 여행을 떠나 내 친구를 찾아갔다. 그리고 그 회답은 아주 놀라운 방법으로 내게 돌아왔다.

어느 날 학교 쉬는 시간이 끝나갈 무렵, 나는 책갈피 사이에 종이쪽지가 한 장 꽂혀 있는 것을 발견했다. 그 종이는 우리가 종종 수업 시간에 쪽지를 보낼 때 접는 모양으로 접혀 있었다. 누가 그런 쪽지를 보냈는지 짐작이 가지 않아 다소 의아한 생각이 들었다. 이제까지 어떤 친구와도 그런 장난을 해보지 않았기 때문이었다. 나는 그저 단순한 장난 정도로 생각했기 때문에 무심하게 종이쪽지를 읽지도 않은 채, 책 앞쪽에 꽂아두었다. 그러다 수업 중에 다시 그 쪽지를 손에 잡았다.

종이쪽지를 만지작거리다가 아무 생각 없이 펼쳐본 나는 거기에 몇 줄의 문구가 적혀 있음을 알게 되었다. 그것을 읽자마자 나의 온몸과 마음이 문구에 사로잡혔다. 놀란 마음으로 다시 읽어보는 동안 내 심장은 혹독한 추위를 만난 듯 운명 앞에서 움츠러들었다.

"새는 알을 깨고 나온다. 알은 곧 세계이다. 태어나려고 하는 자는 하나의 세계를 파괴하지 않으면 안 된다. 그 새는 신을 향해 날아간다. 그 신의 이름은 아프락사스라고 한다."

나는 이 글을 여러 번 읽은 후 깊은 생각에 잠겼다. 의심할 여지도 없이 그 것은 데미안에게서 온 회답이었다. 그와 나를 빼놓고는 아무도 그 새에 대해서 알 리가 없었다. 그는 나의 그림을 받았던 것이다. 그는 그 그림을 이해하고 나의 해석을 도와준 것이었다. 하지만 이 모든 일은 서로 어떤 관계를 가지고 있단 말인가. 그리고 무엇보다도 나를 괴롭힌 것은 아프락사스라는 이름의 정체였다. 그것은 무엇일까? 나는 한 번도 그런 이름을 들은 적도 읽어 본 적도 없었다.

"그 신의 이름은 아프락사스다."

수업에는 전혀 관심을 기울이지 않은 채 그 시간이 끝났다. 다음으로 오전의 마지막 수업이 시작되었다. 그 시간은 젊은 보조 교사 담당이었는데, 그는 대학을 갓 졸업한 사람으로 매우 젊고 괜한 잘난 척을 하지 않았기 때문에 학생들에게 상당히 호감을 사고 있었다.

우리는 폴렌스 박사의 지도로 《헤로도투스》를 읽었다. 이 강독 수업은 내가 흥미 있어 하는 극소수의 과목 중 하나였다. 하지만 이날만은 수업에 집중할 수가 없었다. 나는 기계적으로 책을 펼쳐든 채 그의 수업은 귓전으로 들어 넘기며 나대로의 생각에 잠겨 있었다. 나는 데미안이 예전의 견신례 수업 시간에 내게 했던 이야기가 얼마나 옳았는지 여러 번 느껴왔었다. 사람이 무언가 간절히 원하는 것이 있다면 그대로 이루어진다는 이야기 말이다. 만약 내가 수업 중에 아주 강하게 내 자신의 생각에 몰두해 있으면 선생님들은 나를 내버려둔다는 것을 잘 알고 있었다. 하지만 정신

171

이 산란하거나 졸릴 때면 갑자기 선생님이 옆에 와서 서 있 곤 하는 것이었다. 그런 경험은 여러 번 있었다. 내가 정말 로 깊은 생각에 몰두해 있다면 안전했다. 나는 강한 시선으 로 상대를 노려보는 실험도 해봤는데, 그것도 믿을 수 있다 는 것을 알아냈다. 그 당시, 데미안과 함께 있었던 시절에는 성공할 수 없었던 일이었다. 하지만 지금은 강한 시선과 깊 은 생각으로 매우 많은 일을 이룰 수 있다는 사실을 잘 알 게 되었던 것이다.

지금 이 시간에도 나는 그 방법을 사용하고 있기 때문 에 헤로도투스와 학교와는 멀리 떨어져 있었다. 그런데 뜻 밖에도 선생님의 목소리가 내 의식을 번개처럼 내리치는 바람에 나는 깜짝 놀라 정신을 차렸다. 나는 그의 목소리 를 들었고 그는 내 곁에 바짝 붙어 서 있었다. 나는 그가 내 이름을 부른 것이라고 생각했다. 하지만 나를 쳐다보고 있지 않았다. 나는 안도의 숨을 내쉬었다. 그때 다시 그의 목소리를 들었다. 분명히 아프락사스라고 말하고 있었다. 앞부분은 듣지 못했지만 폴렌스 박사는 설명을 계속하고 있었다.

"우리는 고대의 그 교파와 신비적인 교단의 견해를 합리주의적인 관점에서 생각해야 하고 하찮은 것이라고 치부해 버려서는 안 됩니다. 우리가 의미하는 바의 과학적 기준으로는 고대를 올바르게 파악할 수가 없는 것입니다. 매우 높은 수준의 철학적이고, 신비적인 진리의 활동이 그 시대에는 있었습니다. 그것으로부터 일부는 때로 사기와 범죄에 닿는 주술과 유희로 진행되어 가기도 했습니다. 그러나 주술이라는 것도 본래 필연적인 이유와 깊은 사상을 지니고 있었습니다. 내가 앞에서 예로든 아프락사스의 교의도 역시 그렇습니다. 이 이름은 그리스의 주문과 관련이 있다고 여겨지는데 오늘날에 있어서는 대개 야만족들이 믿고 있는 어떤 악마의 이름이라고 간주되기도 합니다. 그러나 아프락사스는 훨씬 더 많은 것을 뜻한다고 여겨집니다. 우리는 개괄적으로 이 이름을 신적인 것과 악마적인 것을 결합하는 상징적인 역할을 가진 일종의 신의 이름이라고 생각할 수 있을 것입니다."

몸집이 작은 이 젊은 학자는 섬세하면서도 힘 있게 설명을 계속했다. 크게 주의를 기울이는 사람은 아무도 없었다.

그 이름이 다시 거론되지 않자 나도 내면적인 생각으로 돌아와 있었다.

'신적인 것과 악마적인 것을 결합한다.'

이 설명의 여운이 사라지지 않고 주위를 맴돌았다. 나는 이것을 예전의 어떤 일과 연관시킬 수 있었다. 그것은 우리가 우정을 나누었던 최후의 시절에 내게 친근했던 데미안과의 대화였다. 그때 우린 분명히 존경하는 하나의 신을 가지고 있었는데, 그 신은 단지 인위적으로 구분된 세계의 절반만을 포용하고 있을 뿐이었다. 그것은 공적이고 허용된 '밝은 세계'였다. 하지만 사람은 세계에 존재하는 모든 것을 존경해야 하는 것이고 그러자면 악마까지도 포용한 새로운 신을 갖거나 아니면 신에게 예배하는 동시에 악마도 숭배해야만 하는 것이다. 데미안이 그때 그렇게 말했었다. 그렇다면 지금 이 아프락사스가 신인 동시에 악마인, 바로 그 신인 것이다.

한동안 매우 열심히 그 신에 대해 찾아보았으나 아무것도 찾아낼 수 없었다. 나는 아프락사스에 대한 것을 찾기 위해 도서관을 샅샅이 뒤져보았지만 나의 노력은 손에 쥐고 보면 돌멩이에 불과한 진리의 겉모습만 발견해내는 일에 그칠 뿐, 직접적이고 의식적인 탐구로는 이어지지 못했다.

한때 그렇게 열정적으로 몰두했던 베아트리체의 모습은 서서히 관심 밖으로 밀려나 지평선에 가까워질수록 아련한 그림자처럼 아득하고 희미해졌다. 이미 그것은 내 영혼을 만족시켜주지 못했다.

내 자신의 내부에 틀어박혀 몽유병자처럼 살아온 내 생활에 기이하게도 새로운 형태가 형성되기 시작했다. 생명에의 동경, 아니 사랑을 향한 동경이라 할 수 있는 어떤 것과, 베아트리체를 예배하는 동안 사그라졌던 성적 충동이 다시 나의 내부에서 솟구쳐왔고, 새로운 영상과 목표를 갈망하는 것이었다. 여전히 내겐 어떤 충족도 이루어질 수 없었다. 그렇다고 동경하는 마음을 부인하거나 아니면 내 친구들처럼 소녀들에게 무엇인가를 바라며 욕구를 충족하는 것은 더욱 불가능한 일이었다. 나는 다시 심하게 꿈을 꾸기 시작했는데, 밤보다 낮에 더 많이 꿈을 꾸었다. 표상, 영상, 혹은 소망이 나의 내부를 가득 채우고 현실 세계와 갈라놓음으로써 나는 내 마음속의 그러한 영상들과 함께, 꿈과 그 그림자와 함께, 현실적이고 생명력 넘치게 관계를 유지하며 살아갔다.

어떤 일정한 종류의 꿈, 항상 되풀이되며 떠오르는 환상이 나에게는 중요한 의미를 갖게 했다. 그때의 내 생활 속에 가장 중요하고 영향을 크게 미쳤던 꿈은 대략 이랬다. 나는 고향의 우리 집으로 돌아갔다. 현관 위에서는 푸른 하늘을 배경으로 문장 속의 새가 황금빛으로 환하게 빛나고 있었다. 집으로 들어서자 어머니가 나를 맞이해주셨다.

하지만 내가 막상 어머니를 포옹하려고 하자 그녀는 어머니가 아니라 이제까지 한 번도 만난 적이 없는 사람으로 변했는데, 키가 후리후리하게 크고 힘이 세었으며, 그 모습은 막스 데미안이나 내가 그린 초상과도 닮은 것 같았지만 또 막상 다시 보면 그것들과는 달랐으며, 힘차 보이면서도 극히 섬세한 여성다운 여인이었다. 그 여인은 나를 끌어당겨 몸이 떨릴 정도로 진하게 사랑의 포옹을 해주었다. 희열과 공포가 뒤섞여 있었는데 그 포옹은 신에게 드리는 예배인 동시에 죄악이었다. 어머니와 데미안에 대한 너무나 많은 추억이 나를 끌어안은 여인의 모습 속에 홀연히 나타났다가 사라지곤 했다. 그녀의 포옹은 엄숙한 경건함에 걸맞은 것은 아니었지만 내게는 분명 희열임이 틀림없었다. 나는 이 꿈에서 때로는 깊은 행복감을 느끼며 깨어나기도 했고 때로는 무서운 죄를 지은 것 같은 죽음의 공포와 양심의 가책에 떨며 깨어나기도 했다.

다만 이 내면적인 영상과, 외부로부터의 주어진 탐구해야 할 신에 대한 암시 사이에는 어떤 무의식적인 관련성이 생기게 되었다. 그것은 점점 일정하고 친밀하게 결속되었다. 나는 이 예감의 꿈속에서 아프락사스를 부르고 있다는 사실을 점차 느끼게 되었다. 희열과 공포, 남성인 동시에 여성인 것의 혼합, 성스러움과 추악한 것의 뒤엉킴, 다감한 천진성을 뚫고 지나가는 깊은 죄악의 예감. 이것이 내 사랑과 꿈의 영상이었고 아프락사스 역시 그러했다. 그 순간부터 사랑은 내가 처음에 마음을 조이며 불안스럽게 여겼던 동물적인 어두운 충동이 아니었다. 또한 내가 베아트리체의 초상에 마음을 바쳤던 경건하고 정제된 숭배도 아니었다. 사랑은 그 양쪽 모두였다. 그뿐만 아니라 그 이상이었다. 그것은 천사인 동시에 악마였고, 남성과 여성이 하나로 된 것이었으며, 인간적인 것과 동물적인 것, 최고의 선이자 극단의 악이었다. 이렇게 사는 것이 내 운명이었고, 이런 것들을 맛보는 것이 숙명처럼 느껴졌다. 나는 그것에 대해 깊은 동경심을 품음과 동시에 깊은 두려움에 떨게 되었고, 그것은 언제나 내 머리 위에 실제로 존재하며 수시로 나에게 덮쳐왔다.

다음 해 봄, 나는 김나지움을 졸업하고 대학에 진학하지 않으면 안 되었지만 아직도 어디서 무엇을 공부해야 할 것인지를 결정할 수 없었다. 내 입술 위로는 조금씩 콧수염이 자라기 시작했으니 나는 이제 성숙한 성인이 된 것이었다. 그럼에도 불구하고 어찌해야 할 바를 모르고 있었으며 아무런 목표도 없었다. 확실한 것은 오직 한 가지, 나의 내부의 소리, 즉 꿈의 영상뿐이었다. 나는 그것이 이끄는 대로 맹목적으로 따라가야 한다고 느꼈다. 그것은 매우 실로 어려운 일이기에, 날마다 나는 반항적으로 변해갔다. 내가 미친 건 아닐까 하는 생각을 한두 번 한 게 아니었다. 나는 다른 사람과 같지 않은 것일까? 하지만 다른 학생들이 하는 일은 나 역시 할 수 있었다. 조금만 주의와 노력을 집중시키면 플라톤을 읽어낼 수 있었고 삼각법의 문제도 풀 수 있었고 화학적인 분석도 이해할 수 있었다. 내가 할 수 없는 건 단 하나뿐이었다. 그것은 다른 사람들처럼 나의 내면에 숨겨진 목표를 끄집어내서 내 앞에 확실히 그려보는 일이었다. 다른 사람들은 자신이 교수나 판사, 의사나 예술가가 되고 싶다는 것을 명백하게 알고 있었고 그것을 이루려면 어느 정도의 기간이 필요하며 어떤 현실적인 장점이 있는지 잘 알고 있었다. 하지만 나는 알 수가 없었다. 언젠가 나도 그런 직업을 갖게 되겠지만 지금의 내가 어떻게 그걸 알 수가 있다는 말인가. 나 역시도 몇 년 동안 찾고 또 찾아왔지만 아무것도 이루어진 일은 없었고, 어떠한 목표에 도달할 수도 없었다. 시간이 흐르고 나면 나 또한 어떠한 목표에 도달하게 될 것이다. 하지만 그것이 정말 사악하고 위험스러우며 무서운 일이라면?

나의 내면 깊숙한 곳에서 꿈틀대는 것, 나는 그것을 살아보려 했다. 왜 그것은 그토록 어려운 일이었던가?

나는 가끔 내 꿈속에 나타나는 강렬한 사랑의 형상을 그려보려고 노력했다. 하지만 한 번도 성공한 적이 없었다. 만

179

일 그것에 성공했다면 나는 그것을 데미안에게 보냈을 것이다. 그러나 그가 어디에 있는지 알 수 없었다. 단지 그와 나는 어떤 방식으로든 연결되어 있다고 믿고 있을 뿐이었다. 언제쯤 다시 그를 만날 수 있을까?

베아트리체 시절의 그 몇 주, 아니 몇 달 간의 고요한 정적은 이미 오래전에 사라져 버렸다. 당시에는 하나의 섬에 도착하여 평화를 발견해냈다고 생각되었다. 하지만 그것은 언제나 같은 방식으로 이어졌다. 어떤 사실이나 꿈이 내 마음을 채워주며 나를 기쁘게 해주기가 무섭게 그것들은 곧바로 퇴색하고 희미해지는 것이었다.

한숨을 내쉬어도 부질 없는 일에 불과한 것이었다. 그것이 다 무슨 소용이 있을까! 나는 나를 완전히 야성적이고 미치광이로 만들어 버리고야 마는 이루어지지 않는 욕구와 긴장된 기대의 불꽃 속에서 살고 있었다. 꿈에서 보는 그 여인의 모습을 나는 때때로 너무도 생생하게, 내 손을 보는 것보다 더 선명하게 바라보고 이야기를 나누고, 그 앞에서 눈물을 흘리며 그녀를 저주하기도 했다. 나는 그녀를 어머니라고 부르며 눈물을 흘리면서 무릎을 꿇고 경배

했다. 그 여인을 애인이라고 부르면서 모든 욕망을 충족시키는 깊은 입맞춤을 아련하게 느끼기도 했다. 그리고 또한 그녀를 악마, 매춘부, 흡혈귀, 살인마라고 부르기도 했다. 그녀는 나를 다정하기 그지없는 사랑의 꿈으로 유인하기도 했고 더할 나위 없이 파렴치한 행위로 나를 유혹하기도 했다. 그녀에게는 지나치게 선한 것도 존귀한 것도 없었으며, 동시에 지나치게 사악한 것도 비천한 것도 없었다.

그해 겨울 내내 나는 형언하기 어려운 내적 폭풍우 속에서 지냈다. 고독하다는 것에는 이미 오래전부터 익숙해져 있었으므로 새삼스레 고독함이 나를 압박하지는 않았다. 나는 데미안과 황금빛 매와 나의 숙명이자 애인인 위대한 꿈의 영상과 더불어 살았다.

그것들 속에는 살아가기에 충분한 공간이 있었는데, 이 모든 것이 위대하고 넓은 세계를 향해 있었고, 또한 아프락사스를 가리키고 있었기 때문이다. 하지만 이 꿈들 중 단 하나도, 내 생각의 한 조각마저도 나에게 순응하지 않았으며, 나는 그것들 중 단 하나도 내 마음대로 불러들일 수 없었고 내 마음대로 채색할 수 없었다. 그것들이 나를 찾아와서 나를 사로잡았으며, 나는 그것들에 의해 지배를 받고 그것들에 의해 살아갔던 것이다.

분명히 나는 외부에서만은 안전했던 것 같았다. 나는 사람을 전혀 두려워하지 않았다. 같은 반의 친구들도 그것을 느끼고는 은근히 나에게 경의를 표하기도 해서 나를 실소하게 만들기도 했다. 나는 마음만 먹으면 친구들 대부분의 마음을 꿰뚫어볼 수 있어서 언제고 그들을 깜짝 놀라게 할 수도 있었다. 하지만 나는 거의, 아니 전혀 그렇게 하지 않았다. 나는 언제나 나의 일, 나 자신만의 일에 몰입해 있었다. 그리고 이제는 생명의 작은 부분이나마 살아보고 내 자신 속에서 무엇인가를 이끌어내서 그것을 세상에 주고 세상과 관계를 맺고 싸움을 시작할 수 있기를 간절히 원했다.

여러 번 저녁의 거리를 산책하다가 끝내 마음을 안정시키지 못하고 한밤중까지 헤매고 다닐 때면, 이번에는 틀림없이 나의 애인과 마주치겠지, 다음 골목 모퉁이에서는 만날 수 있겠지, 저 다음 창문에서 그녀가 나를 부르겠지, 하고 생각했다. 때로는 이 모든 것이 참을 수 없는 고통으로 생각되어 언젠가는 자살을 결심하기까지도 했다.

나는 그 당시 예상치 않은 피난처를 '우연히' 발견했다. 하지만 우연이란 존재하지 않는다. 무엇인가를 간절히 필요로 했던 사람이 그것을 발견한다면 그것은 우연히 이루어진 것이 아니라 자기 자신 혹은 자기 자신의 소원과 간절함이 그것을 가져온 것이다.

나는 두세 번쯤 시내를 걷다가 교외의 조그만 교회에서 흘러나오는 오르간 소리를 들은 적이 있었지만 그때엔 걸음을 멈추지 않았다. 그러던 어느 날 그 앞을 지나다가 나는 또다시 오르간 소리를 들었다. 바하의 곡이 연주되고 있음을 알았다. 나는 문으로 가보았지만 문은 닫혀 있었다. 골목에는 지나다니는 사람이 거의 없었으므로 나는 외투 깃을 올리고 교회 옆 길가의 돌 위에 앉아 귀를 기울였다. 가히 소리가 크지는 않았지만 좋은 오르간이라는 것을 금방 알 수 있었고, 연주는 묘하고 독특하게 높은 수준의 개성적인 의지와 인내를 표현하는 훌륭한 기도처럼 울려왔다. 오르간을 연주하는 사람은 이 음악 속에 보물이 숨겨져 있음을 알고 마치 생명을 구하려는 자처럼 이 보물을 얻기 위해 애쓰고 두드리고 그리고 끊임없이 노력하고 있다고 느껴졌다. 기교적인 면은 내가 음악에 그다지 전문적인 안목을 갖추지 못해 잘 모르지만 진실한 영혼의 표현은 아주 어릴 적부터 본능적으로 쉽게 이해할 수 있었고 음악의 본질을 아주 분명한 것처럼 내 마음속에서 느낄 수 있었다.

그 음악가는 바하의 곡 다음으로는 곡명을 알 수 없는 현대 음악을 연주했다. 레거의 곡인 듯싶었다. 교회 주위는 완전히 어두워졌고 아주 희미한 빛이 옆 창문에서 흘러나오고 있을 뿐이었다. 나는 연주가 그칠 때까지 기다렸다. 오르간을 치던 사람이 밖으로 나오는 것을 볼 때까지 교회 앞을 이리저리 서성이고 있었다. 그 사람은 아직 젊었으나 적어도 나보다는 좀 더 나이가 많아 보였고 억세고 체구가 통통한 사람이었다. 그는 마치 기분이 나쁜 사람처럼 성급한 발걸음으로 힘차게 그곳을 떠났다.

그 이후 나는 때때로 저녁 무렵에 그 교회 앞에 앉아 있거나 서성거리곤 했다. 언젠가는 교회 문이 열린 것을 발견하고는 교회 안으로 들어갔다. 오르간 연주자가 위층에서 가물거리는 가스등 밑에서 연주하는 것을 추위에 떨면서도 행복에 젖은 심정으로 의지에 앉아 반시간 동안이나 듣기도 했다. 그가 연주하는 음악에서 그 사람의 이야기만 들었던 것은 아니다. 그가 연주하는 모든 곡들은 서로 인연이 닿아 있고 남모르는 은밀한 관계를 맺고 있다고 생각되었다. 그가 연주하는 곡들은 모두 신앙적인 헌신으로 가득 차 있었다. 그것은 교회의 신자나 목사들의 신앙심과는 다른, 중세 순례자의 경건함으로 이루어져 있었다. 모든 종파를 넘어서 존재하는 세계의 감정을 향한, 물불을 가리지 않고 헌신하는 초월적인 경건함이었다. 바하 이전의 거장들의 곡과 옛 이탈리아 작곡가들의 곡이 자주 연주되었다. 그 곡들은 모두 똑같은 이야기를 해주고 있었는데, 그것은 그 연주자 자신의 마음속에도 존재하고 있는 것이었다. 그것은 동경과 세계의 가장 내면적인 파악, 그리고 세계로부터의 가장 격렬한 분리와 자기 자신의 어두운 영혼에 대한 타는 듯한 심취, 헌신에 의한 도취와 불가사의한 것에 대한 깊은 호기심 같은 것들이었다.

한번은 그 오르간 연주자가 교회에서 떠나가는 것을 몰래 따라갔는데, 그가 시내의 변두리에서도 멀리 떨어져 있는 조그만 술집으로 들어가는 것을 보았다. 나는 나 자신을 자제하지 못하고 그를 따라 들어갔다. 나는 비로소 이 술집에서 그를 똑똑히 볼 수 있었다. 그는 검정 펠트 모자를 쓴 채 와인 한 병을 앞에 놓고 조그만 홀의 구석에 있는 탁자 앞에 앉아 있었다. 그의 얼굴은 내가 상상하던 그대로였다. 그는 못생겼고 다소 야성적으로 보였으며, 탐구적이고 완고한 표정이었다. 집요하고 의지에 차 있었지만 입 가장자리에는 부드러운, 아이와 같은 느낌이 남아 있었다. 얼굴의 아랫부분은 안정감이 없지만 섬세해 보였고, 한편으론 부드러운 반면에, 남성적인 느낌이 이마에 모여 있었다. 소년처럼 연약해 보이는 턱은 이마와 눈과는 대조를 이루었다. 특히 내 마음에 든 것은 긍지와 적의에 가득 찬 암갈색의 눈이었다.

나는 아무 말 없이 그의 맞은편에 앉았다. 술집 안에는 우리 두 사람 외엔 아무도 없었다. 그는 나를 쫓아 버리기라도 하려는 듯이 노려보았다. 그럼에도 불구하고 나는 그의 앞에 버티고 앉아서 그가 성이 나서 투덜거릴 때까지 그를 뚫어지게 쳐다보았다.

"당신은 뭘 그리 기분 나쁘게 사람을 노려보고 있소? 내게 무슨 용건이라도 있는 거요?"

"그렇지는 않습니다."

나는 말했다.

"그렇지만 난 당신에 관해 많은 걸 알고 있어요."

그는 이마를 찌푸렸다.

"그럼 당신도 음악광이오? 음악에 미친다는 건 내가 보기엔 구역질나는 짓이오."

나는 끄떡도 하지 않았다.

"나는 벌써 여러 번 교회 밖에서 당신의 연주를 들었습니다."

나는 계속 말했다.

"나는 당신을 방해하고 싶지는 않습니다. 나는 당신에게서 뭔가를, 뭔가 색다른 것을 발견할 수 있지 않을까 하고 생각했어요. 그것이 무엇인지는 저도 잘 모르고 있지만 말입니다. 내가 하는 소리 같은 건 귀담아듣지 마십시오! 나는 교회에서 당신의 연주를 듣는 것으로 충분하니까요."

"하지만 난 언제나 교회 문을 잠가두는데요."

"최근에는 그것을 잊으신 적이 있더군요. 그래서 교회 안으로 들어가서 들을 수 있었지요. 그렇지 않을 때는 밖에서 서서 듣거나 길가의 돌 위에 앉아 듣기도 했답니다."

"그래요? 다음번엔 들어와도 좋소. 그게 훨씬 따뜻할 거요. 그저 문만 두드리시오. 그러나 힘차게 두드려야 할 거요. 내가 연주하고 있지 않을 때 말이오. 그럼 이제 자, 무슨 말을 하려고 했소? 아주 젊은 분이군, 아마 고등학생 아니면 대학생이겠지. 음악을 하시오?"

"아닙니다. 전 그저 음악 듣기를 좋아할 뿐입니다. 당신이 연주하시는 것 같은 그런 구속이 없는 음악, 듣고 있노라면 천국과 지옥을 잡아 흔든다고 느끼게 해주는 그런 음악 말입니다. 저는 음악을 대단히 좋아하는데 아마 음악은 그렇게 도덕적이지 않다고 생각하기 때문일 겁니다. 다른 온갖 것은 다 도덕적이지요. 그런데 저는 그렇지 않은 것을 찾고 있는 거예요. 저는 언제나 도덕적인 것에 억눌려 괴로움을 받아왔어요. 잘 표현할 순 없지만, 당신도 신인 동시에 악마인 하나의 신이 존재해야 한다고 생각하지 않나요? 전 그러한 신이 존재했다는 이야기를 들은 적이 있어요."

그는 널따란 모자를 뒤로 젖히더니 이마로 내려온 검은

머리칼을 쓸어 올렸다. 그는 나를 뚫어지게 쳐다보더니 식탁 너머로 내게 얼굴을 바짝 들이댔다.

나직하고 긴장된 목소리로 그는 물었다.

"당신이 지금 말하는 그 신의 이름은 무엇이오?"

"유감스럽지만 저는 그 신에 대해 아는 게 거의 없어요. 단지 이름을 알고 있을 뿐이에요. 그 신의 이름은 아프락사스입니다."

그는 누군가가 우리의 대화를 엿듣기라도 한다는 듯이 미심쩍어하는 눈으로 사방을 둘러보았다. 그러고 나서는 내게 한층 더 바짝 다가앉으면서 속삭이듯이 말했다.

"나도 그렇게 생각했소. 당신은 누구요?"

"저는 김나지움에 다니는 학생입니다."

"어디서 아프락사스를 알게 되었소?"

"우연이지요."

그는 테이블을 쳤다. 와인 잔이 넘쳐흘렀다.

"우연이라니! 이것 보시오. 쓸데없는 소리 작작해요! 아프락사스에 대해 우연히 알게 되었다는 법은 없소. 그것을 명심하시오. 내가 그에 대해 좀 더 이야기해주리다. 난 그에 관해 아는 것이 좀 있으니까 ."

그는 입을 다물고 걸상을 다시 뒤로 밀었다. 내가 기대에
가득 찬 시선으로 그를 바라보자 그는 얼굴을 찌푸렸다.

"여기서가 아니오! 다음번에 이야기하리다. 자, 이거나
좀 드시오."

그러면서 그는 입고 있던 외투 주머니에 손을 쑤셔 넣더
니 군밤 몇 개를 꺼내서는 내게 던져주었다.

나는 아무 말 없이 그것을 집어 먹으며 아주 만족스러운
심정이 되었다.

"그래!"

그는 잠시 후에 속삭이듯 말했다.

"당신은 어디서 그것에 대해 알게 되었소?"

나는 주저 없이 이야기했다.

"전 고독했고 어찌할 바를 몰라 방황하고 있었지요."

나는 말을 계속했다.

"그때 저는 옛 시절의 친구가 생각났는데, 전 그가 무척
많은 것을 알고 있다고 생각했지요. 나는 어떤 것을, 지구에
서 빠져나오려고 하는 새 한 마리를 그렸습니다. 그것을 그

에게 보냈지요. 제법 시간이 지나서 그것에 대해 까맣게 잊고 있었을 무렵에 뜻밖에도 종이쪽지 한 장이 제 손에 들어오게 되었는데 거기에 이런 구절이 적혀 있었어요. 새는 알에서 나오려고 애쓴다. 알은 새의 세계이다. 태어나려고 하는 자는 하나의 세계를 깨뜨리지 않으면 안 된다. 새는 신을 향해 날아간다. 그 신의 이름은 아프락사스다."

그는 아무런 대꾸도 하지 않았다. 우리는 밤을 까서 술안주로 먹었다.

"한 잔 더 하겠소?"

그가 물었다.

"고맙지만 사양할게요. 전 술을 그리 좋아하지 않아요"

그는 다소 실망했다는 듯이 웃었다.

"좋을 대로 하시오. 난 다르니까. 난 여기 더 있겠소만. 이제 그만 가보시오."

다음번에 그의 오르간 연주를 들은 후 그 사람과 함께 걸었을 때 그는 별로 말이 없었다. 그는 나를 골목에 있는 오래된 저택의 위층으로 인도해 올라갔다. 크고 황량한 보잘것없는 방으로 데리고 갔는데 거기에는 피아노를 제외하면 음악에 관련된 것은 아무것도 없었고 커다란 책장과 책상이 학구적인 분위기를 풍기고 있었다.

"책이 참 많군요."

나는 감탄하며 말했다.

"일부는 아버지의 서재에서 갖고 온 거요. 나는 아버지의 집에 살고 있으니까. 이봐요, 나는 부모와 함께 살고 있긴 하지만 그들에게 당신을 소개할 순 없소. 이 집안에서 내 친구라는 존재는 그리 탐탁치 않은 존재이니까 말이오. 나는 소위 탈선한 자식이오. 아버지는 믿을 수 없을 만큼 존경할 만한 분으로 이 도시에서 손꼽히는 목사이자 설교가라오. 당신이 알아듣기 쉽게 말하자면 나는 재능이 있고 전도유망한 그의 후계자였는데 탈선을 하고 얼마 동안 정신도 약간 돌아 버린 것이오. 신학생이었는데 국가시험 직전에 이 신성한 신학부를 팽개쳐 버린 거요. 내 개인적인 견해로 말하자면 나는 여전히 신학을 전공하고 있는 셈이지만 말이오. 사람들이 각 시대에 어떤 신을 생각해냈는가 하는 것을 알아내는 건 여전히 내게는 가장 중요하고 흥미 있는 문제라오. 그건 그렇고 나는 현재 음악을 하고 있으니머지않아 하찮은 오르간 연주자 자리를 얻겠지요. 그러면 나는 다시 교회에서 일하게 되는 거요."

나는 서가에 꽂힌 책을 대충 훑어보았다. 조그만 탁상 램프의 희미한 불빛에 보이는 그것들은 그리스어, 라틴어, 히브리어의 표제를 달고 있었다. 그러는 동안 그는 컴컴한 속에서 벽 쪽의 방바닥에 엎드려 무언가 부스럭거리고 있었다.

"이리 와보시오."

얼마 후에 그가 나를 불렀다.

"이제 철학 시간을 조금 가집시다. 다시 말하면 입은 다물고 엎드려 생각을 좀 해보잔 말이오."

그는 성냥을 하나 켜서는 벽난로 속에 있는 종이와 나무에 불을 피웠다. 불꽃이 타오르자 그는 세심하게 신경을 써서 불을 긁어 일으키기도 하고 장작을 집어넣기도 했다. 나는 그에게로 다가가서 다 떨어진 융단 위에 엎드렸다. 그는 물끄러미 불을 응시하고 있었는데 나도 곧 불에 마음이 끌렸다. 우리는 거의 한 시간쯤이나 이글거리는 장작불 앞에 아무 말 없이 엎드려서는 불꽃이 훨훨 타오르고 바지직거리고 꺾이고 휘어지고 가물가물 흔들리다가 경련하듯 파닥

193

거리며 마침내는 조용히 사그라져서 밑바닥에 쌓여가는 것을 바라보았다.

"인간이 만들어낸 숱한 발명들은 멍청하기 짝이 없지만 불을 피우는 방법만은 예외 같군."

그는 혼잣말로 한번 이렇게 중얼거렸다. 그 말 외에 우리 두 사람은 한 마디도 하지 않았다. 나는 시선을 집중해 불을 들여다보았고 연기 속에서 어떤 자태를, 재 속에서 무엇인가의 형상을 보았다. 갑자기 나는 깜짝 놀랐다. 그가 관솔을 불 속에 던져 넣자 조그맣고 가느다란 불꽃이 솟구쳐 올라왔는데 그 속에서 나는 황금빛 매의 머리를 가진 새를 볼 수 있었다. 사그라져가는 난로의 불 속에서 황금빛을 내면서 타오르는 불꽃이 그물 모양으로 엉켜들고, 문자와 갖가지 형상과 얼굴, 짐승, 식물, 벌레, 그리고 뱀에 대한 기억이 떠올랐다. 문득 정신이 들어 옆에 있는 그를 보니 그는 턱을 괴고 엎드려 정신없이, 마치 꿈꾸는 것처럼 뚫어지게 재를 쳐다보고 있었다.

"전 이제 그만 가야겠어요."

나는 나지막하게 말했다.

"그래, 그럼, 잘 가시오. 또 만납시다!"

그는 꿈적도 하지 않고 말했다. 램프의 불은 어느새 꺼져 버렸으므로 나는 간신히 어두운 방과 복도와 계단을 더듬거리며 지나 그 어둡고 고요한 집을 빠져나왔다. 거리로 나온 나는 멈춰 서서 그 낡은 집을 올려다보았다. 어떤 창에도 불이 켜 있지 않았다. 놋쇠로 된 조그만 문패가 문 앞 가스등 불빛 속에서 반들거리고 있었다.

"피스토리우스 주임 목사."

나는 문패에 쓰인 글을 간신히 읽을 수 있었다.

기숙사로 돌아와 저녁을 먹은 후 내 조그만 방에 혼자 있게 되었을 때 비로소 나는 아프락사스나 그 밖의 어떤 일에 대해서도 피스토리우스에게서 들은 것이 없으며, 기껏해야 열 마디도 채 나누지 않았다는 것을 깨달았다. 하지만 나는 그의 집을 방문했다는 것이 지극히 만족스러웠다. 그는 다음에 만날 때는 옛날의 오르간 음악 중에서 가장 뛰어난 곡인 〈북스테후데의 파 사칼리아〉를 들려주기로 약속했다.

내가 미처 알아차리지 못한 일이었지만 그와 함께 그

음산하고 넓은 방의난로 앞에 엎드려 있었을 때 이미 피스토리우스는 최초의 가르침은 시작되었던 것이다. 불을 들여다보도록 한 것은 나에게 있어 유익한 일이었는데, 그 일을 통해 그는 내가 항상 가지고 있었으면서도 한 번도 제대로 들여다본 적이 없는 나의 내면의 성향들을 강렬하게 확인시켜주었다. 점차 나의 내부에 있는 욕구를 명확하게 해주고 느끼게 해주었던 것이다. 부분적이나마 그 일은 점차 분명해졌다.

나는 어린 시절부터 이미 자연의 기이한 현상을 관찰하는 버릇을 가지고 있었는데 그것은 모양만을 살피는 것이 아니라 그것들이 가진 특이한 매력과 까다롭고도 의미 깊은 언어에 몰두하는 관찰이었다. 나무처럼 변해 버린 나무 뿌리, 층이 져 있는 바위, 물 위에 뜬 기름의 얼룩, 유리의 섬세한 균열, 이와 같은 온갖 것들이 때론 깊은 매력을 느끼게 했다. 무엇보다 심취했던 것은 물, 불, 연기, 구름, 먼지, 그리고 내가 눈을 감았을 때 보이는 빙빙 맴 도는 갖가지 빛깔의 무늬였다. 피스토리우스를 방문한 후의 며칠 동안 그때의 기억들이 계속 떠올랐다. 나는 그러한 기억이 어떤 흥분과 기쁨에서 시작 되었으며, 그때부터 내가 느껴온 나 자신의 감정이 고양된 것은 훨훨 타오르는 불을 오랫동안 바라보던 것으로 인해 떠오르게 되었다는 것을 깨달았다. 불을 응시한다는 것은 마음을 편안하고 만족스럽게 채워주는 일이었던 것이다.

이 새로운 경험은 내가 내 본래의 인생 목표를 향해가는 동안 발견했던 다른 경험들에 보태졌다. 어떤 형상을 세밀히 관찰하고 불합리해 보이며 난잡하고 괴상하게 느껴지는 자연 형상에 몰두하는 일은 우리들의 마음속에서, 우리들이 이 형상을 만들어낸 무언가의 의지와 일치하고 있다는 느낌을 준다.—우리는 그것들이 곧 우리들 자신의 기분이며 우리들 자신의 창조물이라고 생각하고 싶은 유혹을 느낀다.—우리는 우리들과 자연 사이의 경계가 흔들리고 녹아 버리는 것을 느끼고, 또한 우리들의 망막에 맺히는 형상이 외부적인 인상에서 비롯된 것인지 혹은 내면적인 것에서 생겨난 것인지를 파악하기 힘들다는 것을 깨닫게 된다.

어느 곳에서도 우리가 이토록 창조자이며, 얼마나 우리들의 영혼이 계속해서 이 세상의 끊임없는 창조에 관여하

197

고 있는가를 이 연습에서만큼 단순하고 쉽게 발견해낼 수는 없는 것이다. 우리들 내부의 신과 자연의 내부에서 존재하는 신은 동일하며 나누어질 수 없는 하나의 신이다. 그리하여 만일 외부의 세계가 붕괴된다 할지라도 우리들 중의 누군가가 그것을 재건할 수 있는 것이다. 왜냐하면 산과 강, 나무나 잎, 뿌리와 꽃 등 모든 자연의 모든 형성물의 원형은 우리 가운데에 미리 만들어져 있으며, 그 본질은 영원하고 우리가 미처 파악하지 못한 영혼에서 유래하는 것이기 때문이다. 그것은 우리에게 대개 사랑의 힘과 창조의 힘으로 느껴지고 있다.

몇 년이 지난 후 나는 나의 관찰이 어떤 책에 이미 증명되어 있음을 알게 되었다. 많은 사람이 침을 뱉은 담벼락을 바라보는 일이 얼마나 위대하고 얼마나 깊은 흥미를 유발하는가에 대해서 레오나르도 다빈치가 일찍이 이야기한 적이 있었던 내용이다. 그는 축축한 벽의 얼룩 앞에서 마치 피스토리우스와 내가 불을 보고 느낀 것과 같은 것을 느꼈던 것이다.

우리가 다음번에 만났을 때 그 오르간 연주자는 내게 설명해주었다.

"우리는 흔히 개인의 한계를 너무 좁게 책정해 버리는 경향이 있소. 우리는 우리가 개성적인 것이라고 일컫고 다른 것과 판이하다고 인정하는 것만을 개인적이라고 생각하는 것이지요. 우리들의 육체가 어류나 그보다 더욱 아득한 생물체까지 소급될 수 있는 계보를 지니고 있는 것처럼 우리들의 영혼 속에도 이제까지, 인간의 영혼 속에 살아왔던 온갖 것들을 지니고 있는 것이오. 이제까지 존재해왔던 모든 신과 악마들은, 그것들이 설령 그리스인들의 것이건, 중국인들의 것이건, 아프리카 토인들의 것이건 간에 모두 어떤 가능성으로서, 소망으로서, 방편으로서 우리들 내부에 존재하며 또 다른 곳에도 존재하고 있는 것이오. 만일 조금도 교육받지 못한 한 명의 평범한 아이만을 남기고 전 인류가 멸망해 버린다 해도 그 아이는 사물의 전 과정을 다시 찾아낼 것이오. 여러 신과 악마와 낙원과 계율과 금제와 구약, 신약 등, 이 모든 것을 그 아이는 다시 창조해낼 수가 있는 것이오."

"네, 그럴 수도 있겠습니다만."

나는 반대 의견을 말했다.

"그렇다면 개인의 가치는 도대체 어디에 있는 겁니까? 우리의 내부에 모든 것이 이미 다 완성되어 있다면 도대체 어떤 이유로 우리는 계속 노력해야만 하는 것입니까?"

"잠깐!"

피스토리우스는 성급히 소리쳤다.

"단순히 내면에 세계를 지니고만 있는 것과 혹은 그것을 지닌 채로 인식하고 있는 것은 대단히 큰 차이를 지니고 있소. 미친 사람일지라도 플라톤을 연상시키는 사상을 창조해낼 수도 있을 것이고, 헤른후트파의 학교에 다니는 경건한 어린 학생이 그노시스파나 조로아스터파에 나타난 깊은 신화적인 연관을 독창적으로 생각해낼 수도 있는 일이기도 하오. 그렇지만 그들은 그것에 관해 내부적으로 의식하지는 않소! 그것을 의식하지 못하는 한 그는 한 그루의 나무나 돌, 기껏해야 짐승과 별다를 바가 없소. 그러나 이 인식의 최초의 불꽃이 한 번 번쩍 빛나기만 해도 그는 인간이 되는 거요. 당신도 역시 저기 거리 위를 걷고 있는 모든 두 발 달린 족속들을 단지 똑바로 서서 걸으며, 자식을 열 달

동안 배 속에 넣고 다닌다는 것만으로 인간이라고 생각하지는 않을 거요. 그들 중 얼마나 많은 부류가 단지 물고기나 양, 벌레나 거머리에 불과한지, 얼마나 많은 부류가 개미나 벌과 같은 존재에 불과한지를 당신도 잘 알 것이오. 그들 각자에게는 물론 인간이 될 가능성이 있기는 하지만 그들이 그것을 예감하고 부분적일망정 의식할 수 있게 될 때만 비로소 그 가능성은 그들의 것이라 할 수 있는 것이오."

우리들이 나눈 대화는 대략 이런 식이었다. 우리들의 대화가 나에게 전혀 새로운 것이나 놀랄 만한 깨우침을 가져다주는 경우는 드물었다. 그러나 모든 대화들은, 심지어는 아주 평범한 이야기들까지도 나의 내부의 어떤 한 지점을 가볍게 그러나 끊임없이 두드리고 있었다. 그 모든 것이 나의 형성을 도와주고, 내가 허물을 벗고 껍질을 깨뜨리는 것을 도와주었다. 그러한 몇 번의 대화로 나는 내 머리를 조금씩 더 높이, 조금씩 더 자유롭게 치켜 들어 마침내 나의 황금빛 새는 그 아름다운 머리를 산산이 부순 채 세계의 껍질 밖으로 내밀었던 것이다.

우리는 자주 서로의 꿈 이야기를 나누곤 했다. 피스토리우스는 꿈을 해석할 줄 알았다. 놀라운 이야기 하나가 떠오른다. 나는 꿈을 꾸었는데 그 꿈속에서 나는 날 수 있었다. 그러나 그 비상은 내가 감당할 수 없는 일대 비약에 의해 공중에 내동댕이쳐진 상태와 같았다. 이 비상의 감각은 내 정신을 몹시 고양시켰지만, 나는 내 자신이 원하지 않았는데도 걱정될 만큼 높게 공중으로 치솟아 오르는 것이 두려워졌다. 나는 상승과 낙하의 호흡을 조절할 수 있다는 사실을 발견하자 살았다는 기분이 들었다.

피스토리우스는 그 꿈을 이렇게 해석해주었다.

"당신을 날 수 있게 한 비약이란 누구나가 가지고 있는 인간으로서의 커다란 특전이오. 그것은 모든 힘의 근원과 연관된 감정으로 그런 느낌에 휩싸이게 되면 누구나 불안을 느끼게 마련이오. 그건 대단히 위험한 일이니까! 그러므로 대부분의 사람들은 쉽사리 나는 것을 포기하고 법의 규정에 따라 걸어가는 편을 택하는 것이오. 하지만 당신은 그렇게 하지 않았소. 당신은 유능한 청년답게 계속 날고 있는 거요. 그러니 이것 좀 보시오. 당신은 점차 당신 스스로 그것을 마음대로 조절할 수 있게 되고 당신을 휩쓸어가는 보편적인 위대한 힘에 의해 섬세하고 가냘프기까지 한 자기 자신의 힘이 하나의 기관, 하나의 방향타와 맞먹게 된다는 믿을 수 없는 진실에 대해서까지 깨닫게 되는 거요. 기막힌 일이지요. 그러나 그런 열쇠가 없는데도 불구하고 공중을 날게 된다면 그것은 미친 사람이라고밖에 볼 수 없을 거요. 하늘을 나는 사람들은 걸어 다니는 사람에게 보다 깊은 예감이 부여되어 있는 것이오. 하지만 걷는 이들은 삶에 대한 어떤 타당한 열쇠를 지니고 있지 않기 때문에 밑바닥도 없고 끝도 없는 곳으로 굴러 떨어지고 마는 거요. 그러나 당신은 말이오, 싱클레어. 당신은 그것을 할 수 있소. 열쇠를 지니고 있소. 그런데 어째서 당신은 그걸 아직도 전혀 모르는 거요? 당신은 하나의 새로운 기관, 즉 호흡 조절기를 가지고 있기 때문이오. 이제는 당신의 영혼이 근원에 있어서 얼마나 '개인적'이지 못한가를 알 수 있을 거요. 다시 말하자면 당신의 영혼이 스스로의 힘으로 이 조절기를 고안해낸 것은 아니란 말이오. 그렇소, 그것은 새로운 것이 아니오! 그건 빌려온 것이며 이미 수천 년 전부터 존재하던 것이오. 그것은 물고기의 평

형 기관, 즉 부레인 거요. 부레가 일종의 폐의 역할을 겸하고 있고 경우에 따라서는 정말로 호흡을 도와줄 수 있는 그런, 소수이지만 몇몇 이상스럽고 보수적인 어류가 오늘날까지 분명히 존재하고 있는 거요.

그는 내게 동물학 책 한 권을 가져와서 그 고색창연한 물고기의 이름과 그림을 보여주었다. 나는 내면에 깃들어 있는 진화의 첫 단계가 여전히 살아 숨쉬고 있음을 깨달았으며 나의 마음속에는 한 가닥 신비스러운 전율이 생생하게 울려 퍼지고 있었다.

야곱의 싸움

내가 그 이상한 음악가 피스토리우스에게 들은 아프락사스에 관한 이야기를 다시 되풀이해서 설명하기는 어려운 일이겠지만, 그에게서 배운 중요한 것이 있다면 나 스스로에게 가는 길 위에 또한 걸음 내디딜 수 있게 된 일이다. 당시 난 열여덟 살의 유난스런 젊은이였는데 여러 가지 일에 있어서 남다르게 조숙하면서도 또 다른 여러 가지 일에서는 아주 뒤떨어진 채 의젓하지 못했다. 이따금 다른 사람과 나 자신을 비교해보면 어떤 때는 무척 잘난 것 같다는 건방진 생각이 들기도 했지만, 어떤 때는 의기소침한 채 비참한 심정이 들기도 했다. 때로는 나 자신을 천재라 여기기도 하다가 어떤 때는 내가 반쯤은 미친 게 아닌가 하는 의심을 갖기도 했다. 요컨대, 나는 내 동년배들의 즐거움이나 생활을 함께 나눌 수가 없었고 때로는 그들과의 관계에서 절망적인 거리감을 느끼면서 내 생활이 폐쇄적이라는 것에 깊은 자책과 걱정으로 초췌해지기도 했다.

자기 스스로의 힘으로 성장한 기인인 피스토리우스는 내게 자기 자신에 대한 용기와 존경을 가져야 한다고 가르쳐 주었다. 내가 하는 말, 나의 꿈, 나의 환상과 생각 속에서 그는 항상 가치 있는 어떤 것을 찾아내서는 그것들을 적절하게 해석해주고, 진지하게 의논했으며 내게 모범을 보여 주었다.

"당신은 언젠가 내게……."

그는 말했다.

"음악이 도덕적이지 않기 때문에 좋아한다고 말한 적이 있소. 그 말에 이의를 제시하는 건 아니지만 당신 자신이 바로 그 도덕가가 되어서는 안 되오! 당신 자신을 다른 사람과 비교하지 마시오. 가령 자연이 당신을 박쥐로 만들었다 해도 타조가 되려고 애써서는 안 된단 말이오. 당신은 번번이 자기를 별난 사람이라고 생각하고는 보통 사람과 다르다며 자신을 자책하고 있소. 그런 생각을 버려야 합니다. 불을 들여다보고, 흘러가는 구름을 보시오. 그래서 어떤 예감이 당신을 찾아들고 당신의 영혼 속에서 어떤 목소리가 들리기 시작하면 그것들에 당신의 몸을 맡기시오. 그것이 선생님이나 아버지 혹은 신의 뜻과 일치되는지를, 그들의 마음에 드는지를 생각하지 마시오! 그렇게 함으로써 사람들은 파멸해가는 거요. 그렇게 함으로써 사람들은 그저 안전한 땅 위를 걷게 되고 그러다가 화석이 되어 버리는 거요. 이봐요, 싱클레어. 우리의 신은 아프락사스요. 그는 신인 동시에 악마지요. 그는 자신의 내부에 밝은 세계와 어두운 세계를 동시에 지니고 있소. 아프락사스는 당신의 생각이나 꿈에 대해 어떤 이의도 제기하진 않을 것이오. 그것을 결코 잊지 마시오. 그러나 만약 당신이 흠잡을 데 없이 모범적인 평범한 사람이 되어 버리면 그는 당신을 버릴 것이오. 당신을 버리고는 자기의 사상을 요리할 수 있는 새로운 그릇을 찾아가고 말 것이오."

나의 모든 꿈들 중에서 그 어두운 사랑의 꿈에 가장 충실했다. 나는 자주 그 꿈을 꾸고 문장의 새 밑을 지나 옛날 우리 집으로 들어가 어머니를 포옹했는데, 다시 보면 나는 어머니 대신 키가 크고 반은 남성이며 반은 여성인 어떤 사람을 끌어안고 있었다. 나는 그 여자에게 일종의 두려움을 느꼈지만 그럼에도 타는 듯한 그리움으로 그 여자에게 가까이 가려고 애썼다. 나는 이 꿈에 관해서만은 피스토리우스에게 이야기할 수 없었다. 다른 온갖 이야기는 그에게 다 했지만 그 이야기만은 남겨두었다. 그 꿈은 나의 은신처이며, 나의 비밀이며, 나의 피난처였다.

나는 마음이 착잡할 때는 으레 피스토리우스에게 옛날 북스테후데의 〈파사칼리아〉를 연주해달라고 부탁하곤 했다. 그럴 때면 나는 어스름한 저녁의 교회 안에서 자신의 내면으로 빠져들어 스스로에게 귀를 기울이고 있는 듯한 이 기이하고 친숙한 음악에 빠져 넋을 놓고 있었다. 그 음악은 항상 나에게 위안을 주었고 영혼의 소리에 정당성을 부여해주었다.

오르간 소리가 이미 잦아든 뒤에도 우리는 잠시 교회

안에 머물며 희미한 저녁 노을이 고딕식 창문을 통해 비추다가 이윽고 사라져 버리는 것을 바라보곤 했다.

피스토리우스가 말했다.

"내가 이전에는 신학자였고 하마터면 목사가 될 뻔했다는 게……."

피스토리우스가 계속해서 말했다.

"이야기가 어쩌면 우습게 들릴지도 모르겠소. 하지만 그때의 일은 다만 형식상의 착각에 불과한 것이었소. 목사가 된다는 것은 여전히 나의 천직이고 나의 목표요. 단지 나는 너무 일찍 만족했고 아프락사스를 알기도 전에 여호와에게 몸을 맡겼던 거요. 모든 종교는 아름답소. 종교는 바로 영혼이오. 사람이 그 크리스트교의 만찬을 먹든, 메카로 순례를 가든 그것은 매한가지요."

"그렇다면 당신은 진정한 목사가 될 수 있을 텐데요."

"아니, 싱클레어, 그렇지 않소. 그럼 나는 거짓말을 해야했을 거요. 우리들의 종교는 마치 종교가 아닌 것처럼 행해지고 있소. 꼭 해야 한다면 나는 아마 가톨릭교도는 될 수 있는지 모르지만 신교의 목사는 될 수 없소. 얼마 안 되는 내가 알고 있던 몇몇 진짜 신자들은 성경을 완강하게 문자 그대로의 뜻으로만 믿고 있소. 내가 그들에게 그리스도는 개인이 아니라 신인 동시에 인간이며, 신화이며, 인류가 자기 자신을 영원의 벽에다 그려놓은 한 장의 거대한 영상이라고 말할 수는 없을 것이오. 게다가 그 밖의 사람들, 현명한 설교를 듣고자 하는 사람들, 의무를 이행하려는 사람들, 무슨 일에서든지 태만하지 않으려고 교회에 오는 사람들에게 대체 내가 무슨 이야기를 할 수 있겠소? 그들을 개종시키고 싶소? 하지만 나는 그런 뜻이 전혀 없소. 목사는 개종시키는 사람이 아니요. 목사는 단지 신자들 사이에서, 자기와 같은 사람들 사이에서 살아가면서 우리가 신이라고 여기는 감정에 대한 믿음을 표현하고자 할 따름이오."

그는 말을 멈추었다. 잠시 숨을 돌리더니 이야기를 계속했다.

"우리가 아프락사스라고 이름 지은 우리의 새로운 믿음은 아름다운 것이오, 싱클레어. 그것은 아직 갓난아이에 불과하지요. 아직 날개도 돋지 않은 거요."

그는 자기의 생각에 몰두해 들어갔다.

"그 비법은 혼자서나 아니면 조그만 단체에서 행해질 수는 없나요?"

나는 주저하면서 물었다.

"할 수 있지요."

그는 고개를 끄덕이면서 말했다.

"나는 이미 오랫동안 그렇게 해왔소. 만약 남들이 알게 된다면 몇 년 쯤은 감화원에 처박히게 될 그런 예배를 행해왔소. 그러나 나는 그것도 진정한 것이 아니라는 사실을 알고 있소."

갑자기 그가 내 어깨를 쳤으므로 나는 놀라 몸을 움츠렸다.

"이봐요!"

그는 성급하게 소리쳤다.

"당신도 역시 비법을 가지고 있소. 나는 당신이 내게 이야기하지 않은 꿈을 가지고 있다는 것을 알고 있소. 그걸 알려는 건 아니오. 그러나 분명히 말해두고 싶은 것은 당신은 그것을, 그 꿈을 갖고 살아가시오. 그것을 갖고 살며 그것을 위한 제단을 마련해주시오. 완전하다고는 할 수 없겠지만 그러는 것도 하나의 방법이 될 수 있는 거요. 우리들이 당신과 나, 그리고 몇몇 사람들이 이 세계를 개선할 수 있을지는 차차 알게 되겠지요. 그러나 그동안 우리는 우린 내부에서 그것을 매일같이 개선해나가야만 되는 것이오. 싱클레어 당신은 이제 열여덟 살이오. 당신은 매춘부를 찾아가지는 않을 것이오. 당신은 아마 사랑의 꿈이나 사랑의 소원을 갖고 있을 것이 분명하오. 아마도 당신은 그것들에 대해 불안을 느끼고 있겠지. 두려워하지 마시오. 그것이 바로 당신이 가지고 있는 것 가운데서 가장 귀중한 것이니 말이오! 당신은 나를 믿어도 좋소. 나는 당신과 같은 나이에 사랑의 꿈을 너무 무리해서 억눌렀기 때문에 그것으로 인해 많은 것을 잃었소. 그래서는 안 되는 거요. 두려워하지 말아야 하며 영혼이 우리 내부에서 소원하는 것은 무엇이든 금지되어 있다고 생각해서는 안 되는 것이오."

나는 깜짝 놀라 그의 말에 반박했다.

"하지만 마음에 떠오르는 일이라고 해서 무엇이든지 해도 된다는 것은 아닐 텐데요! 자기 마음에 들지 않는다고 사람을 죽여서는 안 되니까요."

그는 내게 가까이 다가섰다.

"경우에 따라서는 그것도 가능할 수 있소. 대개는 착각에 불과하지만, 내 말 역시 당신의 마음에 떠오르는 일이라고 해서 무엇이든지 간단하게 해치워 버리라는 건 아니오. 그렇지는 않소. 하지만 당신의 마음에 떠오른 그 자체의 좋은 의의를 가진 어떤 일을 배척한다든가, 그것에 대해 도덕적인 이론을 전개함으로써 그것을 망가뜨리지는 말라는 거요. 자신이나 다른 사람을 십자가에 못 박는 대신 엄숙한 생각으로 와인을 마시며 희생의 비법에 대해 생각해볼 수도 있는 것이오. 물론 그런 행위를 하지 않고서도 자기의 충동과 유혹을 존경과 사랑으로 취급할 수도 있을 거요. 그러면 그것들은 자기 나름대로의 뜻을 나타낼 것이오. 모든 것이 다 의미를 지니고 있으니까요. 싱클레어, 혹시 누군가를 죽이고 싶어진다거나 말도 되지 않는 추잡한 일을 저지르고 싶어지면, 잠깐 동안이라도 아프락사스가 당신의 내부에서 그렇게 공상하고 있다고 생각하시오! 당신은, 당신이 죽이고 싶은 어떤 사람은 실재하는 사람이 아니라 단지 하나의 껍데기에 불과한 것이고, 우리가 어떤 사람을 미워

한다고 하는 것은 그의 형상 속에서 우리들 자신의 내부에 숨어 있는 그 무엇인가를 발견하고 그것을 미워하게 되는 것이오. 우리들 자신의 내부에 존재하지 않는 것은 진정으로 우리를 흥분시킬 수 없는 법이니까 말이오!"

지금까지 피스토리우스는 이토록 나의 내심을 정확하게 지적하는 말을 한 번도 하지 않았다. 나는 대답할 수가 없었다. 그러나 나를 가장 강하게, 또는 가장 기묘하게 감동시킨 것은 이 충고가 이미 여러 해 전부터 내 마음속에 울리고 있는 데미안의 말과 똑같은 음향을 풍기고 있다는 사실이다. 그들은 피차 서로에 대해 전혀 아는 바가 없는데도 내게 똑같은 소리를 한 것이다.

"우리의 눈에 보이는 사물이란 우리들의 내부에 있는 것과 똑같은 것이오. 우리가 우리의 내부에 갖고 있는 것 이외의 현실이란 않는 법이오. 그렇기 때문에 대부분의 사람들은 그렇게 비현실적으로 살아가고 있는 것이오. 그들은 단지 외부의 형상만을 현실이라 여기고 그들 내부의 독자적인 세계의 목소리에 귀 기울이지 않고 있는 거요. 그렇게 한다면 행복할 수는 있을 거요. 내가 만일 일단 다른 길을

발견한다면 더 이상 대부분의 사람들이 가는 길을 달려가
지는 않을 거요. 싱클레어, 대다수가 가는 길은 편하지만 자
기 자신의 길은 힘든 거요. 그래도 우리는 우리의 길을 갑
시다."

며칠 후, 두 번이나 그를 헛되이 기다린 후 나는 그가 혼
자서 술에 만취된 채 차가운 저녁 바람을 맞으며 거리 모퉁
이를 비틀거리며 돌아오는 것을 보았다. 나는 그를 부르고
싶지 않았다. 그는 나를 알아보지 못하고 그냥 내 곁을 지
나쳤는데, 마치 미지의 것으로부터 신이 부르는 어두운 소
리를 뒤따라가는 것처럼 불타는 듯한 고독한 시선으로 앞
쪽만을 바라보고 걸었다. 나는 얼마쯤 뒤처져 그를 따라갔
다. 그는 마치 유령처럼, 미친 듯이 다소 흐트러진 걸음걸이
로 철사 줄에 끌려가는 것처럼 가고 있었다. 처연한 심정이
되어 나는 기숙사로, 구원을 얻지 못한 꿈의 세계로 되돌아
왔다.

"저렇게 해서 지금 그는 자신의 내부 세계를 개선하고
있구나!"

나는 이렇게 생각했다. 그러나 다음 순간 그 생각은 저속

하고 동시에 도덕적이라는 것을 느꼈다. 그의 꿈에 대해 알고 있는 게 대체 무엇이란 말인가? 그는 그렇게 취한 속에서도 내가 불안스럽게 나의 길을 가는 것보다는 훨씬 더 확실히 그의 길을 가고 있는 것인지도 모른다.

가끔 나는 수업 사이의 쉬는 시간에 한 번도 눈여겨본 적이 없는 동급생 하나가 나에게 접근하려고 애쓰는 것을 느꼈다. 그는 자그마하고 연약해 보이는 야윈 아이였는데, 머리칼은 가늘고 붉은 기가 도는 금발이었다. 그의 시선과 태도에는 무언가 특이한 것이 느껴졌다. 그러던 어느 날 저녁, 집으로 돌아오는데 그가 골목에서 기다리고 있다가 내가 자기 앞을 지나쳐 버릴 때까지 기다렸다가는 다시 나를 따라와서 기숙사 현관 앞에 멈춰 서는 것이었다.

"내게 무슨 볼일이 있니?"

내가 먼저 물었다.

"난 그저 너와 이야기를 한번 하고 싶었어."

그는 수줍어하며 말했다.

"조금만 함께 산책할 수 있겠니?"

나는 그를 따라 걸었다. 그가 몹시 흥분한 상태로 기대에 차 있음을 느낄 수 있었다. 그의 손은 부들부들 떨리고 있었다.

"너는 심령술가지?"

그가 아주 당돌하게 물어왔다.

"아니야, 크나우어."

나는 웃으면서 말했다.

"절대로 그렇지 않아, 어떻게 그런 엉뚱한 생각을 하게 됐니?"

"아니면 점술가니?"

"그것도 아니야."

"제발 그렇게 숨기지 말아줘! 나는 너에게 특별한 무엇이 있다는 걸 잘 알고 있어. 너의 시선을 보면 알 수 있어. 나는 네가 신령과 통하고 있다고 나는 확신해. 호기심에서 이런 질문을 하는 건 절대 아니야. 싱클레어, 그런 게 아니야! 내 자신도 일종의 탐구자인걸. 그래서 나는 이렇게 외로울 수밖에 없는 거야."

나는 그를 격려해주었다.

"난 정말 신령에 대해서는 아는 것이 아무것도 없어. 난 단지 내 꿈속에서 살고 있을 뿐이야. 그 점을 네가 느낀 모양이구나. 다른 사람들도 역시 꿈속에서 살고 있긴 하지만 그들 자신의 꿈속에서 살고 있지 않다는 것이 나와 다른 점이지."

"그래, 그럴지도 몰라."

그는 낮은 소리로 말했다.

"사람들이 살고 있는 꿈이 무슨 종류의 꿈인가, 하는 것만이 문제가 되겠지. 너는 선한 악마를 사용하는 마술에 대해 들은 적이 있니?"

나는 모른다고 대답했다.

"그런 건 자기 자신을 통제하는 방법을 배우면 돼. 죽지 않게 될 수도 있고 마술을 부릴 줄도 알게 되지. 넌 한 번이라도 그런 연습을 해본 적이 없니?"

이 연습에 대한 나의 호기심 어린 질문에 그는 처음에는 대답을 안 하려고 하다가 내가 돌아서서 가버리려고 하자 비로소 이야기를 했다.

"나는 잠들기 전이나 정신을 집중하려고 할 때 그런 연습을 해. 나는 무엇인가를, 예를 들면 낱말 하나나 어떤 사람의 이름이나, 또는 기하의 도형을 상상하는 거야. 그러고 나서는 될 수 있는 한 그것에 대해서 집중적으로 생각하면서 그것이 내 머릿속에 존재한다고 믿어질 때까지 머릿속에 그려보려고 애쓰는 거야. 그러면 나는 아주 확고해지고 그 어떤 것도 나의 이 안정된 상태를 방해하지 못하게 되는 거야."

나는 그의 말이 무엇을 의미하는지 어느 정도 이해할 수 있었다. 그러나 아직도 그가 다른 이야기들을 숨기고 있다는 것을 느낄 수 있었다. 그는 이상스러우리만큼 흥분되어 있었고 성급함을 감추지 못했다. 나는 그가 질문을 보다 명확하게 할 수 있도록 도와주었다. 그러자 그는 곧 자신의 최대의 관사를 털어놓기 시작했다.

"너도 역시 절제하고 있지?"

그는 불안한 어조로 내게 물었다.

"그건 무슨 뜻이니? 성적인 것을 말하는 거니?"

"그래, 그걸 뜻해. 나는 지금 2년째 절제하고 있어. 그 가르침을 알게 된 이후로 말이야. 너도 이미 알고 있다시피 그 전에는 나도 방탕한 짓을 하고 다녔지. 넌 한 번도 여자

219

곁에 가본 적이 없니?"

"없어."

나는 대답했다.

"내 이상에 맞는 여자를 발견하지 못했기 때문이야."

"그럼 네가 네 마음에 드는 여자를 발견한다면 너는 그 여자와 함께 잘 수 있을 것 같니?"

"물론이야. 만약 여자도 이의가 없다면 말이야."

나는 농담을 하는 투로 말했다.

"아, 그렇다면 너는 잘못된 길을 가는 거야! 내적인 힘이란 철저한 금욕 상태에서만 지속적으로 형성될 수 있는 거야. 나는 2년쯤 금욕을 했어. 2년 하고도 한 달이 좀 넘도록! 그건 정말 힘든 일이었어. 나는 번번이 더 이상 참을 수 없는 지경에 이르곤 했지."

"들어 봐, 크나우어. 나는 금욕하는 것이 그렇게 중요하다곤 여기지 않아."

"나도 알고 있어."

그는 내 말을 가로막았다.

"모두들 그렇게 말하지. 그렇지만 너한테까지 그런 말을 들으리라곤 기대하지 않았어. 보다 더 높은 정신적인 길을 가고자 하는 사람은 순결을 지켜야 하는 거야, 무조건 말이야!"

"그래, 그럼 그렇게 하렴! 하지만 나는 왜 성을 억제하는 사람이 다른 사람보다 순결하다고 말하는지 잘 모르겠어. 넌 성적인 것을 모든 생각과 꿈속에서 완전히 몰아낼 수 있다고 생각하니?"

그는 절망적인 표정으로 나를 쳐다보았다.

"아니, 도저히 그럴 수 없어! 하지만 그럴 수밖에 없는 거야. 밤이면 나는 내 자신에게도 이야기할 수 없는 그런 꿈을 꾸곤 해, 그건 정말 무서운 일이야!"

나는 피스토리우스가 나에게 해준 이야기를 생각해냈다. 그러나 그의 말이 아무리 옳은 말이라 해도 그 이야기를 무작정 전해줄 수는 없는 일이었다. 내 자신의 체험을 통해 얻은 것이 아니면, 또 내 스스로가 그것을 준수해볼 수 있을 만큼 성숙한 다음이 아니면 함부로 충고를 해줄 수는 없었다.

나는 말문이 막혔다. 그리고 누군가가 나에게 필사적으

로 도움을 구하고 있는데도 아무런 충고의 말조차 해줄 수 없다는 것이 매우 굴욕적으로 느껴졌다.

"나는 온갖 실험을 다 해보았어!"

크나우어는 한탄하며 말했다.

"사람이 할 수 있는 일이라면 무엇이든지. 냉수욕도 해보고, 눈으로 몸을 비비기도 하고, 체조와 달리기도 해보았지만 아무 소용이 없어. 매일 밤마다 나는 생각조차 하지 말아야 할 그런 꿈에서 잠을 깨는 거야. 더욱 두려운 일은 그런 꿈으로 인해 내가 정신적으로 배웠던 모든 것을 차츰차츰 잃어가고 있다는 사실이야. 더 이상 나는 마음을 집중하거나 스스로 잠들 수도 없게 되어 어떤 날은 하룻밤을 꼬박 뜬눈으로 지새우기도 했어. 나는 더 이상 이 상태를 지탱하지 못하겠어. 내가 만약 이 싸움을 계속해나가지 못하거나 항복해 버려 자기를 더럽히게 된다면 그때는 애당초 한 번도 싸우지 않았던 사람들보다 더 나쁘게 되는 거야. 넌 그걸 이해할 수 있겠지?"

나는 고개를 끄덕여주었지만 거기에 대해서는 한 마디도 해줄 말이 없었다. 그의 이야기가 따분하게 느껴지기 시작했고, 그의 깊은 고통과 절망이 나에겐 아무런 감동도 주지 않는다는 사실이 그저 놀라웠다. 단지 그를 도울 수 없다는 사실만 깊이 인식될 뿐이었다.

"그럼 너는 내게 해줄 말이 한 마디도 없다는 거니?"

마침내 지친 그가 슬픈 듯이 말했다.

"전혀 아무것도 없어? 한 가지쯤은 있을 수도 있을 텐데! 대체 넌 어떻게 하고 있니?"

"난 너에게 아무 말도 해줄 수가 없어, 크나우어. 사람이란 이런 경우엔 서로 도울 수가 없어. 만일 네 스스로의 힘으로 자기를 찾을 수 없다면 넌 어떤 신령도 발견해낼 수 없으리라고 생각해."

그는 깊은 실망의 빛을 감추지 못하면서 말을 멈추더니 나를 쳐다보았다. 그는 갑자기 증오에 불타오르는 시선으로 나를 노려보더니 이마를 찌푸리며 난폭하게 외쳤다.

"쳇, 넌 정말 근사한 성인군자로군! 너 역시도 악덕을 지니고 있다는 것쯤 나도 알고 있어! 너는 현자인 척하고 있지만 뒤에서는 남몰래 나나 다른 사람들과 마찬가지로 똑같은 쓰레기에 매달려 있는 거야! 너도 역시 개망나니야.

내 자신과 마찬가지로 개새끼란 말이야. 우리들은 모두 개새끼인 거야!"

나는 우두커니 서 있는 그를 내버려둔 채 그 자리를 떠났다. 그는 두서너 걸음 정도 나를 따라오더니 몸을 돌려 반대 방향으로 뛰어가 버렸다.

나는 연민과 혐오가 뒤섞인 심정으로 심한 구토를 느꼈다. 기숙사로 돌아와 조그만 내 방에서 두서너 장의 그림을 주위에 세워 놓고 간절한 내심의 동경으로 꿈에 몸을 맡겼다. 내 자신의 꿈이 다시 나타났다. 나는 그 여인의 표정이 너무나 생생하게 느껴져 당장 그 여인의 그림을 그리기 시작했다.

15분씩 꿈을 꾸듯 무의식중에 시간을 보낸 후 그림을 그려나가 마침내 며칠 후 그 그림이 완성되었다. 나는 저녁 무렵 그것을 내 방의 벽에 붙이고 탁상용 램프를 그 앞에 옮겨다 놓고는 생사를 결판낼 때까지 싸워야 할 유령에 맞서는 심정으로 그림 앞에 다가섰다. 그 얼굴은 옛날의 초상과도 닮았고 나의 친구 데미안과도 닮았으며 어떤 표정은 내 자신과도 닮아 있었다. 한쪽 눈은 표시가 날 만큼 다른 눈보다 위쪽에 붙어 있었고 눈매는 숙명에 충만한 채 내 머리 너머를 골똘히 응시하고 있었다.

내가 그 그림과 마주 서자 내면적인 긴장으로 가슴속까지 싸늘해져 왔다. 나는 그 그림을 향해 말을 걸었고, 비난했고, 어머니라고 불렀고, 애인이라고 불렀으며 매춘부이며 천한 여자라고도 불렀다. 또 아프락사스라고도 불렀다. 그러는 동안 피스토리우스의 말이—혹은 데미안의 말이었던가?—언뜻 생각났다. 그런 말을 언제 했는지 기억해낼 수가 없지만 지금 이 순간 그 말이 다시 들리고 있는 것 같았다. 그것은 야곱과 신의 천사 사이의 싸움에 관한 말로서, "그대가 나를 축복하지 않는다면 내 그대를 놓아주지 않으리로다."라는 것이었다.

그림 속의 얼굴은 램프의 불빛을 받으며 내가 부를 때마다 변했다. 그것은 환하게 빛나기도 하고, 검고 어둡게 변하기도 했다. 생기 없는 눈으로 창백한 눈꺼풀을 감았다가는 다시 뜨고, 그러다가 타는 듯한 광채로 눈을 빛내기도 했다. 그 얼굴은 여자인 동시에 남자였으며 소녀였고 조그만 아이였고 짐승이었다. 몽롱하고 희뿌연 반점처럼 보이다가는

225

다시 크고 분명해지기도 했다. 마지막에 나는 강력한 내부의 부름에 따라 두 눈을 감았다. 그러자 그 그림이 나의 내부에서 한결 더 강하고 힘찬 모습으로 변해 갔다. 나는 그 앞에 무릎을 꿇으려 했다. 그러나 그것은 내 자신의 내부에 너무나도 깊이 들어 있어 마치 그것과 내가 하나가 되기라도 한 것 같아서 그것을 나에게서 분리해낼 수가 없었다.

그러자 봄날의 폭풍과도 같이 어둡고 무겁게 들끓는 소리가 들려왔고 이루 말할 수 없는 불안과 새로운 체험의 감동에 몸이 떨려왔다. 별들이 내 앞에서 반짝이다가 사라져 갔고 잊어버린 유년 시절의, 아니, 존재 이전의 시기와 생성의 초기적 단계에 대한 추억이 나의 곁으로 흘러내려 물밀 듯이 나를 스쳐갔다. 내 생활의 모든 것은, 가장 은밀한 비밀에 이르기까지도 되풀이되는 것처럼 보이던 추억은, 어제와 오늘로 끝나지 않고 더욱 앞선 미래를 반영하고 오늘로부터 나를 분리시켜 더 새로운 생활의 형식으로 나를 이끌어갔다. 그 형식의 형상은 굉장히 맑고 눈부셨지만 그것에 대해서는 아무것도 정확히 기억해낼 수 없었다.

깊은 잠에서 깨어보니 나는 옷을 입은 채 침대 위에 비스듬히 누워 있었다. 불을 켜고 중요한 걸 생각해내야 할 것 같은 기분이 들었지만 몇 시간 전의 일은 아무것도 기억해 낼 수가 없었다. 나는 더듬거리며 그림을 찾았지만 그것은 이미 벽에 걸려 있지도 않았고 책상 위에도 없었다. 희미하게나마 그것을 내가 태워 버렸는지도 모른다는 생각이 났다. 그것을 내 손바닥 위에서 태워 그 재를 먹어 버린 것은 혹시 꿈이었을까?

쑤시는 듯한 극심한 불안이 나를 몰아세웠다. 나는 모자를 쓰고 집과 골목 사이를 무엇에 강요당하고 있는 것처럼 걸어갔다. 폭풍에 휘날려가는 것처럼 거리를 지나고 광장을 가로질러 달리고 또 달렸다. 피스토리우스의 그 음침한 교회 앞에서 귀를 기울이다 무엇을 찾는지조차 모르면서 어두운 충동을 감당할 길이 없어 다만 찾고 또 찾았다. 나는 매춘부들의 집이 모여 있는 교외를 통과했다. 그곳에는 아직도 여기저기 불빛이 남아 있었다. 멀리 외곽지대에는 신축 가옥과 벽돌 더미가 군데군데 잿빛의 눈에 뒤덮여 있었다. 마치 몽유병자처럼 이상한 압박감에 몰려 이 황량한 곳을 헤매면서 문득 고향의 신축 가옥이 생각났다. 그곳은 언젠가 한번 나의 착취자 크로머가 최초의 거래를 하기 위해 나를 끌고 들어갔던 곳이었다. 그와 비슷한 느낌의 집 한 채가 잿빛 어둠 속에서 나를 기다리고 있었고 문구멍이 나를 향해 꺼먼 입을 벌리고 있었다. 나는 그 안으로 끌려 들어가는 듯한 충격을 느꼈고 그것을 피하려다 모래와 자갈 더미에 걸려 비틀거리며 넘어졌다. 그러나 들어가고 싶은 충동이 더 강렬했기 때문에 그 문 안으로 들어서지 않을 수 없었다.

널빤지와 깨진 벽돌을 넘어 이 황막한 공간 속으로 휘청거리며 들어서자 축축한 냉기와 돌 냄새가 코를 찔렀다. 모래 한 무더기가 마치 잿빛의 얼룩처럼 눈에 띄는 것 외에는 모든 것이 어둠 속에 묻혀 있었다.

그러나 바로 그때 내 곁의 어둠 속에서 사람이 하나, 조그맣고 야윈 청년이 유령처럼 일어섰다. 나는 그가 학교 친구인 크나우어임을 곧 알아챘지만 너무 놀라서 머리칼은 여전히 두려움에 곤두서 있었다.

"어떻게 여기까지 온 거야?"

흥분한 나머지 정신이 산란해진 것 같은 어조로 그가 물었다.

"어떻게 나를 찾을 수 있었어?"

"너를 찾았던 게 아냐."

나는 얼떨떨한 심정으로 말했다. 말 한 마디 한 마디 하기가 몹시 고통스러워 목소리는 생기가 없고 무거운, 얼어붙은 것 같은 입술에서 간신히 새어 나왔다.

그는 나를 물끄러미 바라보았다.

"찾았던 게 아니라고?"

"그래, 끌려들어온 거지. 네가 나를 불렀니? 틀림없이 네가 불렀을 거야. 이 한밤중에 도대체 넌 여기서 뭘 하는 거니?"

그는 야윈 두 팔로 나를 발작적으로 끌어안았다.

"그래, 밤이야. 곧 아침이 되겠지. 오, 싱클레어, 나를 잊고 있었던 게 아니었군! 나를 용서해줄 수 있겠지?"

"대체 무엇에 대해서?"

"아, 나는 정말 추악했었어."

그제야 겨우 우리가 나눈 대화가 생각났다. 그것이 4, 5일 전이었던가? 내겐 그 일 이후로 벌써 한평생이 지난 것 같았다. 그제야 나는 모든 것을 순간적으로 알아차릴 수 있었다. 우리들 사이에서 일어난 일뿐 아니라, 왜 내가 여기에 와 있는 것인지, 크나우어가 이런 위험한 곳에서 무엇을 하려고 했는지도.

"너 자살하려고 했었구나, 그렇지, 크나우어?"

그는 추위와 공포에 몸서리쳤다.

"그래, 죽으려고 했어. 할 수 있었을지는 모르지만 난 아침이 될 때까지 여기 있으려고 했어."

나는 그를 끌고 밖으로 나왔다. 하루를 시작하려는 엷은 새벽빛이 말할 수 없이 차갑고 냉랭하게 잿빛의 대기 속에서 희미하게 빛나고 있었다.

나는 그의 팔을 꼭 잡은 채 상당히 멀리까지 데리고 갔다. 나는 그에게 이렇게 말했다.

"이제 집으로 돌아가. 그리고 누구에게도 오늘 일을 말해선 안 돼! 너는 잘못된 길을 걸었던 거야. 잘못된 길일 뿐이야! 우리들은 네가 생각하는 것처럼 모두 개망나니는 아니야. 우리들은 인간이야. 우리는 여러 신을 만들어내고 그들과 더불어 싸우고, 신은 우리를 축복해주는 거야."

우리는 서로 아무 말도 없이 묵묵히 걷다가 헤어졌다. 집에 들어오자 날이 희뿌옇게 새어왔다.

성○○시에서의 시절 중에서 가장 좋았던 것은 피스토리우스와 함께 오르간 옆 난로 앞에서 보낸 시간이었다. 우리는 아프락사스에 관한 그리스어 원서를 함께 읽었고, 그는 베다에서 번역된 몇 구절을 내게 읽어주기도 했다. 또한 그는 나에게 신성한 '옴'을 부르는 법을 가르쳐주기도 했다. 그러나 나를 기쁘게 만든 것은 그의 학식이 아니라 정반대의 것이었다. 내 자신의 내부를 발견해내는 일의 지속, 내 자신의 꿈과 사상과 예감에 대한 신뢰, 내가 지닌 내적인 힘에 대한 영롱한 자각 때문이었다.

피스토리우스와 나는 여러 가지 면에서 호흡이 잘 맞았다. 단지 강력하게 그를 생각하기만 하면 언제나 그가 나에게로 오든지 그의 안부가 전해지든지 했다. 나는 데미안에게 했던 것처럼 그가 내 곁에 없어도 무엇이든 그에게 물어볼 수 있었다. 내 마음속에서 똑똑하고 강렬한 사상으로 그에게 질문을 보내면 되는 것이었다. 그러면 질문에 집중되었던 내 영혼의 힘이 대답을 가지고 내 마음속으로 되돌아왔다. 내가 마음속에 그렸던 것은 피스토리우스나 데미안이라는 어떤 특정 인물이 아니라, 내가 꿈에서 만나는 내가 그렸던 그 초상이었으며, 내가 강렬히 부르지 않을 수 없었던 영혼의 반은 남자이며 반은 여자인 꿈의 모습이었다. 그 모습은 이미 단지 나의 꿈속에서 존재하는, 종이 위에 그려진 초상으로서가 아니라 나의 내부에서 이상적인 모습으로 내 자신의 고양된 모습으로 살고 있었다.

죽음을 생각했던 크나우어는 나와 이상스럽고 어떻게 보면 우스운 관계를 맺게 되었다. 내가 그에게로 가지 않을 수 없었던 그날 이후로 그는 충실한 하인이나 심지어는 개처럼 나에게 매달려서 자기 인생을 나와 결부하려고 애쓰며 맹목적으로 나를 따랐다. 괴상한 질문이나 소원을 갖고 나를 찾아와서는 유령을 보여달라고 한다든가 카발라 비법을 가르쳐달라고 했다. 내가 그러한 것에 대해서는 전혀 모른다고 아무리 이야기해도 그는 곧이듣지 않았다. 심지어 그는 내가 온갖 힘을 다 갖고 있다고 믿는 지경이었다. 한 가지 이상한 일은 내가 내 마음속에서 엉켜 있는 어떤 일이 풀리지 않고 있을 때, 공교롭게도 그가 자주 나에게 기묘하고도 어리석은 질문을 가지고 찾아옴으로써, 내 문제 해결을 위한 실마리가 되었다는 사실이었다.

때론 그가 귀찮아져서 위압적으로 쫓아 버리기도 했다. 그럼에도 불구하고 그는 나에게로 보내진 사람이었고, 내가 그에게 베풀어준 것이 그의 마음속에서 갑절이 되어 내게 되돌아왔으며, 그 역시 나에게는 한 사람의 인도자이고 하나의 길이라고 마음 깊이 느껴졌다. 그가 자신의 구제의 길을 찾기 위해 내게 가져온 얼빠진 책이나 저서도 당장에 깨달을 수 있는 것보다는 훨씬 더 많은 것을 나에게 깨우쳐 주었다.

크나우어는 후일, 나도 모르는 사이에 나의 길에서 멀어져 나갔다. 그와는 싸움이 필요치 않았다. 그러나 피스토리우스와는 싸움이 필요했다. 성○○시 에서의 내 학창 시절이 끝나갈 무렵 피스토리우스와는 이상한 일을 경험하게 되었다.

아무리 평범한 사람이라 하더라도 평생에 한 번이나 몇 번쯤은 독설과 감사와 미덕과 함께 도덕적인 갈등을 피할 수 없는 때가 있다. 누구나 한 번은 아버지와 스승으로부터 자신을 떼어놓는 길로 걸음을 옮겨야만 하며, 설사 대부분의 사람들은 그것을 참아낼 수 없어서 이내 다시 제자리로 돌아간다 하더라도 그 순간의 고독의 쓰라림을 아주 약간이라도 느끼지 않을 수는 없다. 나의 경우, 아버지와 그들의 세계, 즉 유년 시절의 '밝은 세계'로부터 맹렬한 싸움을 하며 헤어져 나온 것이 아니라 서서히 거의 눈에 띄지 않게 떨어져 나왔고 낯설게 변해갔었다. 나는 그것이 몹시 유감스러웠고 때로 고향에 돌아가면 아주 쓰라린 심정이 되곤 했다. 그러나 그 심정은 가슴속 깊이 사무치는 것은 아니었으며 어느 정도 견딜 만한 것이었다.

그러나 우리가 일상적인 습관에서가 아니라 독자적인 충동에서 애정과 공경심을 바쳤을 때, 우리가 독자적인 마음으로 제자나 친구가 되었을 때, 만약 어느 순간 우리 마음의 큰 부분이 사랑하는 사람에게서 떠나려 한다는 것을 깨닫게 된다면 그것은 쓰리고 고통스러운 순간이 될 것이다. 그런 때는 친구와 스승에게 반발하는 모든 생각은 독이 묻은 가시를 드러내며 우리 자신의 심장을 향해서 돌아오는 법이고, 그것을 막으려는 온갖 타격은 자기의 얼굴에 정통으로 명중하는 법이다. 그때 적절한 도덕을 마음속에 가지고 있다고 생각해온 사람은 '배신'과 '배은망덕'이란 단어가 치욕적인 별명과 낙인처럼 의식에 떠오르게 되는 것이다. 그러면 놀란 마음은 근심스러워하면서 유년 시절 미덕의 사랑스러운 골짜기로 숨어들지만, 곧 이것과도 단절되어 버리고 이 유대조차도 갈기갈기 찢겨져 나간다는 것을 애써 모른 척하곤 한다.

시간이 흐름에 따라 피스토리우스를 무조건적인 지도자로 인정하는 것에 대해 내 내부의 어떤 감정이 반발하기 시작했다. 나의 청춘 시절의 가장 중요했던 몇 달 간의 체험은 그와의 우정, 그리고 그의 충고와 위로, 친교에서 기인되었다. 신은 그를 통해서 나에게 이야기를 걸어왔던 것이다. 그의 입을 통해 나의 꿈은 다시 나에게 돌아왔고, 해석되었고, 그리고 그 본질을 드러냈다. 그는 내 자신에 대한 용기를 주었다. 아, 그런데 나는 지금 그에게 서서히 반항한 것이다. 나는 그의 말 속에 포함된 너무 많은 교훈적인 부분에 반감을 가졌고, 그는 단지 나의 일부분만을 이해할 뿐이라는 생각이 들었던 것이다.

우리들의 사이에서 사소한 싸움이나 다툼이 있었던 것은 아니며, 불화나 어떤 절교의 상태가 있었던 것도 아니었다. 그럼에도 불구하고 우리들 사이의 환상은 부서진 파편처럼 산산조각이 난 순간이 있었다.

벌써 얼마 동안 나를 압박해왔던 희미한 예감이 어떤 감정으로 어느 일요일 그의 낡은 서재에서 뚜렷한 모습을 드러나게 되었다. 우리는 난로 앞의 방바닥에 엎드려 있었다. 그는 비법과 종교 형식에 대해 이야기하고, 그가 연구하고 명상한 것들이 가능하게 될 미래에 대해서 생각하고 있었다.

그러나 나에게는 이 모든 것이 살아가는 데 중대한 일이라기보다는 단지 기묘하고 흥미로운 일에 불과하다는 생각이 들 뿐이었다. 나는 그러한 것들에서 박식의 음향과 지난 시대의 폐허 아래서, 고달픈 탐구만을 느낄 뿐이었다. 불현듯 나는 이 모든 방법에 대해, 이 비법의 예배에 대해, 이 조상 전래의 종교 형식과 그것을 재조립해내는 일에 대해 커다란 반감을 갖게 되었다.

"피스토리우스!"

나 자신도 놀랄 정도로 치밀어 오르는 악의를 품은 어조로 나는 말했다.

"내게 다시 한 번 당신이 꾼 꿈의 이야기를, 실제의 꿈 이야기를 해주시오! 당신이 말하는 것들은 모두 너무나도 진부하단 말이오!"

그동안 그는 내가 그런 식으로 말하는 것을 한 번도 들은 적이 없었다. 말을 내뱉은 그 순간, 나는 내가 쏘아 그의 심장에 명중시킨 그 화살은 바로 그의 무기 창고에서 얻었다는 것임을, 그가 이따금 내게 하던 풍자적인 어조의 자기 비난을 지금 내가 더욱 날카롭게 갈아서 던진 것임을, 수치심과 놀라움이 뒤섞인 심정으로 번갯불처럼 선명하게 느꼈다.

그 또한 그것을 순간적으로 느끼고는 곧 조용해졌다. 나는 불안한 심정으로 그를 지켜보았고, 그는 무섭도록 창백해져가고 있었다.

무거운 침묵의 시간이 지난 후 그는 새 장작을 불에 던지며 조용한 음성으로 말했다.

"당신은 아주 정당하오, 싱클레어. 당신은 정말 영리한 친구요. 난 이제는 그런 케케묵은 일로 당신을 괴롭히지 않겠소."

그는 매우 침착하게 말했다. 그러나 나는 그가 입은 상처의 고통을 너무나도 잘 알 수 있었다. 아, 나는 무슨 짓을 저질렀단 말인가?

눈물이 흘러나올 것 같았다. 나는 진심으로 그에게 용서를 빌고 나의 애정에 넘치는 감사를 그에게 확인시켜주고 싶었다. 간절한 말이 마음을 가득 채웠다.

그러나 나는 그 말을 할 수가 없었다. 나는 그저 엎드린 채 불을 들여다보면서 아무 말 없이 기다릴 뿐이었다. 그 역시 아무 말이 없었고, 그렇게 우리들은 엎드려 있기만 했다. 불은 다 타서 수그러들기 시작했고 불꽃이 사그라질 때마다 나는 다시는 돌아올 수 없는, 무엇인가 아름답고 친밀한 것들이 식어가고 사라져감을 느꼈다.

"당신이 내 말을 오해한 것은 아닌지 걱정됩니다."

나는 압박감으로 메마르고 쉰 목소리로 말했다. 이 어리석고 무의미한 말이 마치 신문 소설을 낭독하는 것처럼 입술에서 기계적으로 흘러나왔다.

"나는 당신을 아주 정확히 이해하고 있소."

피스토리우스는 나직하게 말했다.

"물론 당신이 옳은 거요."

그는 말을 멈추고 잠시 기다리더니 다시 천천히 말을 이었다.

"사람이 남에 대해서 정당할 수 있는 한에서 말이오."

'아니, 아니, 내가 틀렸어요!' 하고 내 마음속에서는 맹렬히 외치고 있었다. 그러나 실제로는 아무 말도 할 수 없었다. 단 한마디의 말로 그의 본질적인 약점과 그의 난점과 상처를 건드렸다는 것을 알고 있었기 때문이었다. 나는 그 스스로도 믿고 싶어 하지 않는 그런 점을 건드려 버린 것이다. 그의 이념은 곰팡내가 나고, 그는 퇴보하는 탐구자였으며, 낭만주의자였다. 그러자 갑자기 피스토리우스가 나에게 의미했던 것과, 그리고 나에게 가르쳐주었던 것들은 그자신에게는 스스로 존재하지도 않고, 스스로에게 줄 수도 없다는 사실이 뼈저리게 느껴졌다. 그는 지도자인 그 자신마저 넘어서고 버리지 않으면 안 되는 길로 나를 인도했던 것이다.

어떻게 내가 그런 말을 할 수 있었을까! 나는 조금도 나

뺀 의미에서 그런 말을 한 것은 아니었고 파국이 오리라는
예감 같은 것은 느끼지도 않았다. 내가 이야기하고 있는 그
순간조차도 스스로 잘 알지 못하는 이야기를 지껄였던 것
이다. 나는 단지 조금 재치 있고 약간은 심술궂은 충동에
따랐을 뿐이건만, 그것이 운명적인 일이 되어 버린 것이다.
나는 사소한 부주의로 행동을 한 것인데 그에게는 그것이
심판이 되어 버린 것이다.

나는 그때 그가 화를 내면서, 자기 변명을 하고 나를 나
무라기를 얼마나 간절히 원했는지 모른다. 그러나 그는 그
렇게 하지 않았다. 이 모든 일을 나는 내 마음속에서 스스
로 하지 않으면 안 되었다. 만약 할 수만 있었다면 그는 미
소라도 지었을 것이다. 그가 미소를 지을 수 없다는 것으로
내가 얼마나 큰 충격을 준 것인지를 잘 알 수 있었다.

피스토리우스가 나에 의해서, 이 주제넘고 배은망덕한
제자에 의해서 받은 타격을 그렇듯 말없이 감수하고 나의
정당성을 승인하고, 나의 말을 운명으로 인정함으로써 그
는 나로 하여금 스스로에 대한 혐오감에 빠지게 하고, 나
의 실책을 몇 천 배나 강하게 느끼게 해주었다. 나는 그의

자기 방어적인 성격이 내게도 타격을 가할 것이라고 생각했던 것이다. 그러나 그는 말없이 참을성 있게 묵묵히 항복해 버린 무방비 상태의 사람이었다.

오랫동안 우리는 꺼져가는 불 앞에 엎드린 채로 있었는데, 불타는 모든 형상과 스스로 사그라지는 모든 재의 줄기가 나에게 행복하고 아름답고 풍성했던 시간을 내 기억 속에 불러일으켰고, 피스토리우스에 대한 의무를 배신한 죄악감을 점점 크게 확대시켰다. 나는 더 이상 참을 수가 없었다. 그래서 나는 일어나서 걸어 나왔다. 한참 동안 나는 그의 방문 앞에서, 컴컴한 계단 위에서, 또 집 앞에서 행여나 그가 나를 뒤따라오지 않을까 하는 기대로 한참이나 그렇게 서 있었다. 그리고 그곳을 떠나 몇 시간이고 시내와 교외를, 공원과 숲을 저녁때까지 헤매고 다녔다. 그때 처음으로 나는 내 이마 위에서 카인의 표적을 느꼈다.

점차 나는 그때의 일을 돌이켜 생각해볼 수 있게 되었다. 내 생각은 오로지 나를 책망하고 피스토리우스를 옹호하려는 의도를 가지고 있었다. 그러나 매번 모든 것은 반대로 끝났다. 나는 천만 번 나의 경솔한 말을 후회했고, 그것을 철회할 용의가 있었다. 그러나 그 말은 진실이었다. 그제야 나는 비로소 피스토리우스를 이해하고 그의 모든 꿈을 내 앞에 그려볼 수 있게 되었다. 그의 꿈은 성직자가 되는 것이었고, 새로운 종교를 선포하고, 영혼의 찬양과, 사랑과 예배의 새로운 형식을 부여하고, 종교의 새로운 상징을 세우는 것이었다. 그러나 그것은 그의 역량과 사명에 적합하지 않았다. 그는 너무나도 열성적으로 이미 존재해왔던 일에 몰두했고, 너무나도 정확히 과거의 사실들을 알고 있었으며, 너무나 많이 이집트나 인도, 미트라스나 아프락사스에 대해 알고 있었던 것이다.

그의 사랑은 이 세상이 이미 보아온 형상들과 결부된 것이었으며, 그가 마음속 깊은 곳에서 원했던 것은 전혀 새롭고 색다른 것이었다. 그것은 신선한 대지에서 솟아오르는 것이지 박물관의 수집품이나 도서관 같은 데서 창조될 수 없다는 것을 스스로도 잘 알고 있었던 것이다. 나에게 했던 것처럼 그의 역할은 인간으로 하여금 자기 자신의 내부로 들어갈 수 있도록 도움을 주는 데 있었다. 그들에게 여태껏 들어본 적이 없는 새로운 신을 제시하는 일은 그의 사명이 아니었던 것이다.

누구에게나 '사명'은 있다 할지라도 그럼에도 누구에게
도 개인의 선택과 해석을 임의로 지배할 수 있는 '사명'은
없다는 깨달음이 날카로운 불꽃처럼 나를 불태웠다. 새로
운 신을 원한다는 것은 잘못이었으며 이 세계에 무엇인가
를 주려고 하는 것은 전적으로 거짓이었다! 깨달은 인간에
게 부여된 의무는 단 한 가지 그것 말고는 아무런 의무도
존재하지 않는 것이다. 자신을 찾고, 자신의 내면을 견고히
하며, 그 길이 어디를 향하든지 조심스럽게 자신의 길을 더
듬어 나아가는 일. 그 이외의 다른 의무는 존재하지 않는
것이다. 이러한 생각이 깊이 나를 사로잡았고, 이 생각이야
말로 내가 이번의 체험에서 얻은 열매였다. 때때로 나는 미
래의 형상과 함께 놀았고, 시인으로서 혹은 예언자로서 혹
은 화가로서 혹은 다른 어떤 것으로서 나에게 부여되었을
역할을 꿈속에서 그려보았다.

그러나 이 모든 것은 다 아무것도 아니었다. 나는 시를
짓기 위해서, 설교를 하거나 그림을 그리기 위해서 존재하
는 것이 아니었다. 나뿐 아니라 다른 어떤 사람도 그것 자

체를 위해 존재하는 것이 아니었다.

이 모든 것은 모두 부차적으로 일어날 수 있는 것들뿐이었다. 각자를 위한 진정한 천직이란 자기 자신에 도달하는 단 한 가지뿐이다. 그가 설령 시인이나 미치광이나 예언자나 심지어 범죄자로 일생을 끝낸다 해도 좋다. 그것은 문제가 되지 않을뿐더러, 그리 중대한 일은 아닌 것이다. 그의 가장 본질인 문제는 임의의 것이 아닌 자기 자신의 운명을 발견하는 데 있으며, 그 운명을 자신의 내부에서 송두리째, 그리고 온전하게 끝까지 지켜내는 일이다. 그 외의 모든 것은 일부일 뿐이며, 도피하려는 노력이고, 대중의 이상 속에 숨으려는 행위인 동시에 순응하고, 자기 자신의 마음에 대한 두려움이다. 무섭고 경건하게 그 새로운 생각이 내 머리를 스쳤다. 그것은 이미 몇 백 번이나 예감되어 왔고 이미 여러 차례 이야기된 적이 있었지만, 나는 이제야 비로소 확실하게 깨달을 수 있었다. 나는 자연의 실험체이다. 미지의 것, 어떤 새로운 것, 아마도 허무로부터의 도전일 것이었고, 이 도박으로 하여금 본연의 깊이에서 작용하게 하고 그 의지를 나의 내부에서 느끼고 송두리째 나의 것으로 만드는 것만이 나의 사명인 것이다.

나는 이미 숱한 고독감을 맛보았다. 이제 내 앞에는 보다 더 깊은 고독이 펼쳐져 있었고 거기서 벗어날 수는 없다는 것을 깨달았다.

나는 피스토리우스를 위로하려고 하지는 않았다. 우리는 여전히 친구였지만 우리의 관계는 달라져 있었다. 우리는 그 일에 관해서 단 한 번 다시 이야기를 했다. 어쩌면 그 말을 한 것은 피스토리우스뿐이었는지도 모르겠지만, 그는 말했다.

"나는 당신도 알다시피 목사가 되려는 소원을 갖고 있소. 나는 무엇보다도 우리가 그렇게도 많은 예감을 품고 있는 새로운 종교의 목사가 되고 싶은 거요. 하지만 나는 결코 그렇게 될 수는 없으리라는 걸 잘 알고 있소. 감히 입 밖에 내어 이야기한 적은 없었지만 이미 오래전부터 알고 있었던 거요. 나는 결국 다른 성직자로서 봉사를 하게 되겠지요. 오르간을 통해서나 혹은 다른 방법을 통해서 말이오. 그러나 나는 언제나 내가 아름답고 신성하다고 느끼는 무엇인가에 의해, 다시 말하면 오르간 연주의 비법, 상징과 신화

같은 것에 의해 둘러싸여 있지 않으면 안 되오. 나는 그것을 간절히 필요로 하고 그것에서 떨어지고 싶지 않소. 그것이 내 약점이지요. 왜냐하면 싱클레어, 나는 그러한 것을 원해서는 안 되고 그것은 사치이고 내 약점이라는 것을 느끼고 있으니까 말이오. 만약 내가 아주 단순하게 아무런 요구나 주장도 없이 운명에 자신을 맡긴다면 더 위대하고 더 정당하겠지요. 하지만 난 그럴 수가 없다오. 그것이야말로 내가 할 수 없는 유일한 일인 거요. 그것은 정말 어렵소. 그것은 이 세상에 단 하나 존재하는 정말로 어려운 일이오. 나는 때때로 그것을 꿈꾸기도 하지만 한 번도 그렇게 할 수는 없었소. 몸서리가 쳐지지요. 이렇듯 완전하게 벌거숭이가 되어 외롭게 서 있을 수만은 없소. 나도 별수없이 다소의 따뜻함과 먹을 것이 필요하고, 이따금씩은 자기 동료의 체온을 가까이에서 느끼고 싶어 하는 한 마리의 불쌍하고 연약한 개에 불과한 거요. 자신의 운명 이외에는 아무것도 원하지 않는 사람에게는 이미 동지란 없소. 그는 아주 고독하고, 주변에는 싸늘한 세계의 공간 밖에는 없는 거요. 겟세마네 동산에서의 그리스도가 그러했던 거요. 기꺼이 십자가에 못 박히는 순교자도 있었지만, 그들 역시 영웅은 아니었고 자유롭지도 못했소. 그들 역시 자기들에게 친밀하고 다정한 무언가를 원했고, 그들에겐 모범과 이상이 있었던 거요. 그저 운명만을 원하는 사람에게는 모범도 이상도 없는 거니까. 그들에겐 어떤 사랑도, 위안거리도 있을 수 없소. 그럼에도 불구하고 사람은 이런 길을 걷지 않으면 안 되오. 나나 당신과 같은 부류의 사람들은 진정으로 고독하긴 하지만 그래도 아직은 서로라는 관계를 지니고 있소. 우리들은 뭔가 남달리 반항하고 특이한 것을 추구하는 데서 남모르는 만족을 느끼긴 하지만 만약 제대로 그 길을 가고자 한다면 그것까지도 단념해야 하오. 또 우리는 혁명가도 이상가도 순교자도 되려고 해서는 안 되오. 그것은 생각할 수도 없는 일이요."

그렇다. 그것은 생각할 수도 없는 일이었다. 그러나 꿈꿀 수는 있었으며, 미리 짐작하고 예감할 수는 있는 일이었다. 몇 번인가 아주 조용한 시간에 나는 그것을 조금쯤은 느껴본 적이 있었다. 그런 때에 나는 내 자신의 내부를 들여다보고, 내 운명의 모습이 강하게 두 눈을 부릅뜨고 있는 것을 보기도 했다. 그 눈은 예지에 충만해 있기도, 미친 듯한 열기에 충혈되어 있기도, 애정에 빛나거나 깊은 악의에 차 있기도 했다. 그러나 모든 것이 다 마찬가지였다. 그 어떤 것도 사람이 마음대로 선택할 수 있는 것은 없었다. 무엇 하나 사람이 원한다고 해서 이루어질 수 있는 것도 없었다. 단지 자기 자신만을 원하고 자신의 운명만을 원할 수 있을 뿐이었다. 피스토리우스는 지도자로서 내가 이 길을 제법 멀리까지 나갈 수 있게 도움을 주었다.

그 시절, 나는 맹목적으로 사방을 헤매고 돌아다녔다. 마음속에선 언제나 폭풍이 몰아치고 있었고, 발걸음마다 위험에 차 있었다. 나는 이제까지 내가 걸어온 길이 모두 그속으로 사라지고 마는 아득한 심연이 내 앞에 펼쳐진 것 외엔 아무것도 볼 수가 없었다. 그리고 나는 마음속에서 데미안과 닮은 두 눈에 나의 운명이 깃들어 있는 자의 모습을 보았다.

나는 종이에 이렇게 썼다.

"지도자가 나를 버렸다. 나는 아주 캄캄한 어둠 속에 혼자 서 있다. 나는 혼자의 힘으로는 한 발짝도 걸어 나갈 수가 없다. 오, 나를 도와주오!"

나는 그 쪽지를 데미안에게 보내려고 했다. 그러나 결국 그만두기로 했다. 그렇게 하려고 할 때마다 어리석고 무의미한 일처럼 느껴졌기 때문이었다. 나는 그 짤막한 기도문을 외우고는 때때로 혼자 마음속으로 중얼거리곤 했다. 그 기도는 언제 어디서나 나를 따라다녔다. 기도의 의미가 무엇인지 알 수 있게 된 것이었다.

나의 학창 시절은 끝났다. 나는 아버지의 제안으로 휴가 여행을 떠나기로 했다. 여행이 끝나면 나는 대학에 가야 했는데, 어떤 학부로 갈지 정하지 못하고 있었다. 한 학기 동안 철학 공부를 할 수 있게 되었다. 나는 다른 어떤 학과일지라도 만족했을 것이다.

에바 부인

　방학 중 나는 몇 해 전에 데미안이 그의 어머니와 함께 살았던 집에 가보았다. 그곳에는 한 부인이 정원을 산책하고 있었다. 나는 그 부인에게 말을 건넸고, 이 집이 지금은 그 부인의 소유임을 알았다. 나는 부인에게 데미안의 가족에 대해서 물어보았다. 그 부인은 그들을 잘 기억하고 있었다. 하지만 지금 어디에 살고 있는지는 알지 못했다. 내가 그들에게 관심이 있다는 걸 알아차린 부인은 나를 집 안으로 데리고 들어가서 가죽 표지 앨범 한 권을 찾아와 데미안의 어머니 사진을 한 장 보여주었다. 나는 데미안의 어머니에 대한 기억이 거의 없었다. 그러나 그 조그마한 사진을 들여다보며 나는 심장의 고동이 정지한 듯한 충격을 받았다. 그것은 내 꿈의 모습이었다! 내 꿈속에 나오는 얼굴이 바로 그 여자의 얼굴이었던 것이다. 자기 아들을 닮은, 모성적인 표정과 엄격함과 깊은 정열을 지닌, 바로 그 키가 크고 거의 남자와도 같은 느낌을 주는 여자의 모습, 아름답고 매력적이며 친근하면서도 접근하기 힘든, 수호자인 동시에 어머니이며 운명인 동시에 애인인 바로 그 얼굴이었다. 그 얼굴이 바로 이 사진 속 여자의 모습이었던 것이다!

나의 꿈의 모습이 이 지상에 실재한다는 것을 알게 되자 경이로운 기적을 본 듯한 충격이 나를 엄습했다! 내 운명의 표정을 지닌 바로 그러한 모습의 여인이 있었던 것이다! 더욱이 그 여자는 데미안의 어머니였던 것이다.

그 여자는 지금 어디에 있는가? 그 후 나는 곧 여행을 떠났다. 이상한 여행이었다! 나는 마음 내키는 대로 끊임없이 이 여자를 찾아서 이곳저곳을 돌아다녔다. 이 여자를 생각나게 하고, 이 여자를 연상하게 만들고, 이 여자를 닮은, 마치 혼란한 꿈속에서처럼 나를 낯선 도시의 골목길로, 정거장으로, 열차 속으로 끌고 들어가는 모습을 만나는 그런 날이 있었다. 또한 이런 헤맴이 얼마나 쓸데없는 일인가를 느끼게 하는 날도 있었다. 그럴 때면 나는 어느 공원이나, 호텔의 정원, 역의 대합실에서 망연자실한 채로 앉아 있곤 했으며 나의 내부를 들여다보고 그 모습을 나의 마음속에서 소생시키려고 애썼다. 그러나 곧 그것은 부끄럽고 무의미한 짓이 되어 버렸다.

나는 제대로 깊이 잠들 수 없었고 다만 낯선 곳을 달리는 기차 속에서 십여 분쯤 눈을 붙이는 것이 고작이었다. 취리히에선가는 상당히 예쁘장했지만 다소 뻔뻔함을 지닌 여자가 나를 따라오기도 했다. 나는 그 여자를 거들떠보지도 않고 계속 걸어갔다. 다른 여자에게 한 시간이라도 관심을 보이느니 차라리 당장 죽는 편이 나을 것 같은 심정이었다.

나의 운명이 나를 끌어당기고 있으며, 그것이 실현될 날이 가까워졌음을 느꼈다. 그런데도 나는 그것을 스스로의 힘으로 어찌해볼 수 없다는 것에 대한 초조감으로 거의 미칠 지경이었다.

한번은 어느 정거장의—인스부르크라고 생각되는데—막 떠나는 기차의 창가에서 그 여자를 연상시키는 모습을 보고는 며칠간을 비참함에 빠졌다. 그러더니 불현듯 그 모습이 다시 꿈속에 나타나는 것이었다. 나는 이러한 여정이 얼마나 무의미한 일인지 깨닫고는 부끄럽고 처량한 심정이 되어 곧장 집으로 되돌아왔다.

　이삼 주일 후 나는 H대학에 입학했다. 그러나 만사가 다 나를 실망시켰다. 내가 수강한 철학사 강의는 공부하는 학생들의 태도와 마찬가지로 허무하고 기계적이었다. 모든 것이 너무나도 판에 박은 듯이 일정했고, 서로들 똑같이 행동하고 소년티를 못 벗은 얼굴에 나타나는 과장된 즐거움은 너무나 공허하여 어디선가 구입한 완제품들처럼 보였다. 그러나 나는 자유로웠다. 온종일을 나만을 위해서 교외의 낡은 집에서 조용하고 안락하게 지냈다. 내 책상 위에는 니체의 낡은 책이 몇 권 놓여 있었다. 그와 더불어 살고 그의 영혼의 고독을 느끼며 그를 쉴 새 없이 몰아낸 숙명을 느끼며 그와 더불어 괴로워했다. 그럼에도 불구하고 그렇게 엄격하게 자신의 길을 걸어간 사람이 있었다는 사실에 기뻐했다.

어느 날 저녁이 늦도록 나는 가을바람이 부는 시내를 건들거리며 다녔다. 어느 음식점에서 대학생들이 단체로 부르는 노랫소리가 들려왔다. 열린 창문을 통해서는 담배 연기가 자욱이 뿜어져 나오고 있었고, 노랫소리는 세찬 파도처럼 흘러 넘쳤지만 조금도 흥겹지 않았고 생기없이 단조로웠다.

나는 거리 모퉁이에 서서 그 소리에 귀를 기울였는데, 두 곳의 학생 주점에서는 면밀하게 훈련된 청춘의 쾌활함이 하늘로 퍼져 오르고 있었다. 어디를 가도 집단 모임이 있고, 어디를 가도 운명의 발산과 군중 속으로의 도피가 있었다!

그때 내 뒤에서 두 남자가 천천히 지나갔다. 나는 그들 대화의 한 토막을 들을 수 있었다.

"흑인 마을 청년들의 집과 똑같지 않소?"

한 사람이 물었다.

"모든 것이 똑같군요. 문신까지도 아직 유행이랍니다. 보십시오. 이것이 신 유럽의 모습입니다."

그 음성이 내게는 이상스럽게도 경고하는 것처럼 귀에 익숙했다. 나는 어두운 골목길에서 그 두 사람을 따라갔다. 한 명은 자그마하고 세련되어 보이는 일본인이었는데, 나는 가로등 아래에서 그의 다소 검은 얼굴이 미소를 띠고 빛나는 것을 보았다.

그때 다른 남자가 다시 말을 했다.

"그런데 당신네 일본에서도 역시 사정이 더 좋지는 않을 겁니다. 집단을 따르지 않는 사람은 어디를 가도 드문 법이니까요. 여기에도 간혹 그런 사람이 있긴 합니다만."

말 한 마디 한 마디가 가슴 벅찬 놀라움으로 내게 와닿았다. 나는 이야기를 하는 그 사람을 알고 있었다. 그는 바로 데미안이었다.

바람이 부는 밤에 나는 어두운 골목길에서 그와 일본인을 뒤따라가면서 그들의 대화에 귀를 기울였고 데미안의 목소리가 울리는 것을 즐겁게 들었다. 옛날의 음색을 그대로 지니고 있었다. 그 음성은 옛날의 아름다운 안정감과 침착함을 지니고 있었으며, 나를 압도하는 옛날의 힘을 그대로 갖고 있었다. 이제 모든 것이 되었다. 나는 그를 발견한 것이다.

교외의 거리 모퉁이에서 그 일본인은 데미안에게 작별을 고하고 어느 집의 현관문을 열었다. 데미안은 그 길을 되돌아 나왔는데 나는 거리의 한복판에 멈춰 서서 그를 기다리고 있었다. 두근거리는 심정으로 나는 그가 단정하고도 탄력 있는 걸음걸이로 나를 향해서 걸어오는 것을 보았다. 그는 갈색 비옷을 입고 가느다란 짧은 지팡이를 팔에 걸치고 있었다. 그는 발걸음을 전혀 흩뜨리지 않고 내 앞까지 와서 모자를 벗고 결단성 있는 입과 이마 위에 독특한 밝음을 지닌 옛날의 환한 얼굴을 나에게 보여주었다.

"데미안!"

나는 불렀다.

그는 나에게 손을 내밀었다.

"자네였군, 싱클레어! 나는 너를 기다리고 있었어."

"내가 이곳에 있다는 걸 알고 있었나?"

"그걸 알고 있었던 건 아니지만, 그렇게 되기를 줄곧 바라고 있었다네. 자네를 오늘 저녁에 처음 만났지만, 너는 저녁 내내 우리를 뒤쫓아왔었지 않나."

"그럼 나를 금방 알아봤다는 말이야?"

"물론이야. 자네는 확실히 변했어. 하지만 분명히 표적을 달고 있지 않은가!"

"표적이라니, 무슨 표적?"

"자네가 기억할 수 있는지 모르겠지만, 우리는 옛날에 그것을 카인의 표적이라고 불렀지. 그것이 우리들의 표적이야. 너는 언제나 그것을 지니고 있었다네. 그래서 나는 자네의 친구가 된 거야. 지금은 더욱 뚜렷하게 되었군."

"나는 몰랐어. 아니 애당초 알고 있었는지도 모르지. 언젠가 내가 당신의 초상을 그린 적이 있었어. 데미안, 그런데 나는 그 초상이 나와도 닮았다는 사실에 놀랐었지. 그것이 바로 표적이었을까?"

"그것이 표적이지. 네가 여기에 와서 기쁘다! 어머니도 기뻐하실 거야."

나는 깜짝 놀랐다.

"형의 어머니? 어머니도 여기 계신가? 하지만 나를 전혀 모르시지 않나?"

"아니야, 어머니는 자네에 대해 잘 알고 계신다네. 자네

257

가 누구라고 소개하지 않아도 어머니는 아마 자네를 알아 보실 거야. 자네는 오랫동안 아무런 소식이 없더군."

"물론 이따금 편지를 쓰려고 마음먹기도 했지만 그렇게 되지 않더군. 나는 얼마 전부터 곧 자네를 만날 수 있으리 라고 느꼈어. 난 매일같이 오늘 같은 날을 기다리고 있었던 거야."

그는 내 팔을 끼고 걸어갔다. 고요함이 그에게서 나와 나 의 내부로 옮겨왔다. 우리는 곧 옛날처럼 지껄이기 시작했 다. 우리는 학창 시절과 견신례 수업과 또 그 당시 방학 때 있었던 그 불행했던 만남을 회상했다. 단지 우리들의 사이 를 밀접하게 연결해준 그 사건만은, 프란츠 크로머에 대해 서만은 이번에도 말하지 않았다.

뜻밖에도 우리는 기이하고도 흥미로운 예감으로 가득 찬 이야기의 중심으로 빠져들게 되었다. 우리는 데미안과 일본인이 나누었던 대화를 상기하며, 대학 생활에 관한 이 야기를 나누었다. 데미안의 말에 의하면 그것들은 밀접한 연관성을 가지고 있었다.

그는 유럽의 정신과 현시대의 특징에 관해 이야기했다.

그는 어디를 가도 단합과 집단행동만이 지배하고 있을 뿐 자유와 사랑이 지배하고 있는 곳은 없다고 말했다. 학생 단체와 합창단에서 국가에 이르기까지 이 모든 공동체는 강제적으로 결속되었으며, 불안과 도피와 절망감에서 나온 공동체이며, 내부는 썩고 낡아 곧 붕괴되고 말 거라는 것이었다.

"연대란……."

데미안이 말했다.

"좋은 것이기는 하지만, 우리가 가는 곳마다 보이는 이러한 기계적인 모임은 진정한 연대라고 할 수 없네. 그것은 개인과 개인이 서로를 알게 됨으로써 새롭게 탄생된다고 할 수 있는데 그것을 통해 세계는 한동안 변화를 지속하게 될 거야. 인간들은 도망치고 있는 거야. 서로가 두려움을 갖고 있기 때문에 서로의 품으로 도망쳐 버리고 마는 거야, 즉 신사는 신사끼리, 노동자는 노동자끼리, 학자는 학자끼리 말이야! 그런데 왜 그들은 두려워하는 것일까? 사람은 흔히들 자기 자신과 일치하지 않을 때 두려움을 느끼지. 그들은 결코 자기 자신을 알지 못했기 때문에 두려움을 느끼는 거야. 내부의 알지 못하는 것에 두려움을 품은 자들만의 공동체라니! 그들은 모두 자신의 인생 법칙이 더 이상 오늘날을 살아가는 데 적합하지 않다는 것과 자기들이 좋아서 살아가고 있는 것이 로마 시대의 동판법과 같은 낡은 방식이라는 것과, 그들의 종교, 그들의 도덕, 이 어느 것 하나 우리가 필요로 하는 것에 맞지 않다는 사실을 느끼고 있는 거야. 유럽은 수백 년간, 아니 그 이상의 시간 동안 그저 연구만 하고 공장만 세우고 있었거든! 한 사람을 죽이기 위해서 몇 그램의 화약이 필요한지는 정확히 알고 있지만 신에게 기도를 드릴 줄도, 한 시간만이라도 즐겁게 보낼 수 있는 지조차도 모르고 있는 거야. 학생 주점 같은 곳을 한번 들여다보게! 혹은 부자들이 드나드는 오락장이라도! 절망적이야! 싱클레어, 어디에도 진정한 명랑함이란 없어. 그렇듯 불안에 가득 차서 모여든 사람들은 더욱 겁을 먹고 악의에 차서 아무도 남을 믿으려 들지 않는 거야. 그들은 이상에 도달하지 못하는 허울뿐인 무언가에 집착해서 새로운 이상을 세우는 모든 사람에게 돌멩이를 던져대는 거야. 아마도 싸움이 시작되리라는 것을 느껴. 그것이 올 거야. 머지않아 틀림없이 올 거야! 물론 그것이 세계를 '개선'하지는 못하겠지. 노동자가 공장주를 때려죽이거나 러시아와 독일이 서로 총질을 한다 해도 단지 소유주만 바뀔 뿐이겠지. 그러나 그렇다고 해서 그 모든 게 헛된 일이라는 건 아냐. 오늘날의 이상이 무가치하다는 것을 증명해줄 것이고, 석기 시대의 신들을 제거해줄 테니까. 지금의 이 세계는 바야흐로 죽어가고 있는 거야. 이 세계는 멸망하고 있으며 또 멸망하고 말 거야."

"그럼 그땐 우리는 어떻게 될까?"

내가 물었다.

"우리? 아, 어쩌면 우리도 함께 사라져 버릴지도 모르지. 우리와 같은 자들도 맞아 죽을 가능성이 있어. 그러나 우리는 단지 그런 식으로 끝나지는 않을 거야. 우리들에게서 남겨진 것이나 우리들 가운데서 살아남은 자의 주위로 미래의 의지가 결집될 거야. 유럽이 얼마 동안 기술과 과학이라는 시장으로 떠들썩하게 눌러 덮었던 인간성의 의지가 결국엔 나타나게 되겠지. 그렇게 되면 인간성의 의지란 결코 국가나 민족, 단체나 교회 같은 오늘날의 공동체와 같지 않다는 것이 확연하게 드러날 거야. 자연이 인간에게 원하는 바는 오히려 각 개인의 마음속에, 자네나 나의 마음속에 새겨져 있어. 그것은 그리스도의 마음속에도 적혀 있었고, 니체의 마음속에도 적혀 있었지. 이 중요한 흐름을 위해서는, 물론 그것은 매일 다르게 보일 수도 있는 것이지만, 오늘날의 공동체들이 붕괴되어 버릴 때 나타날 여지가 생길 거야."

우리는 꽤 늦은 시각이 되어서야 시냇가에 있는 어떤 정원 앞에서 멈춰 섰다.

"우리는 여기서 살고 있다네."

데미안이 말했다.

"가까운 시일 안에 한번 방문해줘. 자네를 기다리고 있겠네."

기쁜 마음으로 나는 차가워진 밤공기 속에서 먼 귀로를 재촉했다. 시내의 여기저기에서 집으로 돌아가는 대학생들이 소란을 피우며 비틀거리고 있었다. 나는 한껏 즐거움을 나타내는 그들의 익살스러운 행동과 나의 고독한 생활 사이에서 소외감과 때로는 조소에 가까운 대립감을 느끼곤 했었다. 그러나 지금까지 한 번도 오늘 같은 침착성과 비밀스러운 힘으로 그것이 나와 얼마나 사소한 관계인지를, 내게 있어서 그 세계가 이미 얼마나 멀리 사라져 버렸는지를 느낀 적은 없었다. 나는 내 고향의 관리들, 늙고 신분 높은 신사 들을 떠올렸다. 그들은 마치 행복한 낙원의 추억처럼 음주로 허송세월을 보낸 그들의 대학 시절에 대한 추억에 집착했고, 마치 시인이나 낭만주의자들이 그들의 유년 시절에 바치는 것과 비슷하게 이제는 사라져 버린 그들의 대학 시절의 '자유'를 예배하곤 했다. 어디서나 똑같았다! 어디서나 그들은 자기 자신의 책임을 상기하게 되고, 자기 자신의 길을 가도록 요구받을지도 모른다는 불안 때문에 자신의 과거 시절 어느 곳에서의 '자유'를 찾고 '행복'을 찾는 것이었다. 사람들은 이삼 년간 폭음을 하고 환성이나 지르다가 기어들어와서는 관청의 근엄한 관리가 되는 것이었다. 그리고 대학생들의 이런 바보 같은 짓은 그 밖의 수백 가지 나쁜 일보다는 좀 더 영리하고 질이 좋은 편에 속하는 것이긴 했다.

그러나 멀리 떨어진 숙소에 도착해서 잠자리에 들었을 때 이 모든 생각은 깡그리 사라져 버렸다. 나의 온 정신은 오늘이 나에게 가져다준 한 가지 약속에 목을 늘이고 매달려 있었던 것이다. 내가 원하기만 한다면 나는 내일이라도 당장 데미안의 어머니를 만날 수 있는 것이다. 대학생들이 술을 퍼마시건 얼굴에 문신을 하건, 이 세상이 모조리 썩어 그 몰락을 기다리든 말든 간에, 그것이 나와 무슨 상관이 있단 말인가! 나는 단 한 가지, 나의 운명이 새로운 모습으로 나를 맞이하길 기다릴 뿐이었다.

나는 다음 날 아침 늦게까지 곤하게 잤다. 유년 시절의 성탄절 축제 이후로 전혀 경험해보지 못한 새로운 날이 나에게는 엄숙한 축제날처럼 시작되고 있었다. 나는 내심 불안했지만 그렇다고 두려워한 것은 아니었다. 나는 내게 있어서 매우 중요한 날이 시작되고 있음을 느꼈고, 주위의 세계가 변화하고 엄숙하게 깊은 관계를 가지고 기다리고 있음을 볼 수 있었고 또 느낄 수 있었다. 부슬부슬 내리는 가을비조차 아름답고 고요했으며 즐거운 음악으로 가득 차 있는 축제일의 분위기를 한층 더 고조시키고 있었다. 생전 처음으로 외부의 세계가 나의 내부의 세계와 순수하게 일치된 음향을 울리고 있었다. 영혼의 축제일이 다가왔으며,

살아가는 보람을 느끼게 될 것이었다. 어떤 집도 어떤 진열장도 골목의 어떤 얼굴도 나를 방해하지는 못했다. 모든 것은 당연히 그렇게 있어야 하는 것처럼 있을 뿐이었지만, 바로 얼마 전까지 눈에 익은 공허한 모습이 아니라 기대에 차 있는 자연의 모습, 바로 그것이었으며 경건하게 운명을 맞아들일 준비를 하고 서 있는 것이었다.

내가 아직 어렸을 때는 성탄절이나 부활절 같은 큰 축일의 아침에 나는 그런 세계를 보곤 했다. 세계가 아직도 이렇게 아름다울 수 있다는 사실을 나는 미처 모르고 있었다. 나의 내부 속에 들어가서 사는 일이나 외부의 것에 대한 의미는 내게서 멀어져 버렸다. 눈부신 빛의 상실은 유년 시절의 상실과 불가분의 관계를 지니고 있는 것이고, 따라서 사람은 어느 정도 영혼의 자유와 성숙을 위해 이 사랑스러운 빛을 포기하지 않으면 안 된다고 체념하는 데 익숙해져 있었다. 하지만 이제 나는 이 모든 것이 단지 파묻히고 어둠에 싸인 것처럼 보일 뿐이라는 것과, 자유로운 사람이나 유년 시절의 행복을 포기한 사람일지라도 이 세계가 빛나는 것을 볼 수 있으며 소년다운 관찰의 내적인 전율을 맛볼 수 있다는 것을 황홀하게 느꼈다.

그날 밤 나는 막스 데미안과 작별을 고했던 교외의 정원을 다시 보게 되었다. 높다랗고 비에 젖어 잿빛으로 보이는 나무들 뒤에 가려진 채, 밝은 빛을 머금은 조그마한 집이 서 있었다. 커다란 유리 벽 뒤에는 꽃이 핀 높다란 관목들이 있었고 빛나는 유리창 저쪽에는 그림과 책이 줄지어 있는 컴컴한 방의 벽이 있었다. 현관은 곧장 난방이 잘된 작은 거실과 통해져 있었는데, 까만 옷차림에 흰 앞치마를 두른 말 없는 늙은 가정부가 나를 안내해주며 내 외투를 받아 걸었다.

그 여자는 나를 거실 안에 혼자 남겨두었다. 나는 사방을 둘러보며 내가 곧장 내 꿈의 한복판에 들어와 있음을 알았다. 문 위쪽의 까만 나무 벽 위에는 내가 잘 알고 있는 그림이 들어 있었다. 그것은 지구의 껍질을 깨고 날아오르려고 하는 황금빛 매의 머리를 가진 나의 새였다. 나는 몹시 감동되어 그 자리에 멍하니 서 있었다. 마치 이 순간 내가 이제껏 행하고 경험했던 모든 일이 해답과 실현으로 내게 돌아오는 것처럼 기쁘면서도, 동시에 슬픈 마음이 들기도 했

266

다. 번갯불처럼 빠른 속도로 수많은 형상이 나의 영혼을 스쳐 지나가는 것을 나는 보았다.—현관문의 아치 위에 돌로 된 문장이 달려 있었던 고향의 집, 그 문장을 그리던 소년 데미안, 두려움에 떨며 크로머의 속박에 얽매여 있던 어린 소년, 조용한 기숙사의 한구석에서 동경의 새를 그리며 영혼이 제 스스로의 그물에 뒤얽혀 있던 청년, 바로 나 자신.—이 모든 것, 이 순간까지의 그 모든 것이 나의 내부에서 다시 긍정적으로 시인되고 확인되었다.

촉촉이 젖어드는 눈으로 나는 나의 그림을 바라보며 나 자신의 마음을 읽고 있었다. 그때 나는 눈길을 내려뜨렸다. 새의 그림 아래 열려진 문 앞에 까만 옷을 입은 키가 큰 부인이 서 있었다. 바로 그 사람이었다.

나는 한 마디도 할 수가 없었다. 그 여자의 아들을 닮은, 시간과 나이를 초월한, 활기와 의지에 넘치는, 아름답고 품위 있는 부인이 나를 향해 정답게 미소를 보내고 있었다. 그 여자의 눈길은 충족이었고 그 여자의 인사는 귀향을 의미했다. 나는 아무 말 없이 그녀에게 두 손을 뻗었다. 그녀는 힘 있고도 따스한 두 손으로 내 손을 잡아주었다.

"당신이 싱클레어지요? 나는 당장에 당신을 알아보았어요. 잘 오셨습니다!"

그녀의 음성은 낮고 따스했고 나는 감미로운 포도주를 마시는 것처럼 그 음성을 들이켰다. 그러고는 시선을 들어 그녀의 고요한 얼굴과 검고 깊이를 알 수 없는 두 눈을 들여다보고, 신선하고 성숙한 입술과 표적을 달고 있는 넓고 기품 있는 이마를 바라보았다.

"얼마나 기쁜지 모르겠습니다!"

이렇게 말하면서 나는 그녀의 두 손에 입을 맞추었다.

"저는 한평생 길 위에서 헤매다가 이제야 집에 돌아온 것입니다."

그녀는 어머니 같은 미소를 지었다.

"아무도 집으로 돌아갈 수는 없어요."

그녀는 아주 다정스럽게 말했다.

"그러나 친밀한 두 길이 나란히 뻗어 있을 때는 온 세계가 잠시 동안 고향처럼 느껴지게 되지요."

그녀는 이곳을 찾아오는 동안 내가 느꼈던 것을 말하고 있었다. 음성이나 이야기하는 태도가 아들과 매우 비슷했다. 그러나 어찌 보면 전혀 딴판이기도 했다. 모든 것이 한결 성숙하게 느껴졌고 더 따스했으며 더 분명하게 느껴졌다. 옛날, 데미안이 그 누구에게도 소년처럼 보이지 않았듯이 그의 어머니도 다 큰 아들이 있는 어머니처럼 보이지 않았다. 얼굴과 머리칼 위에 감도는 숨결은 젊고 감미로웠으며 황금빛의 살결은 생기가 있었다. 주름살이라고는 없었고 그 입은 마치 꽃처럼 피어 있었다. 내가 꿈속에서 본 것보다 훨씬 더 위풍 있는 모습으로 내 앞에 서 있었다. 그녀 가까이에 있는 것은 사랑의 행복이었고, 그녀로부터 전해지는 따뜻한 시선은 벅찬 충족감을 안겨주었다.

이것이 나의 숙명이 내게 모습을 보여준 새로운 영상이었다. 이제 더 이상 엄격하거나 고독하지도 않았으며, 오히려 성숙했고 기쁨에 넘쳐 있었다! 나는 새삼스레 결심할 필요도 없었고 아무것도 바라지 않았다. 나는 목적지에 도달한 것이며, 그곳보다 더 앞으로 나아가는 길이 바로 가까이에, 행복의 나뭇가지에 그림자처럼 어려 있었으며, 온갖 열락의 정원에 의해 약속되어진 나라를 향해 길게 뻗어져 멀고도 장한 모습을 드러내 보이는 길의 높은 지점에

도달한 것이었다. 나의 앞날이 어떤 식으로 펼쳐진다 하더라도 지금 여기에서 이 부인을 만나 그녀의 음성을 음미하며 그녀 가까이에서 숨 쉴 수 있다는 것만으로도 나는 행복했다. 그녀가 내게 어머니나 애인이 된다 하더라도, 그녀가 단지 여기에 있다는 것만으로도 충분한 것이었다. 나의 길이 그녀의 길 가까이에 있다는 것만으로도 나는 좋았다.

그녀는 내가 그린 매 그림을 가리켰다.

"당신이 이 그림을 보내왔을 때처럼 데미안을 기쁘게 한 적은 없었어요."

그녀는 생각에 잠기며 말했다.

"내게도 물론 그랬지요. 우리는 당신을 기다렸어요. 이 그림을 받았을 때 우리는 당신이 우리들에게로 오고 있다는 것을 알았지요. 싱클레어! 당신이 아직 조그만 소년이었을 때 말이에요. 하루는 데미안이 학교에서 돌아와 말 하더군요. '이마에 표적이 있는 애가 있어요. 그는 틀림없이 내 친구가 될 거예요.'라고 말이죠. 그 애가 바로 당신이었어요. 그러나 당신은 쉽지가 않았을 거예요. 하지만 우리는 언제나 당신을 믿고 있었답니다. 언젠가 한번 당신이 방학을 맞아 집으로 돌아왔을 때 데미안과 만난 적이 있었지요. 당신이 아마 열여섯 살쯤이였을 거예요. 데미안이 그 일을 이야기해주더군요." 나는 말을 가로막았다.

"오, 맙소사. 그때의 이야기를 해주었다고요? 그때가 저에겐 가장 비참했던 시절이었어요."

"알아요. 데미안은 내게 당신이 지금 가장 큰 어려움에 직면해 있다고 하더군요. 그는 또다시 공동체 속으로 도망가려고 애쓰고 있으며 심지어는 술집의 단골손님이 되어 있기까지 하더라고 말해주었어요. 그러나 뜻대로 되지는 않을 거라고 했지요. 그의 표적이 지금은 숨겨져 있지만 아무도 모르게 그의 내부를 불태우고 있을 테니까 그럴 수밖에 없다고요. 그렇지 않았었나요?"

"네, 맞아요. 정말 그랬습니다. 그 후 저는 베아트리체를 발견했고 마침내는 지도자가 한 명 나타나 저를 도와주었지요. 피스토리우스라는 사람이었어요. 그제야 비로소 저는 소년 시절에 왜 그렇게 데미안에게 결부되었어야 했던가, 왜 그에게서 벗어날 수 없었던가를 분명하게 알게 되었

지요. 부인, 아니 어머니, 저는 그 당시 때때로 자살을 하지
않을 수 없다고까지 생각했답니다. 그 길은 누구에게나 그
렇게 어려운 것인가요?"

그녀는 손으로 내 머리를 바람처럼 가볍게 쓰다듬어주
었다.

"태어나는 것은 언제나 어려운 일이지요. 새도 알을 깨고
나오려면 온 힘을 다해 애써야 한다는 걸 당신도 잘 알잖아
요. 돌이켜 생각해보고 자신에게 한번 물어보세요. 대체 그
길이 그렇게도 어려웠던가? 그저 어렵기만 했던가? 그러나
역시 아름답지 않았는가? 하고 말이에요. 당신은 보다 더
아름답고도 쉬운 길을 알고 있었던가요?"

나는 고개를 가로저었다.

"어려웠어요."

나는 꿈을 꾸는 것 같은 말투로 말했다.

"꿈이 내게로 오기까지는 정말 어려웠어요."

그녀는 머리를 끄덕이면서 나를 뚫어지게 응시했다.

"그래요. 사람은 누구나 자신의 꿈을 발견해야 해요. 그
러면 길은 한층 쉬워지지요. 하지만 영원히 계속되는 꿈이

란 없어요. 또다시 새로운 꿈이 나타나게 되는 거지요. 어떤
꿈에도 집착해서는 안 돼요."

나는 매우 놀랐다. 그것은 벌써 일종의 경고였을까? 아
니면 방어였을까? 그러나 결국은 마찬가지였다. 나는 이미
그녀에 의해 인도를 받으며 목적지에 대해서는 묻지 않으
려는 각오가 되어 있었기 때문이었다.

"저는 잘 모르겠군요."

나는 말했다.

"제 꿈이 얼마나 오랫동안 계속될지는 알 수 없어요. 저
는 다만 그 꿈이 영원하기를 바라고 있어요. 새의 그림 아
래에서 저의 운명은 마치 어머니처럼, 어쩌면 애인처럼 저
를 맞이해주었어요. 저는 그 운명에 속해 있으며, 그 밖의
어느 것에도 속해 있지 않습니다."

"그 꿈이 당신의 운명인 한 당신은 그것에 대해 언제나
충실해야겠지요."

그녀는 엄숙한 어조로 내 말을 보충해주었다.

비애가, 그리고 이 행복한 순간 속에 그대로 죽고 싶은
열렬한 소원이 나를 사로잡았다. 눈물이—얼마나 오랫동안

나는 울지 않았던가!—억누를 수 없이 흘러나와 나를 압도하고 있었다. 나는 성급히 그녀에게서 얼굴을 돌려 창가로 걸어가서는 눈물에 흐려져 보이지 않는 눈으로 화분의 꽃 너머를 바라보았다.

등 뒤에서 그녀의 목소리가 들려왔다. 그 목소리는 침착했지만 가장자리까지 가득 차 있었다.

"싱클레어, 당신은 아직 어린애로군요! 물론 당신의 운명은 당신을 사랑하고 있어요. 만일 당신이 변함없이 충실하다면 당신이 바라는 것처럼 언젠가는 완전히 당신 것이 될 거예요."

나는 간신히 자신을 억제한 뒤 다시 그녀쪽으로 얼굴을 돌렸다. 그녀는 내게 손을 내밀었다.

"내겐 두서너 명의 친구가 있어요."

그녀는 미소를 띠면서 말했다.

"몇 되지 않지만 지극히 가까운 사람들이랍니다. 그들은 나를 에바 부인이라고 부르지요. 당신도 원한다면 그렇게 불러주세요."

그녀는 나를 문가로 데리고 가서 문을 열고 정원을 가

274

리켰다.

"바깥으로 나가면 데미안이 있을 거예요."

높다란 나무 아래에서 나는 충격에 휩싸인 채 멍하니 서 있었다. 나는 그 어느 때보다도 혼란스러운 듯, 스스로 눈을 뜨고 있는 것인지, 꿈을 꾸고 있는 것인지 분간할 수가 없었다. 빗방울이 나뭇가지에서 방울져 떨어져 내렸다. 나는 천천히 강기슭을 따라 멀리까지 뻗어 있는 정원으로 걸어 갔다. 마침내 데미안을 발견했다. 그는 웃옷을 벗은 채 정원의 정자 안에 매달아놓은 모래주머니 앞에서 권투 연습을 하고 있었다.

나는 깜짝 놀라 발을 멈추었다. 데미안은 아주 멋있어 보였다. 널따란 가슴, 야무지고 남성적인 머리, 긴장된 근육으로 치켜든 두 팔은 강하고 단단해 보였고 근육의 움직임과 파문이 이는 샘물처럼 허리와 어깨와 팔의 관절을 휘감고 있었다.

"데미안!"

나는 그를 불렀다.

"거기에서 뭘 하고 있어?"

그는 유쾌하게 웃었다.

"연습을 하고 있어. 그 작은 일본인하고 씨름을 하기로
했거든. 그 사람은 고양이처럼 날쌔고 빈틈이 없단 말이야.
그러나 나를 그렇게 맘대로 다루지는 못할 거야. 그에게 갚
아야 할 아주 사소한 굴욕적인 일이 있었지."

그는 셔츠와 웃옷을 걸쳤다.

"벌써 우리 어머니를 만나봤어?"

그가 물었다.

"그래 데미안, 형의 어머니는 정말 근사한 분이시더군!
에바 부인! 정말 그분에게 어울리는 이름이야. 모든 존재의
어머니 같단 말이야."

그는 잠시 생각에 잠긴 표정으로 나의 얼굴을 들여다보
았다.

"벌써 그 이름을 알았단 말인가. 이봐, 그렇다면 자네는
자랑할 만하네. 어머니가 초면에 이름을 가르쳐준 것은 자
네가 처음이야."

이날부터 나는 그 집에 아들이나 형제처럼 드나들었고
어떤 때는 사랑하는 사람처럼 방문하기도 했다. 현관을 들

어서며 내 뒤에서 문이 닫히는 소리를 들을 때면, 아니, 멀리서 정원의 키 큰 나무들이 나타나기만 해도 나는 흡족하고 행복한 마음이 되었다. 바깥에는 '현실'이 있었는데 현실 속에는 거리와 집, 사람과 시설, 도서관과 강의실들이 있었다. 그런데 이곳에는 사랑과 영혼이 있었고 전설과 꿈이 살아 숨쉬고 있었던 것이다. 우리는 단지 다른 영역에 속해 있을 뿐이었고, 다수의 사람들에게 경계선을 그어 구분지으려는 것은 아니라, 단지 사물을 보는 방식의 차이에 따라 분리되어 있을 뿐이었다. 우리의 사명은 이 세계에 한 개의 섬을 보여주는 일이었다.

그것은 하나의 이상에 불과할지는 모르지만 하여간 살아가는 방식 가운데 하나의 가능성을 보여주는 일임은 틀림없었다. 오랫동안 고립되어 있었던 나는 단지 완전한 고독을 맛본 사람들 사이에서만 가능한 공동체를 알게 되었다. 나는 결단코 행복한 사람들의 식탁이나 흥겨워하는 사람들의 축제로 되돌아가기를 바라지 않았고, 다른 사람들의 공동체를 보더라도 부러워하거나 향수를 느끼지 않았다. 그리하여 나는 차츰 '표적'을 단 사람들의 내밀한 냉정에 동조하게 되었다.

표적을 지니고 있는 우리들은 세상 사람들로부터 이상스럽다든지, 심지어는 미쳤다든가, 위험스럽다고 여겨지고 있을지도 모르는 일이었다. 우리는 깨달은 자 혹은 깨닫고 있는 자들이었고 우리의 노력은 갈수록 완전해지는 깨달음을 위해 집중되었다. 그 반면 다른 사람들의 노력과 행복에 대한 탐구는 그들의 의견이나, 이상과 의무, 생활과 행복의 기준을 집단으로서 더욱 밀착시키려고 애쓰는 데 있었다. 물론 그곳에도 노력이 있었고 힘과 위대함도 있었다. 그러나 우리들이 보기에는 우리들 표적을 지닌 자들은 새로운 것, 고립된 것, 미래의 것을 지향하는 자연의 의지를 제시하고 있는 데 반해, 그들은 다만 완고한 고집의 의지를 견지하고 있었다. 그들에게 인류란—우리들과 마찬가지로 그들 역시 사랑해 마지않는 인류란—유지되고 보호받아야 할 완성된 그 무엇이었다.

우리들에게 있어서 인류란 우리 모두가 그것을 향한 과정에 있는 것이고 어느 누구도, 그 모습을 아는 사람은 없으며, 어디에도 그 법칙이 적혀 있지 않은 그런 아득한 미래였다.

　에바 부인과 데미안과 나를 제외하고도 그 밖의 여러 부류의 탐구자들이 가깝거나 멀거나 간에 우리들의 범주에 속해 있었다. 그들의 대부분은 특이한 길을 걸어가며 개별적인 목적을 지향하는 색다른 의견과 의무에 집착해 있었다. 점성술가와 카발라 교도나 톨스토이의 신봉자들이 있는가 하면 여러 부류의 섬세하고 수줍고 마음이 여린 사람들과, 새로운 교파의 신봉자들, 인도적인 구도의 수도자들과 채식주의자들과 그 밖의 사람들이 있었다. 이 모든 사람들과 우리는 각자의 비밀스런 삶의 꿈에 대해 경의를 갖고 있다는 점에서는 정신적으로나 실제적인 일에 있어서 공통점을 갖고 있지 않았다.

　그들 중에서도 과거 속에서 신과 새로운 구원의 영상에 관한 인류의 흔적을 찾아내는 이들이 있었고 때로는 피스토리우스를 연상시키는 연구를 하는 사람들도 있었다. 그들은 우리와 가까운 거리에 있었다. 그들은 책들을 가져와서 고대 언어로 된 원서를 번역해주었고, 고대의 상징물이나 의식의 도해를 보여주기도 하면서 이제까지 인간이 소유했던 이상이란 결국 모두가 무의식적인 영혼의 꿈과 손으로 더듬어가면서 그 속에서 미래에 대한 가능성의 예감을 추구하고자 한 꿈으로 이루어져 있음을 깨닫게 해주었다.

이렇게 해서 우리는 고대 세계의 그 이상스러운 천 개의 머리를 가진 신들의 무리에서부터 기독교적인 개종의 여명에 이르기까지 섭렵할 수 있었다. 우리는 종교가 고독하고 경건한 사람들의 고해에서 민족과 민족으로 옮겨간 종교의 변천을 잘 알게 되었다. 그리고 우리는 우리가 수집한 모든 자료에서 우리들의 시대에 비평적인 인식을 갖게 되었고, 방대한 노력으로 강력하고도 우수한 무기를 만들어낼 수는 있게 되었다. 정신이 극도로 황폐해져 가고 있는 현대 유럽에 대한 비판이 생겨나게 된 것이다. 유럽은 온 세계를 얻었지만 결국은 그것으로 인해 자신의 영혼을 잃어버리게 될 것이다.

여기에도 물론 약간의 희망과 구제론을 신봉하는 자들이 있었다. 유럽을 개종시키려는 불교 신자들이 있는가 하면 톨스토이 신봉자와 그 밖의 여러 종파의 추종자들이 있었다. 우리들은 이들의 의견에 귀를 기울이기는 했지만, 이들 교의들의 어느 것도 상징 이외의 다른 것으로 받아들이지는 않았다. 우리의 표적을 지닌 자들에겐 미래의 형성에 아무런 염려도 책임 지워져 있지 않았다. 우리들에게 있어서 모든 교파와 모든 구제론은 이미 오래전에 죽어 버려 쓸모 없는 것으로 여겨졌다. 우리가 유일하게 의무로 또한 운명으로 느꼈던 것은 다만 각자 완전히 자기 자신이 되고 완전히 자기의 내부에서 작용하는 자연의 의지에 뒤따르며 불확실한 미래가 초래하게 될지도 모르는 온갖 일들에 대해서 스스로 준비를 갖추고 있음을 느끼도록, 순수하게 살아간다는 것뿐이다.

새로운 탄생과 현대의 붕괴가 가까이 와 있었고 그것을 이미 느끼고 있게 되었다는 것은 말로 표현하든 하지 않든 우리들 모두의 마음속에서는 분명한 일이었다. 데미안은 여러 번 나에게 말했다.

"무엇이 오게 될지는 짐작할 수 없어. 유럽의 영혼은 무한히 오랫동안 쇠사슬에 매여 있는 짐승과 같아. 그것이 해방되었을 때 최초로 행해질 행동은 필경 그리 칭찬할 만한 것이 되진 못할 거야. 그렇지만 지금까지 그렇게도 오래도록 노상 기만당하고 얽매어왔던 영혼의 진정한 고난이 온 천하에 드러날 수만 있다면 우리들이 지나온 길이나 돌아온 길 같은 것은 중요한 문제가 아니야. 그러면 우리들의 날이 오는 거지. 세상 사람들의 지도자나 새로운 입법자로서가 아니라—우리는 새로운 법률 같은 것은 더 이상 경험하지 않겠지만.— 오히려 의지자로서, 운명이 부르는 곳이라면 어디든지 동행하고 그곳에 서 있을 각오가 되어 있는 그런 사람을 필요로 하게 될 거야. 이봐, 모든 사람은 만약 그들의 이상이 위협을 받는다면 아마 상식적으로 할 수 없는 짓을 능히 해낼 수 있는 용의가 있을 거야. 그러나 새로운 이상, 새롭고 위험스러우며 흉측하게 느껴질지도 모르는 그런 성장의 움직임이 문을 두드릴 때 거기에 있을 사람은 아무도 없을 거야. 그때 거기에 있어서 함께 가는 소수의 사람들이 우리인 거야. 그것을 위해 우리는 표적을 달고 있는 거야. 공포와 증오를 일으켜 그 당시의 인류를 좁다란 전원에서 위험스러운 넓은 세계로 몰아넣기 위해 카인이 표적을 갖고 있었던 것처럼 말이야. 인류의 역사에 영향을 끼친 모든 사람은, 모두 그들이 운명에 대하여 준비를 하고 있었다는 이유만으로 유능하고 활동적이었네. 모세와 부처가 그러했고 나폴레옹과 비스마르크도 그러했지. 그 사람이 어떤 파도에 휩쓸리는가, 어떤 극에 의해서 지배를 받는가 하는 것은 그 사람 자신이 선택할 수 있는 일은 아닐세. 만약 비스마르크가 사회민주주의자들을 이해하고 그들의 의견에 동조했었다면 그는 영리한 지배자는 되었을지 모르지만 운명적 인물이 될 수는 없었을 테지. 나폴레옹도, 카이사르도, 로욜라도, 다른 모든 사람도 그랬던 거야! 사람들은 그것을 언제나 생물학적이며 진화론적으로 생각해볼 필요가 있네! 지구의 표면에 거대한 변혁이 일어나서 수서동물을 육지로, 육서동물을 물속으로 밀어넣었을 때, 그런 새롭고도 전대미문의 일을 수행하고 새로운 적응력을 통해 그들의 종족을 구할 수 있었던 것은 운명적으로 각오를 갖추고 있던 표본들이 있었기 때문이었네. 그것이 그 이전에 자신의 종족 가운데서 보수적이고 보존적인 성향을 가졌었는지, 아니면 오히려 기이한 별종이며 혁명적인 성향을 가진 것이었는지 우리가 알 수는 없겠지. 그렇지만 그들은 준비를 하고 있었던 것이고 그렇기 때문에 새로운 변화의 과정으로 넘어가면서도 자신의 종족을 구할 수 있었던 거야. 우린 그 점을 잘 알 수 있다네. 그래서 우리는 준비를 하려는 거야!"

우리가 그런 대화를 나눌 때에도 에바 부인은 함께 있었다. 그러나 그녀 스스로는 이런 식으로 이야기하지는 않았다. 그녀는 자신의 견해를 펼치는 우리들에게 신뢰와 이해심에 가득 찬 경청자이자 반향자였는데, 그러한 생각들이 모두 그녀에게서 비롯되어 다시 그녀에게로 되돌아가는 것처럼 보였다. 그녀 가까이에 앉아 있거나 때로 그녀의 목소리를 듣고, 그녀를 에워싸고 있는 성숙함과 영혼의 분위기에 한몫 끼는 일이 나에게는 더할 수 없는 행복이었다.

나의 내부에서 어떤 변화나 혼돈이나 혹은 혁신이 일어나면 그녀는 금방 그것을 알아차렸다. 내가 잠잘 때 꾸는 꿈조차 그녀로부터의 영감에 의한 것처럼 여겨졌다. 나는 자주 그녀에게 내 꿈 이야기를 했는데 그 꿈은 그녀에겐 쉽게 이해가 가고 자연스러운 것이었으며, 그녀가 분명한 느낌으로 파악해낼 수 없는 기상천외한 일은 존재하지 않는 것 같았다. 얼마 동안 나는 마치 우리들이 나눈 일상 대화의 복제와도 같은 꿈을 꾸었다. 세계는 온통 혼란에 빠지고 나는 혼자서 혹은 데미안과 함께 긴장하며 위대한 운명을 기다리는 꿈이었다. 운명은 그 모습을 가린 채였지만 어딘지 에바 부인의 표정을 지니고 있었다. 그녀에 의해서 선택되거나 혹은 배척당하는 것, 그것이 바로 운명이었다.

여러 번 그녀는 미소를 띠면서 말했다.

"당신의 꿈은 완전하지가 않군요. 싱클레어, 당신은 가장 중요한 것을 잊어버렸어요."

그 말을 듣고 나서야 그 잊어버린 부분이 생각났다. 그럼에도 내가 어떻게 그것을 잊고 있었는지는 이해가 되지 않았다.

때때로 나는 불만을 느꼈고 어떤 욕구로 고민하곤 했다. 그녀를 끌어안지도 못하면서 그녀를 가까이에서 지켜보기만 한다는 건 더 이상 참을 수 없다는 생각이 들었다. 그녀도 곧 그것을 알아차렸다. 한 번은 내가 여러 날 동안이나 그녀를 찾아가지 않았다가 여전히 어지러운 마음으로 다시 그녀를 찾아갔을 때 그녀는 한쪽으로 나를 데리고 가서 말했다.

"당신은 당신이 믿지도 않는 소원에 정신을 팔아서는 안 돼요. 당신이 무엇을 소원하고 있는지 나는 잘 알고 있어요. 당신은 이 소원을 버리거나 아니면 완전하고 올바르게 바라지 않으면 안 됩니다. 만약 당신이 그 소원의 성취를 마음속에서 완전히 확신할 정도로 바랄 수 있다면 그땐 그 소원을 성취할 수 있게 될 거예요. 그러나 지금 당신은 소원하면서도 다시 후회하기도 하고 또 두려워하고 있어요. 이 모든 것을 극복할 수 있어야 해요. 내가 이야기를 하나 들려 줄게요."

그녀는 별에 반한 젊은이의 이야기를 해주었다. 그는 바닷가에 서서 손을 뻗쳐 별에 예배했고 별의 꿈을 꾸고 자기의 생각을 별에 보냈다. 그렇지만 사람이 별을 끌어안을 수는 없음을 그도 알고 있었거나 또는 알고 있다고 생각했다. 그는 이루어질 희망도 없이 별을 사랑하는 것이 자신의 운명이라고 생각했다. 이 생각에 잠겨 자기를 개선시키고 정화시켜줄 무언가 충실한 고민을 담은 한 편의 완전한 생명의 시를 지었다. 그러나 그의 꿈은 모두 별을 향하고 있었다.

어느 날 밤 그는 다시 바닷가의 높은 벼랑 위에 서서 별을 바라보며 별을 향한 사랑을 불태웠다. 그리하여 그 그리움이 절정에 달한 순간 그는 별을 향해서 허공으로 뛰어들었다. 그러나 그는 그 도약의 순간에 다시 한 번 번개처럼 생각했다. '정말 불가능한 일이다!'라고. 그는 바닷가에 떨어져 산산조각이 난 채 죽어 버렸다. 그는 사랑하는 법을 터득하지 못했던 것이다. 만약 그가 뛰어올랐던 그 순간에 그 일이 이루어질 것이라는 확실하고 단단한 믿음이 있었다면 그는 하늘로 날아 올라가서 별과 하나가 될 수 있었을 터였다.

"사랑은 구걸해서는 안 되는 거예요."

그녀는 심각하게 말했다.

"또 요구해서도 안 되지요. 사랑은 자신의 내부에서 확신에 이를 수 있는 힘을 갖지 않으면 안 되는 겁니다. 그러면 사랑은 끌려오는 것이 아니라 끌어당기게 되는 거지요. 싱클레어, 당신의 사랑은 나에 의해서 끌리고 있어요. 당신이 나를 끌어당기면 나는 가겠어요. 나는 선물이 될 생각은 없습니다. 그저 나는 당신에게 쟁취당하고 싶은 거예요."

그러나 다음번에는 나에게 다른 이야기를 해주었다. 희망도 없이 사랑하는 한 남자가 있었다. 그는 자신의 영혼 속에 완전히 틀어박혀 사랑한 나머지 불타 없어질 것 같다고 느꼈다. 세상은 그에게서 사라져 버렸으며, 더 이상 푸른 하늘도 파릇한 숲도 보이지 않았다. 시냇물도 그에게는 졸졸거리지 않았고 하프도 그에게는 울리지 않았다. 모든 것이 그에게서 사라져 버렸고 그는 가난하고 비참해졌다. 그러나 그의 사랑은 날이 갈수록 커져 자신이 사랑하는 여자를 소유할 수 없다면 차라리 죽어 버리고, 파멸해 버리고 싶은 지경에까지 이르렀다.

그때 그는 사랑이 자신의 내부에 있는 모든 것을 불태워 버렸음을 느꼈다. 그리하여 그의 사랑은 자꾸만 강해져서 그녀를 끌어당겼고, 그 아름다운 여자는 마침내 그를 따라오지 않을 수 없게 되었다. 드디어 그녀가 왔고, 그는 그녀를 자기에게 끌어당기기 위해 두 팔을 활짝 벌리고 서 있었다.

그러나 막상 그 여자가 그의 앞에 와 섰을 때 그녀는 아주 달라져 있었고, 그는 자기가 잃어버린 온 세계를 자기에게로 끌어당겼음에 깊은 전율을 느끼고는 그 세계를 바라보았다. 그 세계는 그의 앞에 서서 그에게 몸을 맡겨왔다. 하늘과 숲과 시내, 이 모든 것이 새롭게 빛나며 생생하고도 화창하게 그에게 다가와서는 그의 것이 되었고, 그의 말을 속삭이는 것이었다. 이렇게 해서 그는 단순히 한 사람의 여인을 얻는 대신 온 세계를 그의 마음속에 지니게 되었다. 하늘의 모든 별은 그의 내부에서 타올랐고 그의 영혼을 통해 환희의 불꽃을 튕겼다. 그는 사랑을 했다. 자기 자신을 발견한 것이었다. 그러나 대부분의 사람은 자기를 잃어버리기 위한 사랑을 하는 것이다.

에바 부인에 대한 사랑이 내게는 내 생활의 유일한 내용처럼 느껴졌다. 그러나 그것의 모양은 매일같이 달라졌다. 이따금 나는 나의 본성이 나를 이끌어 도달하려고 애쓰는 것은 그 여자 개인이 아니라 나의 내면의 상징에 불과하며, 그것을 나의 내부로 더욱더 깊이 끌고 들어가려고 한다는 느낌이 들었다. 때론 마음이 내지르는 절박한 질문에 대하여 마치 내 속의 무의식적인 어떤 것이 대답하고 있는 것처럼 들리는 그녀의 이야기를 듣곤 했다. 또 내가 그녀의 곁에서 관능적인 욕망에 불타올라 그녀가 만진 물건에 입을 맞추는 그런 순간도 있었다.

그러나 점점 관능적인 사랑과 정신적인 사랑이, 현실과 꿈속에서 서로 겹쳐지고 있었다. 내가 우리 집의 내 방에서 조용한 마음으로 그녀를 생각할 때면 그녀의 손이 나의 손 안에, 그녀의 입술이 내 입술 위에 있는 것처럼 느껴지고 생각되는 경우도 있었다. 그러나 어떤 때는 그녀의 얼굴을 쳐다보며 이야기를 나누고, 그녀의 목소리를 듣고 있다가도 그녀가 진정 현실적으로 존재하고 있는지, 아니면 내가 꿈을 꾸고 있는지 분간이 가지 않을 때도 있었다.

어떻게 하면 사랑을 지속적으로 영원히 간직할 수 있는가를 나는 떠올리기 시작했다. 어떤 책을 읽으며 나는 새로운 인식을 하게 되었는데 그것은 에바 부인의 입맞춤과 똑같은 느낌이었다. 그녀는 나의 머리칼을 쓰다듬어주며 성숙하고 향기로운 따스한 미소를 지어주었다. 나는 마치 내 자신의 내부에 어떤 진보가 있었던 것 같은 느낌이 들었다. 내게 있어서 중요하고 운명적이었던 온갖 것들이 그녀의 모습을 지닐 수 있었다. 그녀는 나의 모든 사상으로 변신할 수 있었고 나의 모든 사상 또한 그녀로 대변될 수 있었다.

2주일 동안이나 에바 부인과 떨어져서 지내야 하는 것은 틀림없이 고통스러운 일일 것이라는 생각이 들어 나는 부모님과 함께 지내야 할 성탄절의 휴가를 두려워하고 있었다. 그러나 그것은 그다지 고통스러운 일이 아니었다. 집에 있으면서 그녀를 생각한다는 것은 멋진 일이었다.

H시로 되돌아와서도 나는 이 안정감과 관능적인 그녀의 존재로부터의 해방감을 즐기기 위해 이틀 동안이나 그녀의 집을 방문하지 않았다. 또한 나는 새로운 비유적인 방법으로 그녀와의 결합이 이루어지는 꿈을 꾸기도 했다. 그녀는 내가 세찬 강물처럼 용솟음치며 흘러들어가는 바다였다. 그녀는 별이었고, 나 자신도 별로서 그녀에게로 가는 중이었으며 우리는 중간에 만나 서로 끌리고 있음을 느꼈다. 함께 머무르면서 가깝고 쟁쟁히 울리는 원을 그리며 서로의 주위를 영원토록 행복하게 맴돌았다.

내가 다시 그녀를 방문한 첫날 나는 이 꿈을 이야기해 주었다.

"그 꿈은 참 아름답군요."

그녀는 조용히 말했다.

"그것이 진실이 될 수 있게 하세요!"

이른 봄날, 내가 결코 잊을 수 없는 날이 있었다. 내가 거실에 들어섰을 때, 창문이 하나 열려 있어서 훈훈한 바람이 히아신스의 무거운 향기를 방 안으로 휘몰아 넣고 있었다. 거실엔 아무도 없었으므로 나는 계단을 통해서 데미안의 서재로 갔다. 가볍게 문을 두드리고는 늘 그랬듯이 대답도 기다리지 않고 문을 열고 들어섰다.

방은 어두웠고 커튼은 모두 드리워져 있었다. 데미안이 화학 실험실로 꾸며 놓은 조그만 옆방으로 통하는 문이 열려 있었다. 그곳에서 먹구름 사이로 비치는 밝고 하얀 봄 햇살이 들어오고 있었다. 아무도 없다고 생각한 나는 무심코 한쪽 커튼을 젖혔다.

바로 그때 나는 커튼이 드리워진 창문 가까이에 데미안이 이상한 모습을 한 채 걸상에 웅크리고 앉아 있는 모습을 발견했다. 언젠가 이런 일을 본 적이 있다는 느낌이 번갯불처럼 스쳐 갔다. 그는 두 팔을 아무런 움직임도 없이 내려뜨리고 두 손을 무릎 위에 놓은 채 앉아 있었다. 두 눈을 크게 뜬 채 다소 앞으로 숙이고 있는 그의 얼굴은 생기가 없고 무감각해 보였으며 눈동자에는 조그맣게 빛나는 빛의 반사가 마치 한 조각의 유리처럼 생기 없이 반짝거리고 있었다. 창백한 얼굴은 내면 속으로 깊이 침잠해 있었으며 몸서리쳐지는 마비 상태 이외에 다른 표정이라고는 아무것도 찾아볼 수 없었다. 그것은 마치 사원의 현관에 있는 태곳적 짐승의 모습과도 같았다. 그는 거의 숨도 쉬지 않는 것처럼 보였다.

나는 되살아난 추억에 몸을 떨었다. 수년 전, 내가 아직도 조그만 소년이었을 때 나는 지금과 똑같은 그의 모습을 본 적이 있었다. 그렇게 그의 두 눈은 내부를 응시하고 있었고, 그의 두 손은 나란히 놓여 있었으며, 그의 얼굴 위로는 파리 한 마리가 기어다니고 있었다. 아마도 6년 전인 그때에도 그는 이렇게 나이가 들어 보였고, 이렇게 시간을 초월해 있는 것처럼 보였다. 얼굴에 있는 주름살 하나도 그때와 다름이 없었다.

나는 두려움에 사로잡힌 채 가만히 방을 나와 계단을 내려왔다. 거실에서 나는 에바 부인을 만났다. 그녀는 창백하고 피곤해 보였는데 이전에 그녀에게서는 볼 수 없었던 표정이었다. 그림자가 창문을 스쳐 지나가자 눈부신 하얀빛이 사라졌다.

"데미안에게 가보고 오는 길이에요."

나는 성급하게 말했다.

"무슨 일이 생겼나요? 그가 잠을 자는 건지 아니면 무엇에 몰두하고 있는 건지 저는 잘 모르겠어요. 옛날에도 그렇게 하고 있는 것을 한 번 본 적이 있었습니다만."

"물론 그 애를 깨우지는 않았겠죠?"

그녀가 황급히 물었다.

"그는 내가 들어가는 소리도 듣지 못했어요. 저는 곧 되돌아 나왔어요. 에바 부인, 무슨 일이 생겼는지 제게 말씀해 주실 수는 없으세요?"

그녀는 손등으로 이마를 쓰다듬었다.

"걱정 마세요, 싱클레어. 아무 일도 없으니까요. 그 애는 명상에 잠겨 있을 뿐이에요. 그리 오래 걸리진 않을 겁니다."

그녀는 일어서서 막 비가 내리기 시작한 정원으로 나갔다. 나는 함께 가서는 안 된다고 직감했다. 나는 거실 안에서 왔다 갔다 하면서 정신을 혼미하게 만드는 히아신스의 꽃 향기를 맡기도 하고, 문 위에 걸린 내가 그린 새 그림을 쳐다보기도 하면서 오늘 아침 이 집을 가득 채우고 있는 기이한 분위기를 답답하게 호흡했다. 대체 이것이 무엇일까? 무슨 일이 일어난 것일까?

에바 부인은 곧 되돌아왔다. 빗방울이 그녀의 까만 머리카락에 방울져 있었다. 그녀는 자기의 안락의자에 가서 앉았다. 피로가 그녀의 온몸을 내리누르고 있었다. 나는 그녀 곁으로 다가가서 그녀에게 몸을 굽히고 머리카락에 맺힌 물방울에 입을 맞추었다. 나에겐 그 물방울이 눈물 같은 맛으로 느껴졌다.

"그에게 가볼까요?"

나는 소곤거리는 낮은 어조로 물었다. 그녀는 연약하게 미소를 지었다.

"어린애 같은 짓 말아요, 싱클레어!"

그녀는 자기 자신의 마음속에 깃든 마력을 깨뜨리려라도 하려는 듯이 큰 소리로 나무랐다.

"지금은 그냥 돌아가세요. 그리고 나중에 다시 오세요.

지금은 당신과 아무런 이야기도 나눌 수가 없군요."

나는 그 집에서 나와 시내를 지나 산을 향해 달려갔다. 흩날리는 가는 빗방울이 나를 향해 다가왔고 구름은 무엇엔가 억눌린 듯 겁을 집어먹은 것처럼 나지막이 흘러가고 있었다. 아래쪽은 바람이라곤 거의 불지 않았지만 높은 곳은 폭풍이 일고 있는 것 같았다. 잠깐씩 태양이 강철 같은 잿빛 구름 사이로 파리하게 때론 눈부시게 얼굴을 내밀곤 했다.

그때 하늘에서는 누런 구름이 뭉게뭉게 흘러가고 있었다. 그 구름이 잿빛의 벽에 부딪히고 바람은 몇 초 동안 이 누런 구름과 잿빛 하늘을 하나의 형상으로, 한 마리의 거대한 새의 형상을 만들었다. 이 새는 푸른 혼돈으로부터 뛰쳐나와서는 훨훨 날개를 치면서 하늘로 사라져 버렸다. 뒤이어 폭풍이 몰아치는 소리가 들리고 비가 우박과 뒤섞여 쏟아졌다. 짧았지만 엄청나게 무서운 천둥소리가 빗발에 얻어맞은 풍경 위로 울려 퍼졌다. 그러더니 곧 다시 햇살이 비쳐 들고 갈색의 숲 너머에 있는 가까운 산 위에 희미한 눈이 거슴츠레 비현실적으로 빛나고 있었다.

몇 시간 후에 내가 흠뻑 젖은 채 되돌아오자 데미안이 손수 현관문을 열어주었다.

그는 자기 방으로 나를 데리고 갔다. 실험실에는 가스 불이 타고 있고 종이가 사방에 흩어져 있었다. 그는 작업을 하고 있었던 것 같았다.

"앉게."

그는 의자를 권했다.

"피곤하지? 지긋지긋한 날씨야. 자넨 바깥에서 몹시 헤맨 모양이군. 곧 차를 가져올 거야."

"오늘은 무슨 일이 있는 거지?"

나는 주저하면서 말했다.

"그저 약간 벼락이 친 것만은 아닌 것 같아."

그는 살피듯이 나를 쳐다보았다.

"데미안, 무엇을 본 거야?"

"응, 잠깐 동안이지만 구름 속에서 하나의 형상을 보았다네."

"무슨 형상을?"

"한 마리의 새였어."

"그 황금 매? 그것이었어? 형이 본 꿈속의 새 말이야?"

"응, 나의 매였어. 그것은 누렇고 굉장히 컸어. 곧 검푸른 하늘로 날아들어가 버렸다네."

데미안은 깊은 한숨을 내쉬었다.

문을 두드리는 소리가 들렸다. 늙은 가정부가 차를 가져왔다.

"자, 싱클레어, 차를 들어. 나는 자네가 그 새를 본 것이 우연이라고 생각하지 않네."

"우연? 그런 것을 우연히 볼 수 있을까?"

"그렇지, 우연히 볼 수는 없겠지. 그것은 무엇인가를 의미하고 있을 거야. 무엇을 의미하는지 알겠나?"

"아니, 나는 다만 그것은 변화를, 운명의 한 걸음을 뜻한다고 느낄 뿐이야. 나는 그것이 우리들 모두와 관계가 있다고 생각해."

그는 성급한 걸음으로 이리저리 서성거렸다.

"운명의 한 걸음이라고!"

그는 큰 소리로 외쳤다.

"나도 똑같은 꿈을 꾸었다네. 어머니도 어제 똑같은 것을 의미하는 예감을 느끼셨다더군. 나는 사다리를 타고 어떤 나무줄기 혹은 탑 같은 것에 올라가는 꿈을 꾸었다네. 내가 위에 올라가서 보니까 그곳은 넓은 평야였는데, 온 나라가, 도시 마을 할 것 없이 모두 불타고 있었어. 전부를 이야기할 수는 없다네. 아직 모든 것이 뚜렷하게 파악된 것은 아니니까."

"형은 꿈을 자신과 연관 지어서 해석하곤 해?"

나는 물었다.

"나와 관련해서? 그야 물론이지. 자기와 관련되지 않는 꿈을 꾸는 사람은 아무도 없어. 그렇지만 그 꿈은 나 혼자만 관련된 것은 아니었어. 거기에 대해선 네 말이 맞아. 나는 자기 자신의 영혼의 동요를 보여주는 꿈과, 매우 드물게 꾸긴 하지만, 온 인류의 운명을 암시해주는 꿈을 정확히 구별할 수 있다네. 물론 그런 꿈은 아주 드물게 꾸네만. 그것이 예언이고 실현되었다고 말할 만한 꿈은 아직 한 번도 꾼적이 없다네. 그런 꿈은 해석이 너무 애매하지. 그렇지만 내게만 관련된 것이 아닌 어떤 꿈을 꾸었다는 것만은 확실히 알 수 있지. 다시 말하자면 그 꿈은 과거에도 여러 번 꾸어

왔고 지금도 계속되고 있는 옛날의 다른 꿈에 속해 있는 거야. 이 꿈들은 싱클레어, 내가 예전에도 자네와 이야기한 적이 있지만, 그러한 예감을 얻고 있는 꿈들이란 말일세. 우리들의 세계가 정말로 부패되어 있다는 것을 알고 있지만, 그것만으로는 멸망이나 그와 비슷한 일을 예언할 근거가 될 순 없어. 그러나 나는 여러 해 전부터 꿈으로부터 이 세계의 붕괴가 다가오고 있다고 결론 짓거나 느꼈어. 자네가 어떤 식으로 이야기해도 좋지만, 하여간 그와 같은 것을 느낄 수 있는 그런 꿈을 꾸어왔다네. 그것은 처음에는 아주 약하고 희미한 예감에 불과 했지만 갈수록 뚜렷하고 강해졌네. 아직도 나는 나와도 관련이 있는 어떤 크고 무서운 무엇이 다가온다는 것 이외에는 아무것도 모르고 있네. 싱클레어, 우리는 우리들이 여러 번 이야기했던 일을 경험하게 될 거야! 이 세계는 스스로 혁신하려 하고 있는 것이라네. 죽음의 냄새가 나. 죽음 없이는 어떠한 새로운 것도 있을 수 없는 법이니까. 그것은 내가 생각했던 것보다 한층 몸서리쳐지는 일이로군."

나는 깜짝 놀라서 물끄러미 그를 바라보았다.

"네 꿈의 나머지 부분을 내게 이야기해줄 수는 없을까?"

나는 조심스러운 태도로 부탁했다. 그는 머리를 절레절레 흔들었다.

"그럴 순 없다네."

문이 열리고 에바 부인이 들어왔다.

"여기에 같이 있었구나! 설마 슬퍼하고 있는 건 아니겠지요?"

그녀는 다시 생기가 돌았고 전혀 피곤해 보이지 않았다. 데미안은 어머니에게 미소를 보냈다. 그녀는 겁에 질린 아이에게 다가오는 어머니처럼 우리들에게로 왔다.

"우리는 슬퍼하고 있는 게 아니에요, 어머니. 우리는 그저 이 새로운 표적에 대해 이야기하고 있었어요. 수수께끼 같은 것에 대해서 말이에요. 그렇지만 아무것도 알 수 있는 것이 없어요. 아마 일어날 일들은 갑작스레 찾아오겠지요. 그러면 우리는 우리가 알려고 하는 것을 결국 경험하게 될 거예요."

그러나 나는 기분이 몹시 언짢았다. 작별을 고하고 혼자 거실을 지날 때 풍겨온 히아신스의 향기가 시들고 무미한

301

죽음의 냄새처럼 느껴졌다. 한 자락의 어두운 그림자가 우리들을 덮쳐온 것이다.

종말의 시작

여름 학기에도 H시에 머무르고 싶다는 나의 뜻은 이루어졌다. 우리는 집 안에 있는 대신 거의 언제나 시냇가에 있는 정원에 나와 있었다. 씨름에 완전히 진 일본인은 가버렸고 톨스토이 신봉자도 오지 않게 되었다. 데미안에겐 말이 한 필 있었는데, 그는 매일같이 빠뜨리지 않고 말을 탔다. 나는 종종 그의 어머니와 단둘이 있었다.

이따금 나는 이러한 내 생활의 평화로움을 이상하게 생각하기도 했다. 나는 너무나 오랫동안 고독하고 단념하며 괴로움과 싸우는 데 익숙해져 있었으므로 H시에서 지낸 이 몇 개월이 내게는 마치 안락하고 황홀하게, 단지 아름답고 유쾌한 사물과 감정 속에서만 살아도 좋은, 어떤 꿈의 섬에서 보내는 시간처럼 느껴졌다. 나는 이것이 우리가 생각하는 새롭고 보다 더 높은 공동체의 전조임을 예감했다. 그러나 이 행복감에도 깊은 비애가 엄습해왔는데 그것은 이 생활이 오래 지속될 수는 없다는 것에 대한 두려움이었다. 나는 풍요로움과 안락함 속에서 살아가도록 태어나지는 않았던 것이다. 내겐 고뇌와 광분이 필요했다. 언제고 나는 이 아름다운 사랑의 영상에서 깨어나, 아무런 평화도 공존도 없이, 단지 고독과 싸움만이 존재하는, 그런 사람들의 차가운 세계 속에 다시금 혼자 서 있게 되리라는 것을 절실히 느꼈다.

그런 생각을 한 뒤부터 나는 아직 나의 운명이 아름답고 고요한 풍경 속에 머물러 있음을 기뻐하며 갑절의 애정으로 에바 부인 곁을 떠나지 않았다. 여름의 몇 주일은 빨리, 너무도 쉽게 지나갔고 학기도 벌써 끝나가고 있었다. 머지않아 이별이 올 테지만 나는 이별을 떠올리지 않았다. 사실 나는 그 일은 생각조차도 안 하려 들며 꿀이 있는 꽃에 나비가 집착하듯이 그렇게 이 아름다운 날들에 집중하고 있을 뿐이었다. 그것은 행복의 시절이었고, 내 인생 최초의 충족이었으며 공동체에의 가입이었다. 다음에는 어떤 일들이 닥쳐올 것인가? 나는 또다시 싸워야 하고, 동경에 괴로워하고, 꿈을 꿀 것이며, 고독해질 것이다.

그러던 어느 날 이러한 예감이 몹시 강렬하게 나를 엄습해왔다. 동시에 에바 부인에 대한 나의 사랑이 갑자기 고통스러울 정도로 불타올랐다. 가슴이 저려왔다. 머지않아 나는 그녀를 만나지도 못하고, 집 안을 거니는 그녀의 당당하고도 다정한 발걸음 소리를 듣지도 못할 것이며, 내 책상 위에서 그녀가 준 꽃을 볼 수도 없게 되는 것이다! 결국 나는 무엇을 얻었던가? 그녀를 얻는 대신 그녀를 얻으려 싸우기만 했으며, 영원히 그녀를 나의 것으로 빼앗는 대신 꿈을 꾸었고, 안락함에 내 몸을 맡기고 있었을 뿐이었다! 이제까지 그녀가 나에게 이야기한 진정한 사랑에 관한 온갖 말들과 수많은 세련된 경고의 말들과, 헤아릴 수 없이 많은 가벼운 유혹 혹은 약속 같은 것들이 불현듯 뇌리에 되살아났다. 그래서 결국 얻은 것이 무엇인가? 아무것도 없었다.

아무것도!

　내 방의 한가운데 서서 나는 내 온 의식을 집중해 에바 부인을 생각했다. 나는 그녀로 하여금 나의 사랑을 느끼게 하고, 그녀를 나에게 끌어당기기 위해 내 온 영혼의 힘을 집중시키려고 했다. 그녀는 내게로 와야 하며, 나의 포옹을 열망해야 하며, 나의 입맞춤이 그녀의 성숙한 사랑의 입술을 탐욕스럽게 헤쳐놓아야만 했다.

　나는 선 채로 손가락과 발이 차가워질 때까지 긴장을 늦추지 않았다. 몸에서 힘이 빠져나가고 있음을 느꼈다. 잠시 동안 무언가 밝고 차가운 것이 나의 내부에 단단하게 응어리졌다. 나는 잠깐 가슴속에 한 개의 수정을 품은 것 같은 느낌을 받았다. 그리고 그것이 나의 자아임을 깨달았다. 냉기가 가슴까지 올라왔다.

　그 무서운 긴장에서 깨어나자 나는 무엇인가가 오고 있음을 느꼈다. 나는 죽을 정도로 지쳐 있었지만 불타오르듯이 황홀하게 에바 부인이 방 안으로 들어오는 것을 바라볼 마음의 준비를 갖추고 있었다.

　그때 말발굽 소리가 어지럽게 울려왔다. 그것은 아주 가까이에서 요란스럽게 들리더니 갑자기 멈췄다. 창가로 뛰어가니, 데미안이 말에서 내리는 것이 보였다. 나는 아래로 내려갔다.

"무슨 일이야, 데미안? 설마 형의 어머니께 무슨 일이 생긴 건 아니겠지?"

그는 내 말을 거의 듣고 있지 않았다. 그는 매우 창백해 보였으며, 그의 이마에서 양쪽 볼 위로 땀이 흘러내리고 있었다. 그는 헐떡이는 말의 고삐를 정원의 울타리에 매고는 나의 팔을 잡고 거리로 내려갔다.

"자네도 벌써 뭔가 알고 있는 건가?"

나는 아무것도 몰랐다.

데미안은 나의 팔을 꽉 쥔 채 어둡고 연민에 찬 이상한 시선으로 나를 바라보았다.

"그래, 이봐. 이제 시작되었다네. 물론 자네도 러시아와의 긴박한 긴장 상태를 알고 있었겠지만 말이야."

"뭐라고? 전쟁이 일어났다는 거야? 나는 그렇게까지 되리라고는 생각하지 않았네."

주변에는 아무도 없었지만 그는 아주 낮은 어조로 말했다.

"아직 정식으로 선전포고가 된 건 아니야. 하지만 전쟁이야. 내 말을 믿어. 나는 그날 이후 이 문제를 가지고 자네를 괴롭히진 않았지. 하지만 나는 그때부터 세 차례나 새로운 징조를 보았다네. 요컨대 그것은 세계의 멸망도 아니고, 지진도 아니며, 혁명도 아니네. 전쟁이 일어나는 거야. 자네는 이 사태가 어떤 결과를 초래할지 볼 수 있을 거야! 사람들에게는 그것이 기쁨이 되겠지. 사람들은 벌써 전쟁이 일어난 것을 기뻐하고 있어. 그들에겐 생활이 그렇게도 무미해졌단 말일세. 하지만 싱클레어, 자네는 이것이 단지 시작에 불과하다는 것을 곧 알게 될 거야. 모르긴 하지만 대전쟁, 굉장한 대전쟁이 될 거야. 하지만 그것도 역시 단순한 시작에 불과하지. 새로운 것이 시작되고 있네. 그 새로운 것은 낡은 것에 집착하고 있는 사람들에게는 깜짝 놀랄 일이 되겠지만. 싱클레어, 자네는 어떻게 하려는가?"

나는 당혹감을 느꼈다. 내게는 모든 것이 낯설었고 아직도 사실처럼 들리 지가 않았다.

"나는 모르겠어. 형은?"

그는 어깨를 움찔했다.

"동원령이 내리면 곧 입대하겠네. 나는 소위라네."

"형이? 그런 줄은 전혀 몰랐어."

"그렇겠지. 그건 나의 적응 능력의 하나지. 자네도 잘 알겠지만 나는 언제나 다른 사람의 눈에 띄기를 좋아하지 않았고 언제나 올바르기 위해서 좀 과다한 일을 해왔던 것일세. 나는 1주일 내로 전쟁터에 가게 되리라고 생각해……."

"오, 맙소사……."

"이봐, 그 일을 감상적으로 생각해서는 안 되네. 물론 살아 있는 사람에게 발포를 명령하는 일은 조금도 즐거운 일이 아니야. 하지만 그것은 부차적인 문제에 불과하다네. 이제 우리들 모두는 커다란 수레바퀴 속으로 휩쓸려 들어가게 될 걸세. 자네도 마찬가지겠지. 자네도 필경 징집당할 거야."

"그럼 형의 어머니는, 데미안?"

그제야 비로소 나는 불과 15분 전에 있었던 일을 상기했다. 세상은 얼마나 변해 버렸는가! 그 감미롭기 그지없는 영상을 불러일으키려고 나는 온 영혼을 모으고 있었던 것인데, 지금 운명은 새로이 위협적인 무서운 가면 뒤에서 나

309

를 노려보고 있었다.

"어머니 말인가? 아, 어머니에 대해서는 걱정할 필요가 없네. 어머니는 안전하실 걸세. 오늘날 이 세상의 어느 누구보다도 말일세. 자네는 우리 어머니를 그렇게도 사랑한단 말인가?"

"형도 그것을 알고 있었군, 데미안?"

그는 밝고 쾌활하게 웃었다.

"이 어린 친구야! 물론 알고 있었지. 나의 어머니를 사랑하지 않고서 에바 부인이라고 부른 사람은 아직 아무도 없었어. 그런데 어떻게 된 거지? 자네는 오늘 어머니나 나를 부른 거야, 그렇지 않나?"

"그래, 불렀지…… . 나는 에바 부인을 불렀어."

"어머니는 그걸 감지하셨다네. 어머니가 갑자기 나더러 자네에게 가봐달라고 부탁하시더군. 그때 마침 러시아에 관한 소식을 이야기하던 참이었어."

우리는 되돌아서 걸었으나 이미 할 말이 거의 남지 않았다. 그는 자신의 말의 고삐를 풀고는 올라탔다.

2층의 내 방에 들어와서야 비로소 나는 데미안이 전해준 소식에 의해서, 아니 그 이전의 긴장으로 인해서 내가 얼마나 기진맥진해 있는가를 느꼈다. 하지만 에바 부인은 내가 부르는 소리를 들었던 것이다! 나는 마음속의 생각 만으로 그녀에게 도달했던 것이다. 그녀가 직접 와주었더라면……. 오지 않았다 해도 이 모든 것은 얼마나 기이하며 아름다운 일인가. 이제는 전쟁이 일어난 것이었다. 데미안은 그것에 대해 많은 것을 미리 알고 있었던 것이다. 이미 세계의 조류는 어디에서부터 우리의 곁을 스쳐 지나가는 것이 아니라, 갑자기 우리의 가슴 한복판을 뚫고 흘러갔으며, 모험과 거친 운명이 우리를 향해 손짓하고 있었다. 지금이 아니라도 별안간 세계가 우리를 필요로 하고 스스로를 변화시키려고 하는 순간이 온다는 것은 얼마나 기이한 일인가. 데미안이 옳았다. 그것을 감상적으로만 받아들여서는 안 되었다. 다만 이상한 일은 이제 내가 그렇게도 고독하게 염원해왔던 '운명'이라는 문제를 그렇게 많은 사람과, 아니, 온 세상과 더불어 경험해야 한다는 사실이었다. 물론 좋다!

　나는 마음의 준비를 끝냈다. 시내를 걸어가는 저녁 무렵,

거리는 구석구석 흥분으로 들끓고 있었다. 어디를 가도 '전쟁'이라는 말밖에는 들려오는 것이 없었다.

나는 에바 부인의 집으로 가서 정원의 정자에서 함께 저녁 식사를 했다. 내가 유일한 손님이었다. 전쟁에 관한 말은 꺼내는 사람이 없었다. 단지 내가 집으로 돌아가려 할 때 에바 부인이 내게 말했다.

"친애하는 싱클레어, 오늘 당신이 나를 불렀지요. 내가 직접 가지 않은 이유는 이미 잘 아실 거예요. 그러나 이걸 잊지 마세요. 당신은 이제 부르는 법을 알게 된 거예요. 그러니 언제든지 표적을 지닌 누군가가 필요하게 될 때는 꼭 다시 부르도록 하세요!"

그녀는 몸을 일으키고는 정원의 황혼 속으로 걸어 나갔다. 고요한 나무들 사이를 이 신비에 찬 여인은 아주 당당한 걸음으로 지나갔고 그녀의 머리 위에서는 조그만 별들이 조용하게 빛나고 있었다.

내 이야기의 끝이 가까워졌다. 사태는 급속히 진전되어 전쟁은 곧 시작되었고, 데미안은 은회색 군복을 입은 낯선 모습으로 떠나갔다. 나는 그의 어머니를 집으로 데려다 주었다. 얼마 지나지 않아 나도 그녀와 작별을 했다. 그녀는 내 입에다 입을 맞추고 잠시 동안 나를 가슴에 끌어안아주고는 불타는 큰 두 눈으로 나의 눈을 바싹 들여다보고 있었다.

모든 사람은 형제와도 같았다. 그들은 조국과 명예를 생각했다. 그것은 그들 모두가 한순간 들여다본, 가리워지지 않은 운명의 얼굴과도 같았다. 그것이야 말로 운명이었다. 젊은 사람들은 병영에서 나와 기차를 탔고 그 많은 얼굴들 위에서 나는 하나의 표적을 보았다. 그것은 우리들의 표적이 아니라, 사랑과 죽음을 의미하는 아름답고 고귀한 표적이었다. 나 역시 한 번도 본 적이 없는 사람들에게 포옹을 당했다. 나는 그것을 이해할 수 있었고 자연스럽게 그것에 응답했다. 그들이 그런 짓을 하는 심정은 단순한 도취일 뿐 운명의 의지는 아니었다. 그렇지만 그 흥분은 신성했다. 그것은 모두가 운명의 시선과 잠시나마 눈을 마주보았기 때문일 것이다.

내가 전쟁터에 왔을 때는 겨울이 가까이 다가와 있었다.

처음에 나는 끊임없는 사격과 흥분에 불구하고 모든 것에 대해 다소 실망하고 말았다. 예전의 나는 인간이 왜 이토록 하나의 이상을 위해 살 수 없는지를 진지하게 생각해보지 못했다. 그런데 지금에 와서 나는 많은 사람이, 아니 모든 사람이 이상을 위해 죽을 수도 있다는 것을 실제로 보았다. 물론 그것은 개인적이고 자유롭게 선택된 이상이 아니라 공통적이고 떠맡겨진 이상이라고 할지라도 말이다.

그러나 시간이 지나면 지날수록 나는 내가 인간을 과소평가하고 있었음을 깨달았다. 아무리 군인으로서의 의무와 공통적인 위험이 그들을 획일화시켰다 하더라도, 살아 있는 사람들이나 죽어가는 사람들이나 매우 당당한 태도로 운명의 의지에 접근하는 것을 보았다. 많은 사람, 정말 대단히 많은 사람은 공격을 할 때뿐 아니라, 다른 모든 순간에도 완전히 헌신적인 눈빛을 지니고 있었다. 그런 시선은 오직, 그러한 목적을 위해 존재하는 겸허하고며 아득한, 다소 광기 어린 시선임을 알 수 있었다. 이러한 이들이 언제나 자기가 원하는 바를 믿고 있고, 말할 수 있으며 준비를 갖추고 있었던 것이다. 그러한 이들에게서 미래는 형성될 것이 분명했다. 허나 이 세계가 전쟁과 영웅주의를 명예나 그 밖의 낡아 빠진 이상에 완고히 고집하고 있는 것처럼 보이면 보일수록 세계는 경직화될 것이다. 표면적으로는 인간성의 모든 음성이 멀리서 닿을 듯 말 듯 울렸고, 이 모든 것은 마치 전쟁의 외적이고 정치적인 목적에 대한 질문처럼 피상적인 것에 불과했다.

가장 깊숙한 곳에서 무엇인가가 형성되고 있었다. 새로운 인간성과 같은 그 무엇이었다. 나는 많은 사람을 보았고 그들 중 대다수가 내 옆에서 죽어갔지만 그들은 적에 대한 증오와 분노도, 살육과 파괴의 감정도 갖지 않았다는 것을 느낄 수 있었다. 아니, 그들에게 있어서 적이란 그 목적과 마찬가지로 매우 우연한 것이었다. 가장 과격한 것조차도 본래의 감정은 적에 대해서 행해진 것이 아니었다. 그 피비린내 나는 행동은 마음의 원에서 나오는 방사였고, 새롭게 태어나기 위해 미쳐 날뛰고 죽이고 파괴하고 스스로 죽어 버리려는 내부에서 분열된 영혼의 발산에 불과한 것이었다. 거대한 한 마리의 새가 알에서 나오려고 싸우고 있는데, 그 알은 바로 이 세계였다. 따라서 이 세계는 산산조각 나지 않으면 안 되었던 것이다.

어느 이른 봄날 밤, 나는 우리가 점령한 농가 앞에서 보초를 서고 있었다. 미지근한 바람이 우울하게 간간이 불어왔고 플랑드르 지방의 높은 하늘엔 구름덩이가 흩날려 가고 있었다. 구름의 뒤쪽 어딘가에 달이 떠 있는 것 같았다. 그날은 하루 종일 왠지 불안했고 무엇인지 알 수 없는 근심이 내 마음을 어수선하게 만들고 있었다. 나는 그 어두운 초소에서 이제까지의 내 생활과 에바 부인과 데미안에 대해서 생각했다. 나는 백양나무에 기대서 움직이는 하늘을 응시하고 있었다. 남몰래 바르르 떨고 있는 하늘의 밝은 빛이 곧 커다랗게 솟아오르는 형상의 행렬이 되었다. 나의 맥박이 이상할 정도로 가냘프게 뛰었다. 바람과 비를 거의 느끼지 못하는 피부의 무감각 상태와 선뜻 느껴지는 내부의 굳어가는 느낌으로 인해 나는 지도자가 내 주위에 있음을 느꼈다.

구름 속에 대도시가 보였고, 그곳에서는 수백만 명의 사람들의 광대한 풍경 속으로 떼를 지어 흩어져 갔다. 그들의 한복판에 반짝이는 별을 머리에 단, 산맥처럼 거대하며 에

316

바 부인 같은 표정을 지닌 힘찬 신의 형상이 나타났다. 그러자 사람들은 마치 커다란 동굴 속으로 들어가는 것처럼 그 모습 속으로 빨려 들어가서는 없어지는 것이었다. 그 여신은 땅바닥에 웅크리고 앉아 있었으며, 여신의 이마 위에 박힌 점이 환하게 빛났다. 마치 꿈이 그 여신을 지배하고 있는 것처럼 보였다. 여신은 두 눈을 감았고 그 커다란 얼굴이 고통으로 일그러졌다. 돌연 여신은 날카로운 소리로 비명을 질렀다. 그러자 이마에서 별들이, 수많은 반짝이는 별들이 튀어나오고 그것들은 우아한 활 모양과 반원을 그리면서 어두운 하늘로 날아올라갔다.

그 별들 가운데 하나가 날카로운 소리를 내면서 내게 쏜살같이 똑바로 날아왔다. 마치 나를 찾는 것 같았다. 그러자 그것은 굉음을 내며 수없이 많은 불꽃으로 작렬했고 나를 솟구쳐 올렸다가는 다시 땅으로 내동댕이쳤다. 우레와 같은 소리를 내면서 세계가 내 위에 무너져 내렸다.

나는 흙에 뒤덮이고 많은 상처를 입고 백양나무 곁에 쓰러진 채 발견되었다. 나는 지하실에 누워 있었고 포탄이 나의 머리 위에서 우르릉거리고 있었다. 나는 화물차 안에 누워서 황막한 벌판 위를 덜거덕거리며 지나갔다. 나는 대부분 잠을 자거나 혼수상태에 빠져 있었다. 깊이 잠들면 잠들수록 무엇인가가 나를 끌어당겼고, 나를 지배하는 어떤 힘을 따라가고 있다는 것을 격렬하게 느꼈다.

나는 마구간의 짚더미 위에 누워 있었다. 몹시 어두워 누군가가 내 손을 밟고 지나갔다. 그러나 나의 속마음은 계속해서 나아가려고 애썼고 그것은 한층 더 강력하게 나를 끌어당겼다. 나는 다시 차 안에 누워 있었고, 그 후에는 들것인지 사다리 위에서인지 정확히 알 수 없는 곳에 누워 있었다. 점점 더 강력하게 그 어느 곳으로 가라는 명령을 받고 있음을 느꼈고, 마침내 나는 그곳에 가야만 한다는 절박감 외엔 아무것도 느낄 수가 없었다.

드디어 나는 목적지에 도달했다. 밤이었고, 나는 완전히 의식을 회복하고 있었다. 바로 이 순간 나는 내 마음속에서 강력한 끌림과 절박감을 느꼈다.

나는 내가 어떤 홀 바닥 위에 잠자리를 펴고 드러누워 있으며, 내가 부름을 받은 바로 그곳에 있다는 것을 느꼈다. 나는 사방을 둘러보았다. 나의 매트리스 바로 옆에 다른 매트리스가 놓여 있었고 그 위에 누군가가 누워 있었다. 그는 몸을 굽혀 나를 바라보았다. 그는 이마 위에 표적을 갖고 있었다. 막스 데미안이었다.

나는 아무 말도 할 수가 없었다. 그도 말을 할 수가 없었거나 하려고 하지 않았다. 그저 나를 바라볼 뿐이었다. 그의 머리 위 벽에 걸린 등의 불빛이 그의 얼굴을 비춰주었다. 그는 나에게 미소를 지어 보였다.

오랜 시간을 그는 끊임없이 내 두 눈만 들여다보고 있었다. 그러다가 천천히 내 얼굴 가까이로 가져와 우리는 거의 얼굴이 맞닿을 정도가 되었다.

"싱클레어!"

그는 거의 속삭이듯 말했다. 나는 눈으로 그에게 그의 말을 알아들었다는 신호를 보냈다.

그는 연민에 찬 미소를 지었다.

"꼬마!"

그는 웃으면서 말했다.

그의 입은 이제 나의 입과 아주 가까이에 있었다. 그는 나직이 말을 계속 했다.

"프란츠 크로머를 아직도 기억하고 있나?"

나는 그에게 눈을 깜박여 보였다. 미소를 지을 수도 있었다.

"어린 싱클레어, 들어봐! 나는 떠나야만 돼. 자네는 아마 언젠가 나를 다시 필요로 하겠지. 크로머나 그 밖의 일 때문에 말이야. 그때 자네가 나를 부른다고 해서 나는 그렇게 쉽게 말이나 기차를 타고 갈 수 없을 거야. 그럴 때에는 자넨 자기 자신의 내부에 귀를 기울여야 해. 그러면 내가 자네의 내부에 있음을 알게 될 거야. 알겠어? 그리고 한 가지 더! 에바 부인이 부탁했어, 만약 네가 언젠가 나쁜 처지에 놓이게 되면 그녀가 나에게 보낸 입맞춤을 자네에게 해주도록 말이네……. 눈을 감게, 싱클레어!"

나는 순순히 눈을 감았다. 끊임없이 피가 조금씩 흐르는 내 입술 위에 그가 가볍게 입 맞추는 것을 느꼈다. 그후 나는 잠이 들었다.

다음 날 아침 눈을 떴다. 붕대를 감아야만 했던 것이다. 마침내 잠에서 완전히 깨어나자마자 나는 재빨리 옆의 매트리스로 몸을 돌렸다. 거기에는 내가 한 번도 본 적이 없는 낯선 사람이 누워 있었다.

붕대를 감는 것은 몹시 고통스러웠다. 그리고 그 이후에 내게 일어났던 모든 일 역시 내게 고통을 주었다. 그러나 나는 열쇠를 발견했고, 때때로 어두운 거울 속, 운명의 형상이 잠들어 있는 그 곳, 내 자신의 내면에 완전히 들어가기만 하면 되었다. 나는 단지 그 어두운 거울 위에 몸을 굽히기만 하면 되었다. 그러면 나는 발견할 수 있었다. 바로 나 자신의 모습이 보였다. 이제는 완전히 그와 닮아 있던 나, 내 자신의 모습을 그곳에서 발견할 수 있었다. 나의 친구이자 나의 인도자인 **그**와 같은 모습을 하고 있던 **나**를.

헤르만 헤세에 대하여

◇ 헤르만 헤세의 생애와 작품 세계

헤세는 1877년 7월 2일, 남부 독일의 작은 산간 도시 칼브에서 개신교 목사였던 요하네스 헤세의 장남으로 태어났다. 그가 자란 슈바벤 지방은 네커 강과 그 지류들이 아름답고 서정적인 풍광을 연출하는 시인들의 고장이었다. 여느 산간 지역이 그렇듯이 칼브의 자연 환경은 그곳의 어린이들에게 산 너머 미지의 세계에 대한 동경과 자연에 대한 예리한 관찰을 선물해주었다. 소년 헤세는 계절의 운행과 동식물의 습성, 그리고 낭만적인 방랑을 통해 자연이 주는 모든 풍성함을 만끽할 수 있었다. 유년 시절의 아름다운 추억은 헤세의 내면에 켜켜이 쌓이게 되었으며, 그러한 정신적 고향에 대한 헤세의 애정도 남달랐다.

14세가 되었을 때 헤세는 슈바벤 주의 국가시험에 합격하여 당시로서는 선택된 자들만이 들어갈 수 있는 말브론의 신학교에 들어갔다. 하지만 시인이 되고 싶었던 헤세는 결국 신학교의 담장을 뛰쳐나왔고 그의 방황은 자살 미수에 이를 정도로 극단적으로 치닫게 된다.

이듬해 칸슈타트 고등학교에 입학했지만 그곳도 1년 만에 그만두고 만다. 헤세의 정규 교육은 그것이 전부가 되고 말았다. 말브론 신학교 시절의 체험은 그의 대표작 〈수레바퀴 아래서〉와 〈지와 사랑〉을 통해서 구체화되었다. 헤세의 참다운 문학적 편력이 시작된 것이다.

서점 점원, 출판조합의 조수, 시계공장의 견습공 등을 전전하던 헤세는 의외의 곳에서 안정을 찾게 된다. 그의 나이 18세 때인 1895년 튀빙겐 헤켄하우어 서점의 점원이 되었다. 그로부터 4년 후, 헤세는 처녀 시집 〈낭만적인 노래〉와 산문집 〈자정 후의 한 시간〉을 발간하였다. 같은 해에 헤세는 바젤의 라이히 서점의 조수가 되었고, 그곳에서의 본격적인 문학 수업을 통해 2년 뒤인 1901년에 세 편의 산문과 아홉 편의 시를 묶은 〈헤르만 라우셔〉를 출간했다.

헤세가 문단에서 본격적인 주목을 받게 된 것은 27세 때 간행된 〈페터 카멘친트〉였다. 이 작품을 통해서 헤세는 자유문필가로서의 안정된 생활과 마리아 베르눌리와의 결혼에 성공할 수 있었다.

2년 뒤 〈수레베퀴 밑에서〉를 필두로 하여 헤세의 집필 활동은 더욱 왕성해졌다. 이 시절의 주요작품으로는 〈속세의 이야기들〉과 〈게르트루트〉를 들 수 있다. 이러한 작품 속에서 헤세는 자신의 소년 시절을 회상하고 순박한 소년에서 성인으로, 하나의 인격이 어떻게 성장하는지를 면밀하게 관찰하고 있으며, 그러한 내면적 갈등은 〈게르트루트〉에 잘 묘사되어 있다.

헤세는 안정된 삶이 가져다 줄 수 없는 새로운 돌파구를 찾아 동방으로 떠나게 된다. 헤세의 조부모와 부모 모두 인도에서 포교 생활을 했을 뿐만 아니라, 그의 사촌 빌헬름 군델트는 일본에 가서 선(禪)을 연구하기도 했다. 따라서 헤세에게 있어서 동방은 할아버지 때부터 인연이 있었던 곳임과 동시에 언제나 산 너머 미지의 세계로 존재해 왔던 곳이기도 했다.

말레이시아, 수마트라, 그리고 스리랑카 여행에서 돌아온 헤세가 〈인도기행〉, 〈로스할데〉 그리고 〈크눌프, 그 삶의 세 이야기〉를 집필했을 때, 세계는 인류 역사상 초유의 사건에 접어들고 있었다. 1차 세계대전이 바로 그것이다. 동방에서 얻은 코스모폴리탄적 시각은 비록 소극적이기는 하지만 헤세로 하여금 반전(反戰)론을 펼치게 하였다. 애국심이라는 미명 하에 자행되는 비이성적인 폭력은, 헤세로 하여금 이성을 잃은 감정이 인간의 정신에 미치는 가공할 만한 힘과 그것이 인간을 얼마나 황폐하게 만드는지를 잘 깨닫게 해주었다.

종전 후에 발간된 〈데미안〉에 등장하는 에밀 싱클레어처럼 인간의 내면에는 갈등하는 두 개의 세계가 존재한다. 지나치게 물질적 행복을 추구하는 개개인에게 정신적 공허는 어쩌면 필연적일지도 모른다. 그러한 공허는 때때로 길을 잃은 절망과 분노로 이끌게 되고, 전쟁은 그러한 비극의 끝에서 맞게 되는 피할 수 없는 운명이 되는 것이다. 따라서 자신의 내면에 귀 기울이는 것은 혜세가 참담한 상황에 처해 고통받고 있는 인류에게 주는 궁극적 메시 지였다. 그러한 혜세의 사고는 〈싯달타〉에 이르러 결실을 보고 있다. 삶에 대한 번뇌와 구도, 그것을 한 성도(成道)의 여정을 통해 혜세는 도정(道程)과 개개인 스스로의 각성을 추구하는 것이다. 그것이 인간의 필연적 운명이라 할 생의 모순과 그 내면적 이중성의 고통에 대한 혜세의 처방이었다.

〈싯달타〉 이후 혜세는 부인과 이혼하고, 이어 루트 뱅어, 니논 돌핀과 잇따라 이혼과 재혼을 거듭하였다. 이 시기의 작품 중 〈요양객〉, 〈황야의 늑대〉, 〈뉘른베르크 여행〉 등이 주목받았다. 그리고 1946년 전쟁과 천박한 물질 숭배만이 팽배했던 당대를 거부하고 새로운 이상향과 인간에 대한 신뢰를 회복한 거작 〈유리알 유희〉가 간행되었다. 종전 후 혜세는 노벨문학상을 수상하는 등 행복한 말년을 보냈다.

작품 줄거리 및 해설

〈데미안〉은 헤르만 헤세가 1919년, 모든 것을 다시 시작한다는 각오로 창작에 임했으며 '에밀 싱클레어'라는 가명으로 출판한 소설이다. 당시 문단에서 대문호로 불리던 헤르만 헤세는 작가로서 자신의 소설이 작품성만으로도 인정받을 수 있는지 확인해보고자 했다.

그의 시도는 성공적이었다. 제1차 세계대전 중인 1916년부터 집필을 시작해 1919년에 출간된 〈데미안〉은 뜨거운 반응을 불러일으켰다. 폰타네 문학상을 수상했는데, 출판계에서는 '에밀 싱클레어'라는 익명의 신인 작가의 존재가 관심의 중심이었다.

소설가 토마스 만이 〈데미안〉을 출간한 출판사에 '에밀 싱클레어'가 누구인지 알려달라고 간청한 일례도 있었다. 결국, 평론가 코로디가 〈데미안〉의 문체 분석을 통해, 이 작품이 헤르만 헤세의 것이라고 밝혀내었고, 〈데미안〉은 헤르만 헤세의 이름으로 다시 발간되었다.

〈데미안〉은 20세기의 정신적 상황에 대한 문명 비판적 성격으로 인해 전쟁에 지친 사람들의 가슴에 큰 파문을 일으키며 베스트셀러가 되었다.

성장기의 소년 싱클레어의 내면에는 두 종류의 세계가 존재한다. 깊은 신앙 심을 지닌 근면하고 예의바른 프로테스탄트적인 삶과 주정뱅이, 부랑자 등의 밑바닥 삶이 그것이다. 전자는 그의 부모를 통해 대변되고 후자는 주로 집안의 하인들을 통해 얻게 된다. 따라서 싱클레어의 마음에는 세상의 밝은 면과 어두은 면을 표상하는 두 개의 영혼이 공존하는 불안정함이 자리한다. 각각의 영혼은 서로가 서로를 규제하지만 어린 싱클레어의 마음은 어두운 세계의 유혹에 쉽게 노출된다. 데미안을 처음 만났을 때가 그랬다. 어두운 세계가 던져주는 충동이 싱클레어로 하여금 그에게 다가가게 했지만, 데미안이 단지 그러한 어두운 세계의 대변자였던 것은 아니다. 싱클레어는 데미안을 통해 점점 정신적으로 성숙하게 되고 자기 인식의 지평을 얻게 된다. 곧 소년 싱클레어는 데미안을 만남으로써 소년시절에서 벗어나게 되었으며, 자기 내부의 무한한 가능성에 눈을 뜨게 되는 것이다.

자기 인식을 위해 또 그것을 통해 자신의 운명을 스스로 개척해 나가기 위해서 싱클레어에겐 기성의 모든 권위에 대한 도전이 수반되어야 했다. 인간이 가질 수밖에 없는 이중성과 삶의 모순은 그러한 운명 개척과 자기 추구 의 과정을 통해 자기 자신을 회복시켜 나갈 때 타파된다. 즉 삶의 상반적인 두 세계가 하나의 삶 속에서 조화롭게 통합되는 것이다. 그럼으로써 소년 싱클레어의 성장기도 마침표를 찍을 수 있게 된다.

한 개인이 독립적으로 성장하려면 우리는 의존하고 있던 많은 것에서 독립해야 한다. 따뜻한 가정, 부모님의 품, 의지가 되는 친구, 기대고 싶은 사람, 추구하고 싶은 이상향

등, 하지만 이 많은 것들을 떠나 홀로 서려면 자아의 내면적인 탐구와 비판적인 사고 뿐만 아니라 다른 것도 필요하다. 이를 테면 전쟁처럼 자아의 힘으로 어쩔 수 없는 외부적 요소들은 내부적 자아의 이야기로는 설명할 수 없다. 지식만으로 설명할 수 없는 새로운 세계를 인식하려면 끊임없이 낡은 세계의 껍질을 벗어내고 새로 태어나는 방법밖에 없다.

빠르게 변화하는 현대 사회에서 우리는 삶의 순간마다 주어지는 공포들을 애써 외면하려 한다. 하지만 각자 스스로의 공포에 치열하게 답을 찾아야 할 필요가 있다. 하지만 내 안의 자아가 어떻게 해야 껍질을 깨고 나와 새로운 세계와 만날 수 있는지 알 수 있는 훈련이 부족하다. 그래서 밝은 세계에 조금만 위협이 가해져도 금방 죽을 것처럼 공포에 질린다. 하지만 이러한 공포는 새가 알에서 나오려고 투쟁하듯이. 사력을 다해 껍질을 부수고자 한다면 극복할 수 있다. 겁에 질려 평생 자아를 세상 밖으로 꺼내보지도 못하느냐, 당당히 세계와 마주하느냐는 우리의 선택에 달려 있다. 데미안이 그 길잡이가 되어주면 수많은 '에밀 싱클레어'들은 세상 밖으로 나오게 될 것이라고 생각된다.

　헤세가 1차 세계대전을 통해 얻은 각성은 절망에서 자신으로의 발길을 통한 구원과 자아 해방에 맞추어져 있다. 그 길은 인간의 운명과 정신, 그리고 궁극적으로는 신과의 합일에까지 이르는 것이다. 인간의 내면에서 찾아낸 믿음과 신뢰는 절망적으로 보였던 현실에 다시 가능성을 던져 주는 것이었다. 이러한 믿음은 곧 자신에 대한 신뢰, 나아가 인간정신에 대한 신뢰로 발전해간다. 소년 싱클레어의 성장기는 바로 이러한 신뢰를 회복해 가는 도정을 보여주는 것이다. 싱클레어가 가야 할 길은 부모로부터 유산처럼 물려받은 신앙에 있는 것이 아니라 바로 자기 자신과 그의 정신 속에서 찾을 수 있었다.

작가 연보

1877년 7월, 독일 남부 슈바벤 지방 뷔르템베르크의 소재 산간 도시 칼브에서 아버지 요하네스 헤세와 어머니 마리 군데르트 사이의 장남으로 태어났다.

1881년(4세) 부모와 함께 바젤로 이주했다.

1883년(6세) 아버지가 스위스 국적을 취득했다.

1886년(9세) 다시 칼프로 이주하여 1889년까지 실업학교를 다녔다.

1890년(13세) 신학교 시험 준비를 위해 괴팅겐의 라틴어 학교에 다니며, 슈바벤 주의 국가시험에 합격했다.

1891년(14세) 명문 개신교 신학교 수도원인 말브론 기숙 신학교에 입학했다.

1892년(15세) 말브론 수도원 학교에서 도망쳐 나왔다. 6월 자살 기도를 하고 정신 요양원 생활을 했다. 11월에는 칸슈타트 김나지움에 입학했다.

1893년(16세) 칸슈타트 고등학교에 입학했으나 10월에 학업을 중단했다.

1894년(17세) 시계 부품 공장에 수습공으로 들어갔다.

1896년(19세) 튀빙겐의 헤켄하우어 서점 점원으로 일하며 집필을 시작했다.

1899년(22세) 〈낭만적인 노래〉, 〈자정 후의 한 시간〉을 출간했다.

1901년(24세) 처음으로 이탈리아를 여행했다. 〈헤르만 라우서〉 간행.

1902년(25세) 어머니가 사망했다.

1903년(26세) 두 번째로 이탈리아 여행길에 올랐다.

1904년(27세) 〈페터 카멘친트〉를 출간했고, 마리아 베르누이와 결혼을 했다.

1906년(29세) 〈수레바퀴 아래서〉를 출간했다.

1907년(30세) 〈속세의 이야기들〉을 출간했다.

1908년(31세) 〈이웃 사람들〉을 출간했다.

1909년(32세) 취리히, 독일, 오스트리아로 강연 여행을 다녔으며, 빌헬름 라베를 방문했다.

1910년(33세) 〈게르트루트〉를 출간했다.

1911년(34세) 인도 여행을 했다.

1912년(35세) 〈우회로〉를 출간했으며, 독일을 떠나 스위스 베른으로 이주했다.

1913년(36세) 〈인도 여행의 기록〉을 출간했다.

1914년(37세) 〈로스할데〉를 출간했고, 1919년까지 베른에서 '독일 포로 구호' 기구에 복무하며 잡지를 발행했다. 1차 세계대전이 발발했다.

1915년(38세) 〈크눌프, 그 삶의 세 이야기〉를 간행했다. 로맹 롤랑과 교류.

1916년(39세) 아버지가 사망했다.

1919년(42세) 싱클레어라는 필명으로 〈데미안〉 간행. 〈동화〉, 〈차라투스트라의 귀환〉을 간행했으며, 잡지 〈새로운 독일적인 것을 위하여의 창간호를 발행했다.

1920년(43세) 〈방랑〉, 〈클링조어의 마지막 여름〉을 간행했다.

1922년(45세) 〈싯달타〉를 출간했다.

1923년(46세) 부인 마리아와 이혼하고 스위스 국적을 획득했다.

1924년(47세) 루트 벵어와 재혼했다.

1925년(48세) 〈요양객〉을 간행했다.

1926년(49세) 〈그림책〉을 간행했다.

1927년(50세) 〈뉘른베르크 여행〉, 〈황야의 이리〉를 간행했다.

1928년(51세) 〈관찰〉을 간행했다.

1930년(53세) 〈나르치스와 골드문트〉를 출간했다.

1931년(54세) 니논 돌핀과 재혼했다.

1932년(55세) 〈동방순례〉를 간행했다.

1937년(60세) 〈기념첩〉을 간행했다.

1939년(62세) 제2차 세계대전에서 시작해 1945년 종전까지 독일에서 헤르만 헤세의 작품에 출판 금지령이 걸렸다.

1942년(65세) 〈시집〉을 간행했다.

1943년(66세) 〈유리알 유희〉를 간행했다.

1945년(68세) 〈꿈의 여행〉을 간행했다.

1946년(69세) 〈유리알 유희〉로 노벨상을 수상했다.

1947년(70세) 고향 칼프 시에서 명예시민이 되었다.

1951년(74세) 〈후기 산문〉, 〈서간집〉을 출간했다.

1954년(77세) 〈픽토르의 변신〉, 〈헤르만 헤세 – 로망 롤랑: 서한집〉을 간행했다.

1955년(78세) 〈마법〉을 간행했다.

1956년(79세) 칼스루어 시(市) 헤르만 헤세 상이 제정되었다.

1962년(85세) 8월 9일, 몬타뇰라에서 뇌출혈로 사망했다. 이틀 후 루가노 호반의 아본디오 교회 묘지에 안치되었다.